U0068610

依違於中心 與 邊陲之間

臺灣當代菁英女同志小說研究

林佩苓 著

目次

第一章
序論

第一節　研究動機與問題意識

　　同志文學一直被視為回應臺灣政治解嚴後，社會蓬勃發展而呈顯多元文學現象的一環，尤其於1990年代前後，藉由各項重要文學獎的肯定，在短期間內湧現了質量俱見的同志文學作品，於學院論述中喧騰一時，且與當時社會上烽煙初起的同志運動、社會運動互為表裡，亦與學院中的女性主義思潮、同志理論、酷兒理論的引進互通聲氣，同志文學不僅與臺灣當代的社會文化脈動息息相關，並與社會運動聯結互涉，過往不論從後現代文化視角觀察同志文學發展，或以同志運動觀點切入當代文學之研究，皆累積可觀成果[1]。在過往的同志文學論述中，經常可見以出櫃、邊緣反抗意識概括同志文學[2]，因此，當1990年代揭竿起義式的

---

[1]　劉亮雅曾言：「1990年代，加入解嚴的衝擊，各種社會運動包括學運、女性主義、同志、原住民、環保等的蓬勃……也刺激大量有關女性情欲和同性戀主題的小說的出現。」朱偉誠亦認為，一九八七解嚴之後的政治民主化與各式社會運動（主要是女權運動）經過幾年的蓄積醞釀，使得臺灣同志的處境在一九九〇年代初已有逐步轉變的跡象。前述見於劉亮雅，〈後現代與後殖民——論解嚴以來的臺灣小說〉，《後現代與後殖民：解嚴以來臺灣小說專論》（臺北：麥田，2006年），頁43。後述見朱偉誠，〈另類經典——臺灣同志文學（小說）史論〉，《臺灣同志小說選》（臺北：二魚文化，2005年），頁24。

[2]　例如：「邱妙津的文章成功在於她是國內第一位致力於女同性戀書寫，並且在書中呈現女同性戀的多種掙扎，企圖給予女同性戀者出櫃的機會，為邊緣文化再添一筆。」引文參見曾文璇，〈主體認同與情慾——邱妙津的小說世界〉，《中極學刊》1（2001.12）。

同志文學「運動」[3]熱潮逐漸淡化，2000年後同志書寫熱潮稍歇之餘[4]，在過往於結集運動式的反抗霸權路徑之後，如何讓臺灣的同志文學論述承接前緒，開創新局，帶入新對話空間與研究議題的可能性，進而尋訪同志文學作為文學作品本身的藝術價值，析論出隱藏於反抗異性戀霸權的大旗底下，更細緻幽微的同志文學特質，乃為原初的研究動機所在。

在臺灣1980年代後愈趨都市化與城鄉移民之進程中，女性的城市空間經驗與情欲自主，乃至於家庭型態的變化，早已成為解嚴前後女性文學著力刻畫的文學風景之一；而在白先勇的《孽子》發表以來，加以1990年代朱天文的《荒人手記》榮獲時報大獎，同志文學中的男男情欲與城市角落空間書寫，也成為廣受注目的文學焦點。然而，相對於女性文學所著力刻畫的女性自主、情慾與城市空間經驗，與男同志文學所細膩描繪的城市與新公園；出現於1990前後，描寫女女情愛的小說，卻呈顯了另一種迥然不同的文學風景。綜觀臺灣當代的女同志小說，泰半皆以校園作為起點，時時流露出對於重返青春「校園」的眷眷不捨。校園，尤其是高中女校，作為女女情愛故事的重要場景，其來有自，在華文／臺灣的女同志文學而言尤其如此[5]，綜觀1990前後

---

[3] 簡家欣曾為文概述九〇年代的同志文學書寫，其中也提到同志小說的創作毋寧是一種「想像現身」，原本就帶有十分的「運動」意味；可知在當時的社會氣氛裡，同志小說作為同志運動的一環，是相當程度上的共識。參見簡家欣，〈書寫中的現身政治──九〇年代同志言說戰場的流變〉，《聯合文學》13：4（1997.02），頁66-69。

[4] 紀大偉認為：「一九九〇年代之後，同志文學彷彿出現沉寂的傾向」，許劍橋亦有類似看法：「同志文學中的小說書寫，在1990年代臺灣累積了相當的數量與能見度，只是越過2000年後，同志書寫熱潮漸趨隱微。」紀大偉，〈烏托邦之後：二十一世紀的臺灣同志文學生態〉，《文訊》229（2004.11），頁54；許劍橋，〈同志文學〉，《臺灣大百科全書》，網頁數據：http://taiwanpedia.culture.tw/web/content?ID=4649，查詢日期：2011.04.12。

[5] 朱偉誠語。見其〈另類經典──臺灣同志文學（小說）史論〉，收錄於朱偉誠編

迭獲大獎、廣受注目的女同志文學作品，諸如邱妙津的《鱷魚手記》、曹麗娟的〈童女之舞〉等，在空間選擇上，多仍以接續朱天心《擊壤歌》、〈浪淘沙〉式的女校校園為主；除了校園空間的共通性以外，以文本中所經歷的時間而言，也多僅止於高中女校起始的青春時光，或至多延續至大學，對於進入社會後的情境描繪則多戛然終止，付之闕如。相對於同時期女性文學、男同志文學的情欲、城市、消費等多元面向，女同志文學在時間與空間的建構上，向來皆顯得較為縮限，然而，此類共通性的青春女校敘事，卻隱然成為女同志文學的共通美典，歷久不衰。

此外，於臺灣女同志文學論述中，邱妙津以臺大校園與臺大周邊溫羅汀一帶為主要場景的《鱷魚手記》，無論在學院論述或大眾讀者，都仍為最常被提及的作品；固然，邱妙津於九〇年代以《鱷魚手記》同志現身、反抗霸權，而後又自裁於異國的悲劇色彩，在在推使她成為其時社會環境下悲情女同志的代言人，因而聲勢不墜；然而，邱妙津與早在1977年間便以《擊壤歌》、〈浪淘沙〉渲染高中女女情誼的朱天心，不僅同樣以菁英校園為背景，也同樣恰恰具有完全相同的優等生學歷：北一女，臺灣大學，便饒富意義。另外，再由其他文本中的角色設定看來，不僅是八、九〇年代的《鱷魚手記》、《擊壤歌》中的主角就讀於名校，兩千年前後集結發表的張亦絢作品中，也經常以頗具運動集結能量的大學菁英女同志為主角，又如較受大眾關注、翻拍成影像的文本《逆女》、〈童女之舞〉、〈蝴蝶的記號〉等，作為主角的女同志也不約而同皆設定為就讀當地第一志願高中女校的優等生。

《臺灣同志小說選》（臺北：二魚文化，2005），頁16。

推究其因，我們很容易聯想到，無論是臺灣的同志運動，或是學院裡的同志論述，具有高學歷的菁英族群向來是主要的引導力量，也因此經常可見後續關於同志社群內部階級分化的討論[6]。然而，有趣的是，儘管同志內部此類的階級分化路線檢討仍時有所見，女／男同志皆仍不免尚有菁英化色彩，但以兩千年迄今的文學改編影像與電影再現看來，女同志顯然要比男同志更為流連徘徊於菁英校園之中，2000年後上映、且較為知名的《藍色大門》、《蝴蝶》等皆為此中代表[7]。

　　由此看來，在邱妙津的《鱷魚手記》與《蒙馬特遺書》中，作為第一人稱敘述的主角，雖皆標舉以文化菁英身分，然而這應不僅只為自傳性質的作者自況，再對照同世代作家的女同志小說，曹麗娟的《童女之舞》、杜修蘭的《逆女》都以第一志願女高中生為敘述主體，而比邱妙津早一輩的作家朱天心，也以描繪北一女中女女情誼的《擊壤歌》聲名大噪，顯見在臺灣當代的女女小說中，常有相類的文化菁英角色安排，幾已自成脈絡；如此說來，則令人好奇的是，在臺灣當代女同志小說中普遍可見的女校校園與菁英氣質，其中究竟具有怎樣的特殊連結與文化意涵呢？然而，必須特別說明的是，筆者並非意欲獨厚菁英[8]，而是

---

[6] 趙彥寧便以簡家欣研究中敘述臺大女同性戀的文字為例，說明年輕同志文化的特殊性，恐怕僅為少數菁英所特有。參照趙彥寧，〈臺灣同志研究的回顧與展望——一個關於文化生產的分析〉，《戴著草帽四處旅行：性／別、權力、國家》（臺北：巨流，2005），頁90。

[7] 其他近十年於臺灣上映之華人／臺灣女女情愛影像作品中，至少還有以下數部涉及或主要以校園女女情愛關係為題材：曹瑞原《童女之舞》（臺北：公視文化基金會，2001）、麥婉欣《蝴蝶》（香港：海樂影視，2004）、陳秀玉《那年夏天的浪聲》（臺北：公視文化基金會，2005）、周美玲《刺青》（臺北：鴻遠影視，2007）、程孝澤《渺渺》（臺北：華納兄弟，2008）、李啟源《亂青春》（臺北：李啟源電影公司，2008）。

[8] 誠如趙彥寧在其關乎臺灣同志研究回顧的論文中所提及的，臺灣女同志文化具有相當的「潔淨與階級」的趨向，且自臺灣的同志運動與同志論述發展以來，其濃

令人好奇的，菁英女同志角色何以在臺灣當代女同志文學中反覆出現？且其雖亦居於較為優越的文化位階，但卻似有其無法跨越的邊緣異境，乃至菁英女同志文本長年以來充滿無所不在的憂鬱氣質與死亡陰影，其所面對的困境，究竟與社會學研究中所關注的較不具文化資本的T吧女同志族群有何差異？

另一方面，在臺灣女同志文學與文化中，無論是文學或影像，皆不斷重返追憶女校校園與青春時光的同時，是否無形中也限制了女女情愛的時間與空間，而這又將有什麼樣的影響呢？在臺灣當代女同志小說中幾已自成脈絡的校園文化與菁英氣質，是朱天心、邱妙津、曹麗娟等作家的偶然生命經驗，或其實與臺灣女同志文化之生成具有微妙關聯？而學院論述及大眾讀者，對於這種菁英純女校的女女戀情描寫的偏愛，又可能暗示著怎樣的女同志文化想像與大眾期待？在往菁英路徑、學院殿堂邁進的同時，「純」女性校園與「純」愛描寫，一方面固然鞏固了這些以女校菁英女同志情愛描寫為主的文本的「純」文學品味，但如此「純」愛文學的表像下，是否也壓抑了「性」的可能？

從朱天心時代有情無欲的「春風蝴蝶女子」[9]，到堅持女生與女生不能做愛的「童女」，乃至於悲壯激烈愛欲無能的「拉子」，女同志文學的情欲書寫都顯然難以離開「柏拉圖」式的精神世界，乃至於將純愛／性愛、精神／現實、菁英／庸人等牢牢對立？而菁英女同志因其無法於公領域中現身的同性情欲，在自我性向無以現身的生活日常之中，是否可能更將自限於個人私密空間？甚且，當菁英女同志以知識、學歷換取情欲自主

厚的學院菁英領導取向已不言可喻。

[9] 此處引用余幼珊針對朱天心〈春風蝴蝶之事〉的評論標題，參見余幼珊，〈有情無欲的春風蝴蝶女子〉，《誠品閱讀》17，頁38-40。

的籌碼的同時，自原鄉、母國出走，身處於提供相當匿名性的城市中，在常見的異鄉／異國的情欲自主書寫之中，又將與其同志之身的私密性疊合產生如何的空間經驗？而如此菁英品味（「純」愛／「純」文學）式的女同志文化再現，對於往後臺灣的女同志文學與文化走向，又可能會有怎樣的影響？兩千年後，臺灣的女同志文學書寫較之九〇年代以前，又呈現出怎樣的承接與轉折？

第二節　研究範圍與研究方法

一、研究範圍

　　本文在研究時代範圍上，將以1990年代前後備受關注的女同志文學作為主要論述範圍，並以呈現女校空間中的女女情愛者為主要考量，如邱妙津、曹麗娟、張亦絢等人的作品，將是本文的討論中心，並企圖往後延伸至2000年後較少被討論的作品，以考察女同志文學的歷時性轉變；同時也將回溯1980年代前後的女性文學，觀察其於當時二元性別婦運觀點之下所呈顯的女女情誼與菁英認同，主要研究作品包括李昂、朱天心、陳燁、林黛嫚等人的小說創作。

　　由此，本文擬討論的文學文本，主要包括：邱妙津的《鱷魚手記》、《蒙馬特遺書》、《邱妙津日記》，以及邱妙津在《鬼的狂歡》中的單篇〈臨界點〉與〈柏拉圖之髮〉，曹麗娟的〈童女之舞〉與〈關於她的白髮與其他〉，朱天心的《擊壤歌》、〈浪淘沙〉、〈球‧青春行〉、〈春風蝴蝶之事〉，張亦絢的《最好的時光》與《壞掉時候》，李昂的〈回顧〉、〈莫春〉，

林黛嫚的〈並蒂蓮〉、陳燁的〈彩虹紋身〉，八王子的《八王子遺書》，柴的《一則必要的告解》，以及作為女同志大眾文本的「北極之光」、「集合」出版社所出版的言情小說等。

二、研究方法

（一）文獻與報刊引述

由於本文欲討論文本的發表年代，自七、八〇年代迄今，已將近三十年，期間又歷經解嚴、社運等對於社會上的同志氛圍深有影響的時代事件，因此，欲深入當時的社會脈絡與文化氛圍，則須仰賴文獻與報刊的輔助探討。以本文牽涉的菁英女同志議題而言，當代的婦女運動與同志運動的發展皆同等重要，因此本文將以臺灣婦女運動論述與女校教育歷史文獻，例如《婦女新知》雜誌、北一女百年特刊《典藏北一女》等，作為思考八〇年代女校文學中的菁英女性的起點，此外，亦將引述九〇年代的女同志報刊，如在臺灣女同志刊物歷史上發行最久、且具濃厚菁英氣質的《女朋友》雜誌，即是重要取材來源，而張喬婷、簡家欣等關於北一女中、臺灣大學的女同志運動研究論文，亦為關照九〇年代菁英女同志文學的重要路徑，期能以此更接近當時的時空脈絡。

（二）文化研究方法

參照西方的同志論述發展，可發現同志研究從八〇年代以前梳理女／男、異性戀／同性戀的認同政治中逐漸過渡到八〇年代中期以後的「差異政治」，更注重種族、階級等等的差異思考，而非固守二元對立的主體認同。以國內的同志論述而言，也有相仿的發展軌跡；從九〇年代的同志運動，到後來的酷兒論述，從

向主流認同靠攏到尊重多元與差異，如今國內的性／別論述已有更形紛呈多彩的面貌。然而，無論是臺灣的同志運動或酷兒運動，都與當時的文學思潮息息相關，同志文學或酷兒文學本身，往往也就是運動的一部分，因此，介入臺灣當代的性／別文學（或慣稱的同志文學），文化研究方法乃是重要依循的途徑，藉由當代臺灣同志文化與性／別差異的思索與對照，更能形塑出當代臺灣同志文學與文化的在地情境。

此外，值得注意的是，回顧如今國內常見且慣用的「同志」一詞的歷史脈絡，其實牽涉同志運動與學院論述發展以來的主體認同，然而深究其時運動與論述的場域，則可發現無論是強調主體認同的「同志」，還是訴求邊緣發聲的「酷兒」，幾乎都可說是臺北都會空間、文化菁英階層的產物，而與女性主義息息相關的女同志論述亦是如此，其背後的文化階序意涵等等，則需進一步深究探討，因此，文化階層、城鄉空間等差異位置皆為本文後續著力探索的議題，本文將循用布爾迪厄一系列關於「文化資本」和「品味」的論述，以文學社會學的研究方法介入，分析文本中關於文化、城鄉之差異等現象。

（三）文本細讀

立基於文學研究，文本的掌握與細讀是基礎而重要的工夫。本文將細讀當代女同志小說，尤其關注其中的性／別氣質、愛慾身體、文化位階、空間感覺等等，期能於過往同志文學研究集中關注同志認同的論述焦點之外，再細讀出過去較少被注目到的、幽微複雜的菁英女同志氛圍。此外，本文也將以廣泛的文本概念切入研究主題，因此除了文學文本以外，女同志網路文章、大眾小說，也是本文將參照探討的材料。

我想要進一步思考的是，如何從臺灣文學的角度，將女同志文學作品中所呈顯之性／別差異、性／別階序、城／鄉差異等文學現象，置於臺灣當代文化研究的議題中，並試圖佐以文化研究與文學社會學的研究方法，尋訪女同志文學研究的多重視角，甚且，在同志文學從公領域由外而內的研究取徑之外，如何能進一步運用這些最能呈顯同志身份內心私密情感的同志文學作品，並從文學內部深入觸探同志作家的心靈圖像與生命情境，以進行由內而外的同志文學議題研究？意即，在當前學界仍以社會學研究領域較為關注同志議題之際，以臺灣文學研究的視野介入，透過文學研究的觀點，是否能提供社會學研究之外，一個新的人文關懷視角，而同志文學又如何提供當代臺灣文學研究新的可能？

第三節　文獻回顧

一、性／別論述

（一）西方情境：女性／女同志主義的分合

　　西方的女性主義論述緣起於十九世紀的法國，意指婦女運動，在法國、英國、美國等不同地域、文化情境中，歷經時代的演進，彼此交互激盪，發展出數波女性主義思潮以及不同流派的女性主義論述。在1960年代的英美第二波婦女運動中，發源於紐約與波士頓的「基進女性主義」（radical feminism）思潮，是早期女性主義與女同志主義同步並生的歷史軌跡；「基進女性主義」認為既然婦女受壓迫的根源乃為性別制度，解決之道便是

排除性別區分文化（陰陽同體）或性別分離主義（女同性戀主
義）[10]。其中，七〇年代由美國女性主義學者署名Radicalesbians
所撰寫的「女人認同女人」一文[11]，允為考察早期基進女性主義
者思考婦女問題的重要文獻，文中認為在異性戀體制下的兩性
親密關係之間，其從屬問題是難以改善的，因此女性須正視異性
戀結構，並從成為「real woman」的社會期待中掙脫，成為女同
性戀，如此才可能獲得解放與自由；Adrienne Rich批判「強制異
性戀」機制，進而提出「女同志連續體」（lesbian continuum）
的想法，女同志包含所有女人認同女人的經驗範圍，並非僅指
女女之間的慾求[12]；Monique Wittig則引述西蒙波娃，認為女人不
是天生的，而是人為的政治概念，女同志不是女人，「女人」
這個觀念是父權體制的產品，因此唯有全面摧毀獨裁宰制的「性
範疇」（the category of sex），才有開展另類情慾身分與想像的
空間[13]。然而，在此類強調男／女分離的政治路線之下，「女性
主義是理論，女同志是實踐」，女同性愛則不免被去性化（de-
sexualized）為一個政治選擇與取向[14]；所謂的「女人認同女人」
或是「女同志連續體」的概念，雖然有助於異性戀女性主義者與
女同志政治結盟，卻也可能使得女同志的定義變得模糊[15]。

---

[10] 參考王瑞香，〈基進女性主義：女性解放的根本契機〉，《女性主義理論與流
派》（臺北：女書，2000）。

[11] Radicalesbians, "The woman-identified woman", *Radical feminism.* edited by Anne
Koedt, Ellen Levine, Anita Rapone. New York: Quadrangle Books,1973.

[12] Adrienne Rich著，鄭美里譯，〈強制的異性戀和女同性戀存在〉，《女性主義經
典》（臺北：女書，1999）。

[13] Monique Wittig著，許維真譯，〈女人不是「天生」的〉，《女性主義經典》（臺
北：女書，1999）；張小虹，〈女同志理論〉，《慾望新地圖：性別・同志學》
（臺北：聯合，1996），頁147。

[14] 周華山，〈七十年代女性／女同志主義──分離主義女同志國度〉，《同志論》
（香港：利源，1995）。

[15] Patricia Ticineto Clough便認為Radicalesbians、Rich對於女同志的觀念，與Barbara

在前述七〇年代的分離主義女同志運動之後，八〇年代的女同志運動中向來最引人注目的則是性解放女性主義者與反色情基進女性主義者的論辯。其中，Catharine MacKinnon是反色情路線中相當具代表性的女性主義者，MacKinnon起草禁止色情刊物的法案，認為色情刊物使婦女的言論變得不可能，使婦女變成物件而不能發言，即使婦女發言了，也只會被當作物件來看待，簡而言之，色情刊物讓婦女淪為性的玩物，而非與男性平等的「人」[16]；另一方面，性自由女性主義者如Gayle Rubin則認為MacKinnon反色情的主張可能強化女性對於「性」的無知、恐懼與禁忌[17]，Rubin在其著名的〈論性〉一文中點出色情工業僅是既存的性別歧視的徵象，面對的方式應該是分析它而不是消滅它，Rubin並分析各種性層級，並以圖表列示在各種性層級分疏之下，諸如變性、S／M等少數情慾如何被邊緣化為「bad sex」，而各種同性戀關係則皆被置放於「major area of contest」[18]。但整體而言，Rubin雖然批判了反色情論述中的性道德與性恐慌，卻也不無浪漫化性少數之可能[19]。

另外，在七〇年代急於確立政治正確性的女同志社群中，

Smith針對黑人女性作品中的「天生女同志」的說法一樣，極可能將女同志關係和女性友誼，以及女人政治盟友之間所有的區別一概抹殺；周華山也引述Bonnie Zimmerman的說法總結Rich的「女同志連續體」：「（Rich）對女同志的定義強調女性間的共同聯繫，令女同志主義不再是凝固不變的概念，但卻使女同志與非同志的女性關係，以及女同志與一切認同女性身份女子的分野，變得含糊不清。」Patricia Ticineto Clough著，夏傳位譯，《女性主義思想：慾望、權力及學術論述》（臺北：巨流，1997），頁259；周華山，《同志論》，頁118。

[16] MacKinnon, C. "Francis Biddle's sister: Pornography, civil rights and speech", *Feminism unmodified*. Cambridge, MA: Harvard University Press. 鄭光明，〈麥肯能的噤聲理論〉，《歐美研究》36：3（2006.09），頁427-463。

[17] 周華山，《同志論》，頁138。

[18] Gayle Rubin, "Thinking Sex: Notes for a Radical Theory of the Politics of Sexuality", edited by Carole S. Vance, *Pleasure and Danger: Exploring Female Sexuality*. 1984

[19] 張小虹語。張小虹，《慾望新地圖：性別‧同志學》，頁152。

butch-femme（T－婆）的角色扮演亦遭受詬病，被認為是複製異性戀中的男／女支配關係，在八〇年代以後，也成為西方女同志研究中引人注目的議題。Elizabeth Kennedy與Madeline Davis在關於四、五〇年代紐約的butch女同志社群研究中指出，當時的女同志缺乏同志認同，於是藍領階級的女同志篡奪男性工人的形象來捍衛一個女女相愛的空間；Joann Loulan則認為過去的女性主義者混淆了女性化與femme的意義，將femme等同或類比於異性戀女性，或以為femme同時也慾望男性，其實是否定了femme的女同志身份[20]。九〇年代期間，Judith Butler在其名著《性別麻煩》中，透過女同志的butch-femme角色與男同志扮裝皇后對於異性戀關係的「倒置的模仿」，不僅凸顯了性別扮演的顛覆性，也指出身分認同的不穩定性[21]；另一方面，Diana Fuss進一步論述差異政治的意涵，強調主體內在的不穩定性與不統一性，著重探討各種社會階層與屬性所造成的多重身份認同。九〇年代以後，queer論述勃興，其中代表性的學者Eve Kosofsky Sedgwick企圖介入美國女性主義在八〇年代開始出現的僵化趨勢，Sedgwick認為女性主義研究在學院中持續進展的同時，卻也將制度、政治、倫理等都整合於一個乾淨的女性概念之下，排除其他異質，Sedgwick撰寫著名的《暗櫃認識論》，以酷兒策略積極挖掘無法被歸類的、無法定位的，拒絕二元的暗櫃思考[22]。由以上簡要的回顧可發現，西方的女同志運動從早期七〇年代時期強調身分政

---

[20]　參考周華山，《同志論》，頁140-143。

[21]　Judith Butler著，林郁婷譯，《性／別惑亂——女性主義與身份顛覆》（臺北：國立編譯館，2008）。

[22]　何春蕤，〈簡介Eve Kosofsky Sedgwick〉，《性／別研究》3／4（1998.09），頁26-31；Eve Kosofsky Sedgwick著，金宜蓁、涂懿美譯，〈情感與酷兒操演〉，《性／別研究》3／4（1998.09），頁90-107。

治意涵的女同志女性主義，到八〇年代脫離僵化的男／女性別二元對立，進一步開發出女人與女同志的多元情慾自主空間，再延續為九〇年代以後對於差異政治（politics of difference）、酷兒（queer）策略、跨性別（transgender）等多元情慾的思考，企圖打破男同志／女同志的二元對立，也置疑過往男女同志在身分認同建構中異性戀／同性戀的二元對立。

（二）臺灣觀點：西方理論的移植與本土婦運脈絡的再發展

　　回到臺灣現況，可發現在當代臺灣的婦運、同運、酷兒的歷史脈絡發展中，向來倚重對於西方（尤其是英美）理論與運動發展的借鑑與移植，因此，不僅在諸多發展歷程上皆有可與西方映照對話的部份，且從解嚴後的九〇年代伊始，不若英美文化的歷時數十年的脈絡推展，九〇年代臺灣的狀況幾乎是在短短數年間，同志運動出場，女性主義內爆[23]，酷兒接連登臺[24]，紛呈一時。考察臺灣的發展脈絡，如今公認的說法為，「同志」一詞乃1992年金馬獎國際影展之時，由香港林奕華譯出並引入臺灣，取其「有志一同」、「革命尚未成功，同志仍須努力」之意，據趙彥寧的觀察，在此後的短短三、四年間，與女同性戀相關的論文便產生全面性的變化，此前未有認同與命名的「同性戀」時期的悲觀壯烈情緒便已蕩然無存[25]。

---

[23] 「內爆女性主義」此語乃出自1995年，《婦女新知》雜誌針對當時婦運陣營中異性戀女性主義者與女同志之間分合錯綜的張力，所製作的專題名稱。

[24] 紀大偉就曾歸結道：「早有人指出，酷兒在臺灣現身，是一種『時代錯亂』──在英美文化中，『queer』的出現，是為了要檢討反省歷時數十年的同志運動；然而在臺灣，同志運動才剛冒出來，酷兒卻隨即登場。」紀大偉，〈酷兒論──思考當代臺灣酷兒與酷兒文學〉，《酷兒啟示錄：臺灣當代Queer論述讀本》（臺北：元尊，1997）。

[25] 趙彥寧，〈臺灣同志研究的回顧與展望：一個關於文化生產的分析〉，《戴著草帽到處旅行：性／別、權力、國家》（臺北：巨流，2001），頁85。

有趣的是，與前述西方的狀況相仿，臺灣的女同志運動部份也與婦女運動有著親密的糾葛[26]，而婦女運動中亦有類似性自由女性主義者與反色情女性主義者的路線分歧。在九〇年代中，由何春蕤為代表的性解放派（性權派）引出「婦權派女性主義」與「性權派女性主義」[27]的路線之爭，1994年與1995年分別在《島嶼邊緣》、《婦女新知》場域中的一連串的座談與論辯，環繞著女同志運動與婦女運動之間的分合與張力，以及1997年的《婦女新知》「家變」事件等等，顯示臺灣自七〇年代開啟的婦女運動中，也開展出性解放派、女同志等的分化與質變，隨著主流婦運以外的發聲，有了更形多元的面貌。

　　在九〇年代的女同志運動中，無論是後來屢被提及的女同志團體「我們之間」與女同志刊物《愛報》，或是後來發行較廣、歷時較長的《女朋友》雜誌，在編輯組織成員或是閱讀對象，都以北部的大學女學生為主，且大多為原本女研社的成員或參與女性主義課程的女學生，呈顯出由女性主義網絡過渡至女同志認同的明顯軌跡[28]；由此看來，自七、八〇年代婦運觀點以及女性主

---

[26] 張小虹，〈在張力中相互看見──女同志運動與婦女運動之糾葛〉，《婦女新知》158（1995），頁5。

[27] 卡維波，〈「婦權派」與「性權派」的兩條女性主義路線在臺灣──為「亞洲連結會議」介紹性／別研究室而寫〉。[網路資料]查詢日期：2011年5月17日。網址：http://intermargins.net/repression/theory/difference.htm.

[28] 例如在簡家欣的研究中也清楚提到《愛報》與「我們之間」所創《女朋友》的集結過程：「找到了十來個當時正在師大、東吳、清大和政大和臺大唸書的女生，其中大概有一半有過女性主義社團經驗，然後她們一起編了《愛報》。」「『Y工作室』是在90年由一群年輕的女性主義者所組成的成長團體，其中主要是學生，但也有非學生的婦運工作者，但都是對於自己的女性主義者身分認定還蠻清楚的女人，……其中一位Y工作室的成員R同志，後來很積極地找了一些她自己另外認識的女同志們開始籌組『我們之間』……『我們之間』的《女朋友》雙月刊創刊是94年底的事，本來『我們之間』是有一份會訊，但它以聯絡活動訊息為主：要等到《女朋友》雙月刊出來以後，才提供了一種可以討論女同志身分認同的公共論壇。」簡家欣，《喚出女同志：九〇年代臺灣女同志的論述形構與運動

義脈絡發展而來的學生女同志[29]，與自六、七〇年代的「美軍文化」脈絡裡的gay吧文化圈分衍而來的T吧女同志[30]，彷彿是截然二分的二路族群，雖然二者都有其各自的脈絡生成，然而卻有著明顯的文化資本的區隔。

　　值得注意的是，除了文化資本上的差異，在過往的研究中，趙彥寧已指出女同志族群與女同志文化研究的菁英化色彩，以及這種以中產階級團體與刊物為主的女同志研究，不僅可能劃分了T吧／大學社團兩種女同志空間與階級的象徵意涵[31]，也可能在認同「不分」的政治正確性的同時，貶抑了傳統的女同志文化中的T／婆關係[32]。在九〇年代臺灣初起的運動氛圍中，這種對於「不分」女同志性／別氣質的迷戀與推崇，其來有自，也與西方七、八〇年代的女同志研究議題相仿；butch/femme（T／婆）的角色扮演向來被認為是複製異性戀中的男／女支配關係，因而受到女性主義陣營的批判，甚至是女同志陣營的內部檢討[33]。在簡

集結》（臺北：臺大社會所碩士論文，1997），頁37-39。

[29]　見本文第二章。

[30]　趙彥寧，〈往生送死、親屬倫理與同志友誼：老T搬家續探〉，《文化研究》6（2008）。

[31]　《愛報》與《女朋友》雖然也試圖打入T吧市場，但如同簡家欣訪談中所呈顯的，拿到T吧去寄賣的過程並不順利，訪談中更以臺語「妳們這種學生弄的沒人要看」來形容T吧女同志族群的「典型」反應，顯示出當時在文化資本的差異下幾乎完全迥異的兩種女同志族群，《愛報》與《女朋友》的菁英化色彩也明顯可見，也就是後來趙彥寧回顧臺灣女同志研究時所提出的「女同志文化研究充滿潔淨與階級」的批判。簡家欣，《喚出女同志：九〇年代臺灣女同志的論述形構與運動集結》（臺北：臺大社會所碩士論文，1997），頁38；趙彥寧，〈臺灣同志研究的回顧與展望：一個關於文化生產的分析〉，《戴著草帽到處旅行》（臺北：巨流，2001），頁85-124。

[32]　「不分」相對於性別角色分明的T婆配對而言，強調一種不分的性別氣質。在《女朋友》所做專題中也提到：「臺灣女同志對T婆角色的認同或排斥所構成的張力，到了九〇年代中葉已昭然浮現。相對於T婆，甚至出現了一個新的名詞『不分』。主張不分與T婆區分者，彼此訕笑，相互歧視。」魚玄阿璣，〈同女性別演義：初探T婆文化〉，《女朋友》10（1996.04），頁14。

[33]　周華山曾回溯西方七〇年代的女同志女性主義社群研究，談到butch/femme的扮演

家欣與鄭美里主要以九〇年代大學菁英女同志階級為主的研究中也可發現,「不分」的確在九〇年代的女學生運動氛圍中頗受歡迎,被認為是超越T吧中涇渭分明的T婆文化的女同志新美學[34]。

從前述的婦運發展,乃至於九〇年代延續婦運脈絡的大學女研社,進而延伸至大學女同志刊物的集結過程,在以上的簡要回溯中,可看出一條清晰明確的大學菁英女學生的脈絡,而這種以女性主義為根基的菁英脈絡,又勢必讓女學生在運動的同時必須稍加把守「分或不分」的論述界線[35],以免落入複製異性戀角色關係的質疑。另一方面,這樣以大學女學生為論述主體的菁英女同志文化,也幾乎與T吧中的女同志文化分隔平行,相較於大學菁英女同志在刊物集結與認同論述上的著力耕耘[36],以及於九〇年代中期後漸與同志運動進一步接軌,以「女同志」自我命名;T吧中的女同志則彷彿逕以T婆美學或更直接的身體情慾作為認同與實踐的主體,而非以學院脈絡下的「女同志」自我命名[37],兩者

在當時頗受詬病,被斥為翻製異性愛中女男之間的「支配VS屈從」關係:「我們正要擺脫權力不均及女男角色標籤,為何某些女同志偏偏(在親密關係裡)選擇扮演butch-femme?」周華山,《同志論》(香港:利源書報社,1995),頁140。

[34] 譬如在簡家欣的文章中就有T吧女同志與女研社女同志的對照,她觀察到T吧是一種T婆角色涇渭分明的女同志文化,而由文中以大學女學生為主要族群的受訪者卻指出,九〇年代的女同志社群並不分得這麼清楚。簡家欣,《喚出女同志:九〇年代臺灣女同志的論述形構與運動集結》(臺北:臺大社會所碩士論文,1997),頁92。

[35] 鄭美里的研究中就提到當具有女性主義背景的「我們之間」的女同志成員到T婆分明的T吧時,因被問及是T還是婆的尷尬,她們多半不能認同T婆的角色與身分,因此就自我命名為「不分」。鄭美里,《臺灣女同志的性、性別與家庭》(新竹:清華大學社會人類學研究所碩士論文,1996),頁89-90。

[36] 例如觀察《女朋友》雜誌可發現,代表大學菁英女同志觀點的《女朋友》在創刊前幾期中就已相當注意西方女同志文化中的「女同志命名」的引介,例如lesbian、dyke、uncle等皆頻頻出現。

[37] 莊景同以認同自己是男生的T為例,說明反污名、政治正確與否其實是一種都會的、學界圈的說法,非學院圈內的「女女相戀者」不見得認同自己是「女同志」。莊景同,〈「女女相戀者」可不一定是「女同志」!回應王雅各與陳金

在九〇年代的性／別氣質展演與運動氛圍上都有著明顯的差異。

在回顧前述九〇年代前後的菁英女同志脈絡，以及性／別氣質的認同政治轉變之後，值得進一步思索的是，在女同志性／別角色「分或不分」的命題裡，其實主要指涉的還是性／別氣質「T或不T」的思索。因為無論是「婆」還是「不分」，都沒有如同T那般外顯的、易於辨識的性／別氣質，相對之下，也就比較無關乎政治正確與否；相反地，強調外顯的陽剛特質裝扮、在主流社會眼中「像男人」的T，則勢必成為同志認同議題初起之時，亟欲從男／女二元的異性戀體制中掙脫的菁英女同志族群關注辯證的焦點。

同一時期，《島嶼邊緣》於1994年推出「酷兒專號」，同時舉辦「酷兒發妖」座談會，強調其不向主流體制靠攏的邊緣性[38]。紀大偉則為「酷兒」提出說法，認為臺灣的「酷兒」乃是與西方的「queer」混血後的新品種，「酷兒」拒絕被定義；與同志相較，同志主張的是身分認同，酷兒則與之相反，酷兒沒有固定的身分認同，且對此加以質疑；因之，「酷兒文學」呈現身分的異變與表演，挑逗固定的身分認同，也呈顯慾望的流動與多樣性[39]。在酷兒運動打破主流同志認同界線的軌跡之後，兩千年後的性／別運動更著重於差異主體的論述，不僅是跨性別（transgender）運動繼酷兒風潮之後興起，臺灣同志文學中的跨性別也漸成為學者關注的議題[40]；其他如老年同志、青少年同志

燕〉，《應用心理研究》14（2002.06），頁56-58。

[38] 黃楚雄整理，〈酷兒發妖：酷兒／同性戀與女性情慾「妖言」座談會紀實〉，《性／別研究》3／4（1998.09），頁47-87。

[39] 紀大偉，〈酷兒論——思考當代臺灣酷兒與酷兒文學〉，《酷兒啟示錄：臺灣當代Queer論述讀本》（臺北：元尊，1997）。

[40] 例如曾秀萍〈第三性與第三世界鄉土／國族論述——《失聲畫眉》的底層飄浪、性／別、鄉土與家國〉，《酷兒飄浪國際研討會論文》（臺北：臺大婦女研究

等，漸成為兩千年後繼之而起的同志運動新焦點，社會學領域亦有相關的論述產生，其中，趙彥寧以「老T搬家」開展出來的三篇關注老T社群內的親密關係與喪葬倫理的論文，允為當代社會學中對於公民社會下的老年女同志的細膩觀察[41]，極具後續開展能量。

二、臺灣同志空間論述

在臺灣當代空間論述的發展歷程中，隱然可見與西方女性主義地理學相應的軌跡，論者往往是先注意到男／女二元對立之下的公／私領域劃分，再推及同志空間的思考。在相關議題中，著力較深者，應屬臺大城鄉所的畢恆達，其本身即為臺大城鄉所「性別與空間研究室」的召集人，該所並於1995年創刊發行《性別與空間研究室通訊》，雖發行期數不多[42]，但每期皆就性別、同志與空間製作相關專輯，除譯介國外相關研究外，也有國內學者述作。觀察歷期期刊，可發現以女性觀點的空間研究為大宗，除此外亦有少量同志空間的相關研究[43]。

畢恒達本人亦有相關二書之述作：《空間就是權力》[44]、

室，2010），尚未結集；曾秀萍，〈扮裝臺灣：《行過洛津》的跨性別飄浪與國族寓言〉，《中外文學》430（2010.09），頁87-124。

[41] 趙彥寧，〈老T搬家：全球化狀態下的酷兒文化公民身分初探〉，《臺灣社會研究季刊》57（2005.03），頁41-85；趙彥寧，〈往生送死、親屬倫理與同志友誼：老T搬家續探〉，《文化研究》6（2008），頁153-194；趙彥寧，〈不／可計量的親密關係：老T搬家三探〉，《臺灣社會研究》80（2010.12），頁3-56。

[42] 《性別與空間研究室通訊》由臺大城鄉所於1995年9月起創刊，於1998年7月發行第五期後停刊，至2006年12月復刊一期後停刊至今。

[43] 例如1998年7月發行的《性別與空間研究室通訊》第五期即為「同志空間」專輯，除此之外，尚有第一期中由殷寶寧譯寫的〈從女同性戀者生活的角度思考〉，其餘則多為女性空間研究；但因篇幅所限，以下將揀取與本文研究主題較為相關的同志空間研究文獻為回顧重點。

[44] 畢恒達，《空間就是權力》（臺北：心靈工坊，2001）。

《空間就是性別》[45]，二書皆以非常好讀的輕鬆筆觸描畫眾多國內社會裡的性別處境，在看似理所當然的社會空間、文化情境中，拆解出關涉性別、空間內容的議題，前者主要以空間與權力間錯綜複雜的關係為著眼點，並論析在異性戀霸權下的（男）同性戀空間[46]，如新公園、gay bar、lesbian bar等皆有論及；後者則主要論述男性霸權下的女性空間，但其中也有談論男同性戀空間的專章，文中主要論述臺灣社會中男同性戀與傳統父權家庭的拉鋸戰[47]；除此之外，畢恒達也積極以性／別介入教育空間，參與教育部主持的校園空間的規劃設計[48]，學術研究與理論實踐兼而並蓄。阮慶岳也撰有同志空間論述的專書《出櫃空間：虛擬同志城》[49]，書中對於同志空間有多元而廣泛的想像，以及現下狀況的反思，但與畢恒達相類的是，社會學研究者多聚焦於同志外部公共空間的論述，來強化同志身份於社會空間上的座標，並揭示同志身處於普遍為異性戀所佔據的公共空間裡備受壓迫的處境，以及探討同志如何另闢同志公共空間（如新公園、T bar等），以進行情欲顛覆、空間權力改造等議題[50]。

---

[45] 畢恒達，《空間就是性別》（臺北：心靈工坊，2004）。

[46] 畢恒達，〈彩虹的國度〉，《空間就是權力》（臺北：心靈工坊，2001）。

[47] 畢恒達，〈我就站在你面前，男同性戀的家庭空間〉，《空間就是性別》（臺北：心靈工坊，2004）。

[48] 參考畢恒達等，《建立安全與無性別偏見之校園空間指標》（臺北：教育部，1999）；畢恒達編，《大學校園性別空間總體檢研討暨工作坊》（臺北：教育部，2007）；畢恒達，《無性別偏見的校園空間手冊》（臺北：教育部，2009）。另外，殷寶寧等人所著的《友善吧！校園：國民中小學友善校園評估手冊》（臺北：教育部，2006）也是學院理論實踐的例子。

[49] 阮慶岳此書與畢恒達前揭相類，皆以深入淺出的語言介紹性別與空間的相關思考面向，而不採正式學術規範的語言述作。阮慶岳，《出櫃空間：虛擬同志城》（臺北：元尊文化，1998）。

[50] 例如王志弘，〈臺北新公園的情欲地理學：空間再現與男同性戀認同〉，《臺灣社會研究季刊》22（1996.04），頁195-218；賴正哲的《在公司上班——新公園作為男同志演出地景之研究》（臺北：淡江建築所碩士論文，1997）、謝佩娟

至於，同志空間意義為何，可參考畢恒達的定義：「什麼是同性戀空間呢？說穿了，也不過是一個同性戀可以公然相互牽手、擁抱的空間，一個可以完全做自己的空間。」[51]依此定義，同志空間研究主要是針對外部領域的「公共」空間研究，如同畢恒達所言的「公然」相互牽手、擁抱的空間；而就臺灣同志空間的文獻回顧來看，絕大部分的研究也多集中於同志公共空間的研究，尤其關注男同志的公共空間經驗，論述焦點普遍集中於臺北的新公園、三溫暖與gay bar空間等[52]，且與臺北的同志運動與同志認同等進程緊密關聯。至於非臺北、非公共空間的其他地區以及私領域空間[53]的研究，則相當少見；其中，吳文煜以高雄男同志性欲地景的變遷提供了一種歷時性、且極具辯證性的論述，相對於臺北新公園自九〇年代同志論述發展以來洋洋可觀的論述篇幅而言[54]，其中也寓含臺北都會空間／非臺北都會空間在文化論

《臺北新公園同志運動——情欲主體的社會實踐》（臺北：臺灣大學建築與城鄉研究所碩士論文，1998）、吳佳原的《城市荒漠中的綠洲——臺北市男同志酒吧經驗分析》（臺北：臺大城鄉所碩士論文，1998）與何書豪的《溫泉空間，體熱邊緣：論男同性戀於「公共」溫泉空間之個人化「私密」情／欲活動》（中壢：中央大學英美語文研究所碩士論文，2001），都是此類研究取徑的研究成果。

[51] 畢恒達，〈彩虹的國度〉，《空間就是權力》（臺北：心靈工坊，2001），頁123。

[52] 例如賴正哲，《在公司上班——新公園作為男同志演出地景之研究》（臺北：淡江建築所碩士論文，1997）、吳佳原，《城市荒漠中的綠洲——臺北市男同志酒吧經驗分析》（臺北：臺大城鄉所碩士論文，1998）、何書豪，《溫泉空間，體熱邊緣：論男同性戀於「公共」溫泉空間之個人化「私密」情／欲活動》（中壢：中央大學英美語文研究所碩士論文，2001）。

[53] 目前僅見畢恒達、吳昱廷，〈男同志同居伴侶的住宅空間體驗：四個個案〉，《應用心理研究》8（2000），頁121-147；吳昱廷，《同居伴侶家庭的生活與空間：異性戀vs.男同性戀同居伴侶的比較分析》，臺灣大學建築與城鄉研究所碩士論文，2000年7月。

[54] 臺北新公園在臺灣（男）同志文化中的知名，除了吳文煜所揭示的臺北優位，以及大眾媒體的二度翻拍以外，應該也與白先勇在臺北／臺大學術文化圈的崇高位置有關，因而能相繼造就《孽子》在文化產業中擁有不斷再現的空間，也使小說中所述的臺北新公園成為同志聖地的代表，因而陳水扁在臺北市長任內將臺北新

述中的優位差異。

　　歸結而言，由於男同志在臺灣社會中公共據點的座標是比較清楚的，比較容易受到國家公權力的侵擾[55]，而在這樣著重公共空間的研究取徑與論述策略下，在外部座標中較為隱微、且較依賴私人網路聯繫的女同志族群[56]，則較不容易受到關注。因之，在女同志空間研究方面，不僅量少，且往常大多僅集中於女同志的外部公共空間，如校園與T吧（T bar）[57]。在2000年以前的早期研究中，張喬婷的《異質空間vs.全視空間：臺灣校園女同志的記憶、認同與主體性浮現》[58]允為菁英女同志公共空間論述的代表，她以邊沁（Jeremy Bentham）的「全視空間」（panopticon）來分析女校的恐同監控，由北一女中、臺灣大學的菁英女同志的情欲經驗訪談為基點，論述臺灣校園空間對於

公園「更生」為「二二八公園」招致不小的反彈聲浪，然而，如同吳文煜研究中所揭示者，眾多不為人所知的同志流動地景，其實所在多有。

[55] 例如在1997年7月的常德街事件中，員警對常德街內的男同志展開大規模的攔街臨檢，甚至非法拘留於警局、夜間偵訊、強迫拍照存證等，即是明顯的例子；男同志集結在公園、三溫暖、健身房等同志公共空間中，卻屢遭受國家公權力的侵擾與迫害，直至今日，仍時有所聞，例如2011年4月3日新聞形容警方臨檢臺北市男同志三溫暖「ANIKI」的說詞，即為仍充滿歧視意味的「一片肉林如海」、「異味濃重腥膻」等。前者可參考何春蕤、甯應斌、丁乃非，〈近年臺灣重大性／別事件〉，《性政治入門：臺灣性運演講集》（中壢：中央大學性／別研究室，2005），頁63；後者參考劉慶侯，〈同志開毒趴 三溫暖肉林內連10人〉，《自由時報》，2011.04.04。

[56] 簡家欣認為，女同志在空間中的參考座標則顯得比較隱微，而造成此一差異的原因有以下幾點可能：女性身份對形成公領域的不便，女同志的社交更常透過私領域的人際網路牽連來進行，以及女性情誼的正當性也使得國家律法較不容易進入干預。簡家欣，《喚出女同志：九〇年代臺灣女同志的論述形構與運動集結》（臺北：臺大社會所碩士論文，1997年，頁5）。

[57] 例如張喬婷，《異質空間vs.全視空間：臺灣校園女同志的記憶、認同與主體性浮現》（臺北：臺大城鄉所碩士論文，1999）、賴孟如，《次文化空間之研究——臺灣女同志酒吧之研究》（中壢：中原大學室內設計研究所碩士論文，1999）。

[58] 張喬婷，《異質空間vs.全視空間：臺灣校園女同志的記憶、認同與主體性浮現》（臺北：臺大城鄉所碩士論文，1999）。

女同志的監控與規訓，以及女同志主體如何於其中進行抵抗與顛覆，發展出作為傅柯所謂「異質空間」（heterotopia）的女同志集體記憶空間；此外，與本文所關切的性／別空間議題相應而生，臺灣的教育學與心理學領域也多有研究產出，於單性校園空間[59]、女校中的女女情誼[60]等皆有相關研究成果。在上述針對作為女同志公共實體空間的校園研究之外，簡家欣與鄭敏慧的研究[61]則帶出了女同志公共空間研究的另一路徑，簡家欣以九〇年代臺灣女同志的刊物、運動集結，論述臺灣女同志主體與認同的浮出，鄭敏慧則藉由觀察與訪談九〇年代臺灣女同志BBS中的女同志，探討虛擬女同志公共空間中另類的能動性。

在前述以臺灣女同志公共空間為主的研究之外，在私領域空間研究的部分，由於女同志族群長期受到父權體制與異性戀體制的雙重支配，因此在早期臺灣女同志研究初建構的1990年代至2000年以前，多集中於論述女同志如何於父權家庭底下的「家」空間進行依違的抵抗策略，例如鄭美里的著作《臺灣女同志的性、性別與家庭》即是此中代表，文中從女同志在原生家庭中的隱／現策略，乃至性別認同、女同志伴侶關係都有述及[62]；此

---

[59] 研究成果指出，單性校園空間對於女性的成就感與積極度而言，有正面效應，這裡可提供女同志與菁英女校、女性運動的關聯性思考。參考林邦傑、修慧蘭，〈由單性學校轉變為雙性學校對學生行為之影響〉，《教育心理與研究》14，（1991），頁1-2。

[60] 研究者認為，女校中自然且親密的女女關係，對於女同性戀的認同形成確有影響。參見劉安真、程小蘋、劉淑慧，〈我是雙性戀，但選擇做女同志！〉——兩位非異性戀女性的性認同形成歷程〉，《中華輔導學報》12，2002年，頁166。

[61] 可參考簡家欣，《喚出女同志：九〇年代臺灣女同志的論述形構與運動集結》（臺北：臺大社會所碩士論文，1997年）；簡家欣，〈九〇年代臺灣女同志的認同建構與運動集結：在刊物網路上形成的女同志新社群〉，《臺灣社會研究季刊》30（1996.06），頁63-115。鄭敏慧，《在虛擬中遇見真實——臺灣學術網路BBS站中的女同志實踐》（臺北：臺大城鄉所碩士論文，1999年）。

[62] 除了鄭美里，林欣億的碩士論文也處理了類似的問題。參見鄭美里，《臺灣女同志的性、性別與家庭》（新竹：清華大學社會人類學研究所碩士論文，1996）；

外，孫瑞穗在《城市中的單身女人與家變——以八〇年代以來臺北單身城鄉移民女人的居住處境與經驗為例》中則提出「另類家庭」的概念，其中包括女人互助群居、單身獨居、不婚同居以及同性戀家庭[63]。然而，在由女同志伴侶組成的同志家庭的探討，直至近年方有相關著作產出，李慈穎與蔡宜珊的著作分由女同志的成家實踐與女同志伴侶的家務分工著手，為女同志私領域空間的研究開拓新路[64]。其中，值得注意的是，在近年謝文宜針對女同志伴侶的親密關係研究中仍指出，女同志伴侶的親密關係顯得特別純粹且黏膩，其歸因為女同志伴侶認識交往的公共空間不若男同志般明顯可見，大多依靠虛擬的網際網路空間，而在實體的公共空間上，若不喜歡去bar，則仍需倚靠女性主義或同志團體活動以及出版刊物的串聯[65]。

在兩極化的T bar與菁英女校、性別運動團體之間，其實正與女同志主體背後的文化階序緊密關聯。趙彥寧曾回顧2000年以前的同志研究，於2001年間為文指出過往的女同志研究充滿「潔淨與階級」[66]的論述，她並以臺北市中山北路、九條通的

林欣億《女同志在原生家庭中的性欲認同空間策略》（臺北：臺大城鄉所碩士論文，2003）

[63] 繼孫瑞穗之後，陳柔吟也由空間體驗的角度析論女性成家行動背後的意義。參考孫瑞穗，《城市中的單身女人與家變——以八〇年代以來臺北單身城鄉移民女人的居住處境與經驗為例》（臺北：臺灣大學建築與城鄉研究所碩士論文，1995）；陳柔吟，《「她」的家——單身女人的住宅空間體驗與家的意義》（臺北：臺灣大學建築與城鄉研究所碩士論文，2006）。

[64] 李慈穎，《以家之實，抗家之名：臺灣女同志的成家實踐》（臺北：臺灣大學社會學研究所碩士論文，2006）；蔡宜珊，《同「樣」的家庭生活：初探臺灣女同性伴侶的家務分工》（臺北：東吳大學社會學系碩士論文，2006）。

[65] 謝文宜，〈看不見的愛情：初探臺灣女同志伴侶親密關係的發展歷程〉，《中華輔導與諮商學報》24（2008），頁181-214。

[66] 趙彥寧回顧臺灣的同志研究，引用簡家欣描述臺大女同性戀社團「浪達社」的一段文字為例，指出臺灣女同志研究對於「潔淨」的執著與崇拜，也可能「潔淨化」、「單純化」、「政治正確化」同志文化原本應有的多元意涵。見趙彥寧，

T bar中性別氣質界線分明的T婆角色為例，質疑了九〇年代女同志研究中對於「政治正確」的「不分」的偏愛，可能是一種普遍性的中產階級意識形態[67]；2000年後，蘇淑冠與吳美枝從空間差異與階序差異入手，深入研究較不具文化資本與經濟資本的宜蘭勞工階級女同志社群與西門T婆族群，即是有別於早期「潔淨與階級」女同志研究取徑的發展。蘇淑冠探討社會階級弱勢的西門T、婆如何於身體外貌及情欲互動上，實踐並逾越僵化的異性戀性別概念，藉此挖掘出更為多元的臺灣女同志文化[68]；吳美枝則試圖於以往的都會地區女同志研究外另立新局，以社會階級更為弱勢的宜蘭小城鎮中具有「兄弟」氣息的女同志社群為研究物件，呈顯出臺灣女同志文化中差異主體的

〈臺灣同志研究的回顧與展望：一個關於文化生產的分析〉，《戴著草帽到處旅行》（臺北：巨流，2001），頁85-124。

[67] 趙彥寧在〈不分火箭到月球：試論臺灣女同志論述的內在殖民化現象〉一文中，以代表中產階級（多以臺大，或臺北的女大學生為主）的「我們之間」讀書會、《女朋友》刊物等研究基礎，並引述鄭美里與簡家欣的研究成果，指出在中產階級女同志在認同「不分」的政治正確性，貶抑傳統的女同志戀T婆關係的同時，其實也可能代表了中產階級空間劃分、階級劃分的意涵，同時將西方與本土對立起來。除此之外，莊景同與吳文煜也有類似的觀察，莊景同以認同自己是男生的T為例，說明反汙名、政治正確與否其實是一種都會的、學界圈的說法；吳文煜考察高雄愛河畔的男「同志」情欲地景時，也特別提到臺北的「同志」空間、「同志」認同基本上是與臺北的同志運動、同志認同緊密關聯，因之以高雄愛河畔的較具草根氣息、非知識階級男「同志」而言，並非以認同運動來宣稱擁有性欲空間，反而呈顯出來的是一種草根階級的空間能動性。參見趙彥寧，〈不分火箭到月球：試論臺灣女同志論述的內在殖民化現象〉，《戴著草帽四處旅行：性／別、權力、國家》（臺北：巨流，2001）以及莊景同，〈超越政治正確的「女女」牽「拌」：從「我和我朋友」的故事看生命掙扎與價值體現〉，《應用心理研究》13（2002.03），頁109-146；莊景同，〈「女女相戀者」可不一定是「女同志」！回應王雅各與陳金燕〉，《應用心理研究》14（2002.06），頁56-58；吳文煜，〈流動的性欲地景：高雄愛河畔男「同志」性活動（1960-2001）的歷史地理研究〉，《地理學報》43（2006），頁23-38。

[68] 參考蘇淑冠，《愉悅／逾越的身體：從社會階級觀點來看西門T、婆的情欲實踐》（花蓮：東華大學族群關係與文化研究所碩士論文，2004）；蘇淑冠，〈流動的性／別或僵化的「分」界？西門T、西門婆的性／別認同展現〉，酷兒新聲編委會編《酷兒新聲》（中壢：中央大學性／別研究室，2009），頁39-77。

多元經驗[69]。

在當代臺灣，不僅如上文所述，於人文社會科學相關涉的建築學、教育學、心理學、法律學、地理學、人類學等，皆有相關的性／別研究生產，其他如藝術甚至科學學門等，皆有交融互涉、深具對話性的研究開展，但礙於篇幅所限，與本文研究關聯較不明顯的文獻部份，則不再一一贅述，以下將集中於本論文研究核心——同志文學研究——針對現當代臺灣同志文學研究作一簡略的歷史回顧。

三、臺灣當代同志文學與文化研究

（一）男同志文學研究：從《孽子》的家／國論辯到開拓 文類研究邊界

國內早期的（男）同志文學論述多集中於白先勇的《孽子》，作為臺灣同志文學的早期代表著作與名家經典作品，《孽子》自有其重要地位[70]，自1977年發表以來，一直都是學院論述焦點關注的作品，論述《孽子》者可謂繁多，然而與其他同志小說所受到的待遇相仿，早期論述多以探索同性戀成因的病理化思考或較為忽略同志情欲的角度為文，直到九〇年代中期後受到性別論述與同志運動的影響後，方有明顯改變[71]，除葉德宣積極思

---

[69] 參考吳美枝，《非都會區、勞工階級女同志的社群集結與差異認同——以宜蘭一個「Chi－迌T」女同志社群為例》（臺北：臺灣師範大學地理研究所碩士論文，2004）。

[70] 梅家玲便認為：「八〇年代，他以《孽子》披露少年同性戀者的彷徨追尋，為臺灣的小說關懷另闢洞天，亦具有劃時代意義。」梅家玲，〈導言〉，《中外文學》第30卷第2期（2001.07），頁17。

[71] 曾秀萍以葉德宣的論文〈陰魂不散的家庭主義魅魅——對詮釋《孽子》諸文的論述分析〉為里程碑，認為直到九〇年代中期後，新一代的評論者才開始肯定同志腳色在小說中的重要地位，試圖跳脫「父子衝突說」的框架，《孽子》研究至此

索過往《孽子》研究的論述盲點[72]，朱偉誠也指出過往論述在經典化白先勇的過程中，過於強調白先勇作品中的國族觀點，亦將女性主體與怪胎情欲邊緣化[73]。此外，紀大偉與張小虹也分別從男同性戀的外部流放與《孽子》中的「擬」親屬關係入手，開拓同志研究的新觀點[74]。

　　於2000年前後，空間研究漸成為探討文學文本的取徑之一，透過文學作品中的空間研究，有助研究者進行細緻的文本分析，揭示作品中所呈顯的感覺結構，及其於社會中的文化意涵。過往循此同志外部空間研究的脈絡，白先勇《孽子》中的「新公園」研究，以其與臺北都會同志運動結盟的氣勢，自然成為眾家論述的焦點[75]，空間與主體建構之間的關係，於是成為切入同志文學研究的新基點。在2001年《中外文學》策劃的「永遠的白先勇」專題中，梅家玲即以少年論述與家國想像的角度論述《孽子》與《臺北人》[76]，朱偉誠也以前後兩篇論文處理白先勇的國族關

０３０

才有了新的轉變。參考曾秀萍，《孤臣・孽子・臺北人──白先勇同志小說論》（臺北：爾雅，2003）。

[72] 葉德宣有數篇論述《孽子》的論文，其由家庭主義的角度指出早期《孽子》研究的恐同與偏見，也細密析論家／體系對於男同性戀身體的規訓機制，皆有洞見。參見葉德宣，〈陰魂不散的家庭主義魑魅──對詮釋《孽子》諸文的論述分析〉，《中外文學》283（1995.12），頁66-88；葉德宣，〈從家庭授勳到警局問訊──《孽子》中父系國／家的身體規訓地景〉，《中外文學》350（2001.07），頁124-154。

[73] 朱偉誠，〈（白先勇同志的）女人、怪胎、國族：一個家庭羅曼史的連接〉，《中外文學》312（1998.05），頁47-66。

[74] 參考紀大偉〈臺灣小說中男同性戀的性與流放〉，林水福、林燿德編《當代臺灣情色文學論》（臺北：時報，1997）；張小虹，〈不肖文學妖孽史──以《孽子》為例〉，梅家玲《性別論述與臺灣小說》（臺北：麥田，2000）。

[75] 社會學領域的新公園探討，可見前述；王志宏、賴正哲與謝佩娟的研究成果允為其中代表。

[76] 梅家玲，〈白先勇小說的少年論述與臺北想像──從《臺北人》到《孽子》〉，《中外文學》第350（2001.07），頁59-81。

懷與性別認同[77]，江寶釵也以空間、時間、主體性的建構來閱讀《孽子》[78]。

除了白先勇的《孽子》及其數篇同志短篇小說以外，其他如朱天文《荒人手記》的同志城市空間之書寫等議題，也累積了不少成果[79]；然而，誠如先前在回溯吳文煜的高雄愛河男同志空間研究所略提到的，臺灣的同志研究多集中於臺北乃是不爭的事實。由於朱天文與白先勇皆以臺北的男同志為書寫對象，與主要以臺北為場域的同志運動有合縱連橫的氣勢，且作者本身於臺北文化場域原就居於崇高穩固的位置，因此目前可見的男同志文學研究高度集中於《孽子》與《荒人手記》，乃是自然而然的事。近年以來，在臺灣當代（男）同志文學[80]研究中，研究者漸有開拓研究邊界的企圖，除積極開發小說以外的其他文類，如（男）同志散文[81]、（男）同志詩[82]以外；也試圖追索過往較少被注意

---

[77] 朱偉誠，〈（白先勇同志的）女人、怪胎、國族：一個家庭羅曼史的連接〉，《中外文學》312（1998.05），頁47-66；朱偉誠，〈父親中國．母親（怪胎）臺灣？白先勇同志的家庭羅曼史與國族想像〉，《中外文學》350（2001.07），頁106-123。

[78] 江寶釵，〈時間、空間與主體性的建構：閱讀《孽子》的一個向度〉，《中外文學》350（2001.07），頁82-105。

[79] 較具代表性的研究成果至少有：廖勇超，〈尋求認同，洞穿幻見：《荒人手記》中（同性情欲）創傷空間與認同政治的對話〉，《中外文學》375（2003.08），頁79-103；張志維，〈以同聲字制造同性之戀──「荒人手記」的ㄈㄨˋ語術〉，《中外文學298（1997.03），頁160-179；紀大偉，〈帶餓思潑辣：[朱天文著]《荒人手記》的酷兒閱讀〉，《中外文學》279（1995.08），頁153-160；朱偉誠，〈受困主流的同志荒人──朱天文《荒人手記》的同志閱讀〉，《中外文學279（1995.08），頁141-152。

[80] 使用括弧標示為（男）同志文學的意義為，在臺灣當代同志文學研究中，若未標明為「女」同志文學，廣義的「同志文學」則較常以男同志文學為研究重心。

[81] 臺灣男同志散文的研究物件以王盛弘、陳克華、孫梓評等人為主；例如謝靜國，〈鄉關何處？──論王盛弘散文中的記憶與鄉土〉，《臺北教育大學語文集刊》18（2010.07），頁229-274；李東霖，《臺灣當代男同志散文研究》（臺北：臺北教育大學語文與創作學系碩士論文，2010）。

[82] 身兼同志詩創作者，亦是後續同志詩研究中重點討論物件的鯨向海，2006年於

到的研究主題，例如以研究白先勇《孽子》成名的曾秀萍，近年即進一步嘗試於過往的家／國論述與父系認同之外，觸及白先勇小說中前人研究較少的異國離散與中老年同志的面向[83]，另闢新局。

（二）女同志文學研究：環繞著「邱妙津」密碼的女同志情境

以本論文著重探討的女同志文學論述而言，長久以來最受注目的女同志文學作家，當屬已逝作家邱妙津（1969～1995）[84]。但值得注意的是，回顧歷來關涉邱妙津其人、其文的論述，可發現正如朱偉誠、師瓊瑜所言[85]，邱妙津之開始獲得文壇與社會的

《臺灣詩學 吹鼓吹詩論壇二號》的論文可視為同志詩研究的先聲，其文雖未盡以學術規範形式行文，但其中觸及的諸多觀點亦相當可觀；後續於2009年的《臺灣詩學學刊》、《當代詩學》即出現數篇接續討論同志詩的論文。詳見鯨向海，〈他將有壯美的形貌——同志詩初探〉。《臺灣詩學 吹鼓吹詩論壇二號：領土浮出 同志·詩》（2006.03），頁9-20；謝靜國，〈同志詩謅想〉，《臺灣詩學學刊》13（2009.08），頁243-247；鯨向海，〈我有不被發現的快樂？——再談同志詩〉，《臺灣詩學學刊》13（2009.08），頁239-242；劉韋佐，〈同志詩的閱讀與陰性書寫策略——以陳克華、鯨向海、孫梓評為例〉，，《臺灣詩學學刊》13（2009.08），頁209-238；林佩苓，〈隱／現於詩句中的同志意象——以鯨向海為觀察對象〉，《當代詩學》5（2009.12），頁5-30；黃宗富，《八〇年代以降臺灣現代詩的男體論述》（臺南：成功大學臺灣文學所碩士論文，2010）。

[83] 曾秀萍，〈流離愛欲與家國想像：白先勇同志小說的「異國」離散與認同轉變（1968～1981）〉，《跨世紀的流離：白先勇的文學與藝術國際學術研討會論文集》（臺北：印刻，2009），頁171-203。

[84] 邱妙津於文壇第一篇得獎作品應為〈囚徒〉，於1988年9月獲第一屆中央日報文學獎短篇小說首獎，1990年以〈寂寞的群眾〉獲第四屆聯合文學小說新人獎中篇推薦獎；爾後1991年3月，由聯合文學出版社為其出版第一本短篇小說集《鬼的狂歡》，收有〈臨界點〉、〈囚徒〉、〈離心率〉、〈鬼的狂歡〉、〈玩具兵〉、〈柏拉圖之髮〉。成名作《鱷魚手記》則初版於1994年，1995年6月25日邱妙津自死於巴黎，同年9月，聯合文學出版《寂寞的群眾》短篇小說集，內收有〈哈——啾〉、〈馬撒羅瓦解斷簡〉、〈寂寞的群眾〉，同年10月《鱷魚手記》榮獲時報文學獎推薦獎，來年5月由聯合文學出版《蒙馬特遺書》。

[85] 朱偉誠提到：「一九九四年稍早，作為當代女同志經典代表的、邱妙津的《鱷魚手記》已經出版，但一直要等到翌年邱妙津在巴黎自殺身亡的震撼消息傳來，才引起比較廣泛的注意（此書隨後也獲得中國時報文學獎的特別獎）。」見氏著

廣泛注目，於其自死於巴黎的震撼消息擴散之後乃趨明顯[86]，自此之後，無論談及臺灣1990年代的同志文學、同志社會運動，甚或死亡話題，邱妙津都是不可忽略的名字。由於邱妙津作品中的愛情書寫充滿濃厚的自傷、悲戀氣息，與其同志之身具有連結性，不僅儼然成為臺灣女同志文化的代言人[87]，歷來論述者亦大多將其推為1990年代女同志書寫之代表[88]，且無疑為研究論述最廣、最多的臺灣當代女同志文學作家。

綜觀早期研究邱妙津的論著中，大多集中於邱妙津生前成名

〈另類經典——臺灣同志文學（小說）史論〉，收錄于編輯之《臺灣同志小說選》（臺北：二魚文化，2005），頁26。邱妙津生前友人師瓊瑜在事件當時發表的追憶文章中也談到：「我不禁要想到這樣的問題：如果不是邱妙津的死亡，她的『鱷魚手記』會獲得時報文學推薦獎？……為了生計，為了能夠順當的發表，她說還是選擇投入百萬小說獎吧。若果如她所言投獎去了，它（鱷魚手記）顯然未獲評審青睞吧！而同樣一部作品卻在兩年後重新獲獎，這也是一種現實世界的吊詭性吧。」師瓊瑜，〈我們青春的墓誌銘〉，《中國時報》，1995.12.14-15，第39版。

[86] 邱妙津於1995年6月過世後，於社會文化之影響層面而言，邱不僅於1997年2月14日獲選「同志公民行動陣線」所舉辦之「同志夢中情人票選」的女同志頭號夢中情人，時至今日，女同志仍廣泛以《鱷魚手記》中的「拉子」綽號自名；於文壇之備受注目層面而論，與其相關之論述於其死後亦明顯增加，可說於社會上、文壇上知名度皆大增；對照其生前，報刊上與其相關之論述文章，類屬文學評論者僅有洪淩於1994年7月14日在《中國時報》50版發表之〈《鱷魚手記》：未完成的異生物圖繪〉及楊照於1992年4月在《聯合文學》第8卷第6期發表之〈新人類的感官世界——評邱妙津的〈鬼的狂歡〉〉；其餘則為兩篇消息短報：徐開塵於1990年11月6日《民生報》之報導〈一再得獎　肯定了方向　邱妙津筆尖堅定得很〉、張娟芬於1993年9月10日《中國時報》39版之簡介〈新人榜・邱妙津〉。

[87] 紀大偉對於邱妙津及其筆下的「鱷魚」與臺灣女同志社群文化之間的關係早有精闢的觀察：「《鱷魚手記》宛如臺灣的女同志經典，而對女同性戀次文化而言，邱妙津就像是殉難的聖徒。」這段話可概要點出邱妙津其人其作對於臺灣女同志族群而言，為何擁有持久不墜的影響力。紀大偉，〈發現鱷魚——建構臺灣女同性戀論述〉，《晚安巴比倫》（臺北：探索，1998）。

[88] 如劉亮雅即高度肯定邱妙津的經典地位：「邱妙津的《鱷魚手記》對同性愛悲戀的渲染，比《荒子》、《童女之舞》有過之而無不及。其對身份、暗櫃的深刻討論當推解嚴以來的經典同志小說。」劉亮雅，〈邊緣發聲：解嚴以來的臺灣同志小說〉，《情色世紀末：小說、性別、文化、美學》（臺北：九歌，2001），頁86。

作《鱷魚手記》的探討，其中劉亮雅無疑是其中用力最深者，她的多篇研究論述對於後繼者有相當大的啟示性，其於1997年《中外文學》發表的〈愛欲、性別與書寫：邱妙津的女同性戀小說〉一文中並讀《鱷魚手記》、《蒙馬特遺書》與《鬼的狂歡》，對於邱妙津筆下的T、婆關係有極其深刻的解讀[89]；此外，丁乃非、劉人鵬緊接於1999年發表的〈鱷魚皮、拉子餡、半人半馬邱妙津〉亦十分精彩，文中細密地析論出「拉子」其名其實指向一個還無法被命名的（非）主體[90]；而針對書中「鱷魚」的隱喻，也有多家詮解方式，紀大偉認為鱷魚除了作為不敢出櫃的女同性戀者的隱喻之外，也代表一種安全的現身方式[91]，馬嘉蘭（Fran Martin）則由媒體偷窺切入，從鱷魚段落的主動自曝，讀出同志在被凝視時仍有策略現身的可能[92]。

　　此外，回顧國內與女同志文學研究相關的碩士學位論文，幾乎亦以研究邱妙津為大宗，且多有專書專論之作[93]，若加以其

---

[89] 見劉亮雅〈愛欲、性別與書寫——邱妙津的女同性戀小說〉一文，原刊於《中外文學》第26卷第2期（1997.07），後收錄於梅家玲編《性別論述與臺灣小說》（臺北：麥田出版，2000）。

[90] 見丁乃非、劉人鵬，〈罔兩問景Ⅱ：鱷魚皮、拉子餡、半人半馬邱妙津〉，《第三屆「性／別政治」超薄型國際學術研討會論文集》（中壢：中央大學性／別研究室，1999）。

[91] 紀大偉指出書中運用扮裝的鱷魚，可使女同性戀者在現身時保留了緩衝空間以避免窺視的剝削，可視為一種安全現身的權衡方式。紀大偉，〈發現鱷魚——建構臺灣女同性戀論述〉，《晚安巴比倫》（臺北：探索，1998）。

[92] 馬嘉蘭著，陳鈺欣、王穎譯，〈揭下面具的鱷魚：邁向一個現身的理論〉，《女學學志》15（2003.05），頁1-36。

[93] 檢索得知，迄今至少已有八本專論邱妙津的碩士學位論文產出：

年度	作者	論文名稱	畢業學系
2004	陳函謙	邱妙津小說研究	清華大學中國文學所碩士論文
2005	蔡素英	從邱妙津鱷魚手記及蒙馬特遺書探討女性主體意識之認同建構	南華大學文學所碩士論文

他述及邱妙津的碩士學位論文，則已多達數十本[94]，顯見邱妙津其人其作無疑如同劉亮雅、紀大偉等人的觀察，早已成為臺灣當代女同志書寫的經典代表，也是臺灣女同志次文化現象，自2000年迄今，年年皆有相關的碩士論文產出[95]。其中，許劍橋先聲奪人，整理搜羅臺灣女同志文化現象，評述女同志小說亦清晰可讀[96]；沈俊翔從主體建構的角度論述九〇年代臺灣的同志小說，亦可視為早期奠基之作[97]；陳函謙專論邱妙津，對於生平資料搜羅完整，有文獻價值，然某些論點則有穿鑿附會之嫌[98]；陸雪芬

年度	作者	論文名稱	畢業學系
2005	楊瀅靜	邊緣、認同與死亡的書寫——邱妙津小說研究	淡江大學中國文學所碩士論文
2008	辛佩青	異質經驗 中界書寫：以邱妙津小說開展之卑賤文學	中山大學中國文學所碩士論文
2009	林慧音	邱妙津女同志小說研究	臺南大學國語文學所碩士論文
2009	李宜義	毀滅與完成——邱妙津的自我書寫	雲林科技大學漢學資料整理所碩士論文
2010	傅紀鋼	後現代視野下的邱妙津——以《邱妙津日記》為中心的擬象研究	臺北教育大學臺灣文學所碩士論文
2011	傅淑萍	卑賤、荒誕與儀式的完成：邱妙津研究	成功大學中國文學所碩士論文

[94] 礙於篇幅所限，在此不一一贅述。

[95] 值得關切的是，以同志文學作為碩士論研究主題者多達數十本，但以同志文學作為博士學位論文題材的卻極少，即使有，也多僅以單章處理，且其論述主題皆不僅是同志文學；此現象或許也暗示了同志文學亟需更多作家縱身投入，累積質量更豐的文學作品，以期有更多的學術能量的產出，但另一方面，或許也暗示了同志文學在國內的文學院校的學術場域中，仍居於想像的邊疆位置？

[96] 許劍橋，《九〇年代臺灣女同志小說研究》（嘉義：中正大學中國文學系碩士論文，2002）。

[97] 沈俊翔，《九〇年代臺灣同志小說中的同志主體研究》（臺南：成功大學中國文學系碩士論文，2003）。

[98] 例如其整理邱妙津小說後，歸結邱妙津特別喜歡在小說人物中安排「20歲」與「5年間距」，則有穿鑿附會之病。陳函謙，《邱妙津小說研究》（新竹：清華大學中國文學研究所碩士論文，2004）。

長於資料搜集，惜對於文本的分析偶有淺薄甚至誤讀之處[99]。

　　綜觀而言，在女同志小說的論述部份，普遍集中於邱妙津其人與其作，且由於邱妙津的《鱷魚手記》與《蒙馬特遺書》皆以第一人稱觀點寫成，角色背景設定又與其生命背景大體相合，常被認為近乎自傳；因此，無論是學位論文或是期刊論文篇章，在邱妙津研究中經常將小說人物直接讀為作者本人，將《蒙馬特遺書》等同為邱妙津的悲戀告白與懺情遺書，因此，以死亡為主題之論述於其死後便縈繞不去[100]；其中，曾秀萍於1999年發表的〈生死往覆，以愛封緘——論「蒙馬特遺書」中書信、日記的書寫特質與意義〉[101]與周芬伶於2006年撰述的〈邱妙津的死亡行動美學與書寫〉[102]二篇，允為其中代表。是故，隨著印刻雜誌於2006年揭露的邱妙津日記片段、新版《蒙馬特遺書》中〈第十五

---

[99] 其論述多部當代女同志小說，認為小說多寫校園與家庭，即因女同志為家庭影響或學習環境造成，遺漏社會學的研究成果，反而坐實校園恐同體制下「同性戀過渡期」的說法；文中甚至誤套西蒙波娃的「女人並非天生就是女人，而是逐漸成為女人」的說法，認為「女同志也並非天生就是女同志，而是逐漸形成女同志」，以驗證前說。又以《逆女》為例，認為家庭融洽與否對於女同志性向是否「異於常人」有相當影響。可見其於立論上未見縝密，亦遺漏國外學者以及國內跨領域研究成果，因此對於女同志文本的探析亦流於表象。陸雪芬，《解嚴後臺灣女同志小說敘事結構研究（一九八七～二○○三）》（嘉義：中正大學中國文學系碩士論文，2004）。

[100] 例如南方朔於邱自殺後一個月即在副刊上發表專文，內容主要為探討邱妙津的早期作品《鬼的狂歡》中的數篇短篇小說，及其與邱妙津自殺的關連性，這樣的讀解方式成為後人研究邱妙津的主要路徑，例如楊瀅靜與劉淑貞的碩士論文。南方朔，〈這莫名的悲哀從何而來？論女作家的自殺兼談邱妙津〉，《自由時報》，1995.07.28-29，第29版；楊瀅靜，《邊緣、認同與死亡的書寫——邱妙津小說研究》（臺北：淡江大學中國文學系碩士論文，2005）；劉淑貞，《肉與字：九○年代後小說中的死亡與自殺書寫——以張大春、駱以軍、邱妙津、黃國峻為考察物件》（臺北：政治大學中國文學所碩士論文，2007）。

[101] 曾秀萍，〈生死往覆，以愛封緘——論「蒙馬特遺書」中書信、日記的書寫特質與意義〉，《中文研究學報》3（1999.06），頁193-211。

[102] 周芬伶，〈邱妙津的死亡行動美學與書寫〉，《印刻文學生活誌》22（2005.06），後收錄於周芬伶，《芳香的秘教：性別、愛欲、自傳書寫論述》（臺北：麥田，2006）。

書〉與〈第十九書〉的出土[103]，與2008年兩大本《邱妙津日記》的正式出版，後續諸多論述不僅就邱妙津的死亡書寫加以闡釋，也多以《邱妙津日記》、新版《蒙馬特遺書》作為主要探討素材，並讀文本與日記，邱妙津其人與其作遂有愈加重疊密合的趨勢，例如祁立峰〈邱妙津密碼：對印刻版《蒙馬特遺書》中〈第十五書〉、〈第十九書〉的探析〉[104]一文即是此種研究路徑的呈顯，2008年以後出版的數本學位論文也紛紛加入《邱妙津日記》等新資料作為探討素材[105]，甚至有研究者奮力挖掘邱妙津生前私密資料，以對照邱妙津小說文本的虛實[106]。回顧上述的研究脈絡，可見國內論述者持續開拓邱妙津文學研究面向的企圖，在加入新出土著作的研究取徑之外，也不乏有新觀點的切入，例如陳鈺欣準確地將《鱷魚手記》重新定位為解嚴前的文化女菁英校園文本，可謂別出蹊徑[107]。

隨著邱妙津作品的流播與翻譯[108]，近年來亦有愈來愈多的國

---

[103] INK印刻出版社於2006年10月再版《鱷魚手記》、《蒙馬特遺書》，其中《蒙馬特遺書》增錄原有聯合文學出版之版本中所無之「第十五書」與「第十九書」；INK印刻出版社並於2007年12月出版由其友人賴香吟選輯的《邱妙津日記》（上下兩冊）。

[104] 祁立峰，〈邱妙津密碼：對印刻版《蒙馬特遺書》中〈第十五書〉、〈第十九書〉的探析〉，《中國現代文學》13（2008.06），頁205-226。

[105] 例如在劉淑貞與李宜義的研究中，皆著重探討印刻雜誌於2005年間新刊出的邱妙津生前未發表著作〈早期習作十則〉、〈假面偶〉等篇章，林慧音、傅淑萍、傅紀鋼等皆將新出版的《邱妙津日記》作為重點研究素材。詳見前揭邱妙津研究碩士論文列表。

[106] 傅紀鋼尋訪邱妙津生前友人，搜集其於耕莘寫作班的活動紀錄等等，對照邱妙津小說及其日記的虛實。傅紀鋼，《後現代視野下的邱妙津：以《邱妙津日記》為中心的擬象研究》，（臺北：臺北教育大學臺灣文化研究所碩士論文，2010）。

[107] 陳鈺欣，〈透過小凡看到的風景：讀《鱷魚手記》中一段遺落的同性愛欲關係〉，《文化研究月報》49（2005.08.25）。[網路資料]查詢日期：2011年5月6日。網址：http://hermes.hrc.ntu.edu.tw/csa/journal/49/journal_park375.htm

[108] 2008年東京出版《鱷魚手記》的譯著。見垂水千惠譯，《ある鰐の手記》（東京：作品社，2008）。

外學者注意到邱妙津作品的重要性，除了前述長期關注臺灣同志文學、影像與文化研究的澳洲學者馬嘉蘭（Fran Martin）以外，日本學者垂水千惠透過邱妙津作品中對於日本文學——尤其是村上春樹——引用的探討，回望村上春樹文學中的女同志意象，認為邱妙津在《鱷魚手記》中對於村上春樹作品的隱藏式引用，正驗證出原本隱匿於村上春樹作品中的女同志情節[109]；中國學者方面，除陳思和著有介紹性的文字之外，徐紀陽、劉建華則認為邱妙津雖開拓女同志書寫，但卻陷入女同性戀模式下僵化的擬陽性認同[110]。值得注意的是，徐紀陽、劉建華的論述其實於無形中回應了早期女同性戀論述的歷程，劉亮雅在《同志研究》一書中針對Radclyffe Hall的《寂寞之井》[111]的評介時，引述1970年代西方女同志女性主義對於butch的論辯，指出在批判《寂寞之井》、《鱷魚手記》坐實異性戀刻板印象的同時，其實正可能遺漏了butch-femme關係的多樣性以及性別認同的複雜社會脈絡[112]。

　　除了邱妙津研究的豐富成果之外，陳雪的〈尋找天使遺失的翅膀〉與杜修蘭的《逆女》、曹麗娟的〈童女之舞〉是較常被關

[109] 垂水千惠著，許時嘉譯，〈關於邱妙津作品裡日本文學的「引用」——與村上春樹《挪威的森林》的互文性（intertextuality）為中心〉，《感官素材與人性辯證國際學術研討會論文集》（臺南：國立臺灣文學館，2010），頁17-26。
[110] 陳思和，〈鳳凰‧鱷魚‧吸血鬼：試論臺灣文學創作中的幾個同性戀意象〉，《香港文學》196，（2001.04）；徐紀陽、劉建華，〈從偽裝到告白——邱妙津的「女同志」認同之路〉，《世界華文文學論壇》2008：2（2008.06），頁20-24。
[111] Radclyffe Hall的《寂寞之井》（The Well of Loneliness）於1928年的英美文化圈發表，書中透過一自認為「性倒錯者」（invert）的第一人稱自述，呈現當時社會脈絡下的悲情女同性戀羅曼史。《寂寞之井》與《鱷魚手記》，雖發表時、地、文化背景皆大不同，但作為呈現尚未有同志認同意識以前的女同性戀情境中，介於FTM（female to male，跨性別）與butch（T）認同之間，錯綜複雜的辯證關係而言，深具對話的可能性。
[112] 劉亮雅，〈Radclyffe Hall《寂寞之井》評介〉，《同志研究》（臺北：文建會，2010），頁103。

注以及相提並論的作品，論者大多以成長敘事的角度立論[113]，尤其關切女同志情欲與惡母夢魘、戀母情結的關聯性[114]，其他論者或以邊緣、創傷書寫切入[115]，或談論其中的同志認同與情欲[116]；其中，劉人鵬與丁乃非的〈含蓄美學與酷兒政略〉[117]顯得別具創見，該文以《逆女》為研究文本，從歷史、文化層面反思同志議題，指出於中華文化中的默言寬容其實正是恐同力道之所在，進而提出隱而不顯、難以言說、卻又真實存在的「（恐同）含蓄美

---

[113] 連培妏以「邊緣之家」的概念分析逆女的雜貨店家與陳雪的《橋上的孩子》、《陳春天》，並以成長小說的觀點分析女同志文本中的成長創傷；何淑嫻在其論述《逆女》的碩論中，亦認為造成悲劇的原因正是天使的家庭。比較有趣的觀點是，何文中認為丁母的閩南語使用形成一種特殊的分離效果，將丁父、天使與自己「分離」，將「家」事擴大為「族群」事，也讓天使被迫將「家庭」與「學校」分離，迫使天使刻意捏造父母為校長和老師的身分，認為文中閩南語髒話的使用是導致悲劇故事的導火線之一，此說法雖不盡精確，卻呈顯出性／別與階級、族群間多元複雜的辯證性。連培妏，《九〇年代以降臺灣女性成長小說研究》（臺北：政治大學中國文學研究所碩士，2006）；何淑嫻，《逆女敘事結構分析》（臺中：東海大學中國文學研究所碩士論文，2006）。

[114] 例如蕭義玲與石曉楓論述陳雪的〈尋找天使遺失的翅膀〉之時，皆不約而同地將其解讀為戀母情結的呈現；石曉楓與吳達芸、蔡淑苓則皆將《逆女》中T角色的天使視為欠缺母愛所致；蘇偉貞則認為〈童女之舞〉中鐘沅與母親疏遠的關係亦是促成她走向女同志認同的原因。蕭義玲，〈九〇年代新崛起小說家的同志書寫──以邱妙津、洪凌、紀大偉、陳雪為觀察對象〉收於紀大偉編《感官世界》（臺北：探索，2000）；石曉楓，《八、九〇年代兩岸小說中的少年家變》（臺北：臺灣師範大學國文學系博士論文，2003）。吳達芸、蔡淑苓，〈時代典型家庭的《逆女》悲歌〉，《第二屆幼兒保育論壇研討會論文集》（臺南：臺南科技大學幼兒保育系，2007），頁177-199；蘇偉貞，〈（新）女性的出走與回歸──以八、九〇年代《聯合報》小說獎為主兼論媒體效應〉，《臺灣文學研究學報》10（2010.04），頁149-181

[115] 例如劉思坊，《解嚴後臺灣小說瘋狂敘事研究：以舞鶴、陳雪為觀察中心》（臺北：政治大學臺灣文學研究所碩士論文，2009）；朱偉祺，《陳雪小說創傷書寫研究》（臺南：臺南大學國語文學系碩士論文，2008）。

[116] 李淑君，《身體・權力・認同──論陳雪女同志小說中的身體政治》（臺南：成功大學臺灣文學所碩士論文，2004）；江碧芬，《九〇年代臺灣女同志小說中的情欲書寫──以邱妙津、陳雪為主要探討對象》（宜蘭：佛光大學文學系碩士論文，2006）。

[117] 劉人鵬、丁乃非著，〈含蓄美學與酷兒政略〉，丁乃非、劉人鵬編《罔兩問景：酷兒閱讀攻略》，（中壢：中央大學性／別研究室，2007），頁3-44。

學」，極其精闢，也讓《逆女》這部向來較缺乏論述者關愛的文本得以發揮其文化意義；白瑞梅在〈陳雪的反寫實、反含蓄〉[118]一文中則以較少見的婆（femme）的觀點切入，指出婆在面對性規訓論述時的複雜與不可見。

在前述作品以外，其他女同志文學作品的評述便顯得稀少許多，諸如文學大家朱天心早年的幾篇描寫女女情誼的作品《擊壤歌》、〈浪淘沙〉、〈春風蝴蝶之事〉，張亦絢的兩本女同志小說集《壞掉時候》、《最好的時光》，以及凌煙獲得自立報系百萬小說獎的作品《失聲畫眉》，在學院論述中皆甚少受到關注。其中，張亦絢的相關評述尤其稀少[119]；朱天心雖則身為成名甚早、備受關注的小說家，但相關評述皆集中於其他作品，研究觀點也多由其族群、家／國意識切入[120]，甚少關切其早期作品中的女女情誼[121]；凌煙的《失聲畫眉》則因其描繪野臺歌仔戲班，在

---

[118] 白瑞梅，〈陳雪的反寫實、反含蓄〉，丁乃非、劉人鵬編《罔兩問景：酷兒閱讀攻略》，（中壢：中央大學性／別研究室，2007），頁45-66。

[119] 劉亮雅探討張亦絢〈幸福鬼屋〉所呈顯出來的女同性戀的「鬼魅書寫」，是較值得注意的張亦絢研究，後來張琬貽沿此續論；另外，章憶文在《最好的時光》中的序文，則應是針對張亦絢作品的評述中，較為完整豐富的一篇。劉亮雅，〈鬼魅書寫：台灣女同性戀小說中的創傷與怪胎展演〉，《中外文學》（2004.06），頁165-183；張琬貽，《臺灣當代女性小說中的鬼魅書寫（1980-2004）》，（新竹：清華大學中國文學研究所，2005）；章憶文，〈序：也不刻意纏綿──仍在進行中的認同書寫〉，收錄於張亦絢著《最好的時光》（臺北：麥田，2003），頁3-10

[120] 吳忻怡於其論文中曾仔細回顧歷來研究朱天心的論述，可發現主要由族群書寫、國族認同等切入。吳忻怡，〈成為認同參照的「他者」：朱天心及其相關研究的社會學考察〉，《臺灣社會學刊》41，（2008.12），頁1-58。

[121] 僅有余幼珊在一篇介紹性的文字中談及朱天心〈春風蝴蝶之事〉中的女同情愛，以及朱偉誠近年選編的《臺灣同志小說選》中選入朱天心的〈浪淘沙〉並予以評介。但在社會學學位論文的訪談內容中卻明確提及菁英女同志族群對於《擊壤歌》、〈浪淘沙〉的愛好與認同：「受訪者朱庭、靖文、小精靈及小牛都有提到過朱天心的小說對她們的同志認同影響極大。」余幼珊，〈有情無慾的春風蝴蝶女子〉，《誠品閱讀》（1994.08），頁38-40；朱偉誠，《臺灣同志小說選》（臺北：二魚，2005）；張喬婷，《異質空間vs.全視空間：臺灣校園女同

普遍以北部大學菁英為主題背景的臺灣女同志文學與文化中,具有其族群與階級方面的特殊性,近年稍有論述提及,如鄧雅丹就以「鄉下酷兒」評述《失聲畫眉》,指出在九〇年代都會階級同志認同的歷史脈絡中,不被看見的「低階的性」與跨性別[122],曾秀萍則在前述的基礎上,挑戰既有的性/別與家國論述框架,反省以都會、學院、菁英為主的同志/酷兒論述所忽略的傳統與鄉土面向,亦十分可觀[123]。

　　除此之外,在近年由男性作家跨界書寫的關涉女同志的小說中,如駱以軍的《遣悲懷》與舞鶴的《鬼兒與阿妖》,亦是相當值得關注的文學作品與文化現象;駱以軍於《遣悲懷》中與已然逝去的邱妙津展開對話,王德威在該書的序文中肯定此書的文學價值,稱許其為「新世紀臺灣小說的第一部佳構」[124],但另一方面,在女同志的網路看板中與《文化研究月報》場域裡,卻引起立場不一的論辯[125];舞鶴的《鬼兒與阿妖》向來論述較少,但

志的記憶、認同與主體性浮現》(臺北:臺灣大學建築與城鄉研究所碩士論文,1999),頁113。

[122] 鄧雅丹,〈鄉下酷兒:《失聲畫眉》的性/別再現政治〉,《文化研究月報》49,2005年8月25日。[網路資料]查詢日期:2011年5月6日。網址:http://hermes.hrc.ntu.edu.tw/csa/journal/49/journal_park374.htm

[123] 曾秀萍,〈第三性與第三世界鄉土/國族論述——《失聲畫眉》的底層飄浪、性/別、鄉土與家國〉,《酷兒飄浪國際研討會論文》(臺北:臺大婦女研究室,2010)。(尚未結集出版)

[124] 王德威,〈我華麗的淫猥與悲傷——駱以軍的死亡敘事〉,《遣悲懷》(臺北:麥田,2001),頁23。

[125] 鍾瀚慧認為由網路女同志對《遣悲懷》的撻伐,正反映出女同志社群在主體建構時的純粹性與封閉性;陳祐禎則認為《遣悲懷》書中與無法言說的亡者對話的書寫策略相當粗暴;柯裕棻則為文反對鍾瀚慧的說法,但後續邱伊翎又為文反對柯裕棻的立場。鍾瀚慧,〈誰能言說,遣誰的悲懷——從駱以軍之《遣悲懷》新書輿論現今女同志的主體建構〉,《文化研究月報》12(2002.2.15);陳祐禎,〈無能言說的亡靈——評《遣悲懷》對邱妙津的意淫〉,《文化研究月報》13(2002.03.15);柯裕棻,〈回應鍾瀚慧的「誰能言說,遣誰的悲懷」一文,作者恆然已然死亡意義疆域的不確定性以及爭鬥的必然必要性〉,《文化研究月報》13(2002.03.15);邱伊翎,〈鬥爭必然必要如此進行?——回應陳祐禎、柯裕棻

魏偉莉認為《鬼兒與阿妖》雖標榜邊緣，呈顯出來的卻是另一種「中心」，即對於女同志族群的刻板化描繪[126]。

第四節　論文架構與章節安排

在第一章的緒論之後與第五章的結論之前，本文將主要論述分為三章撰寫，並依下列論文架構與章節安排進行研究：

第二章〈純情「童」女：八〇年代前後臺灣女性小說中的菁英認同與女女情愛〉：本章前半段將回溯解嚴前後八〇年代臺灣社會初起的婦女運動，觀察在九〇年代繼起的女同志運動前，在父權體制與異性戀體制的雙重框架下，「文學院式婦運」的菁英認同與女性意識，以及其與菁英女校教育脈絡的關涉；後半段中，本文溯及未有同志認同的八〇年代前後女作家筆下的女女情愛文本，主要觀察文本為李昂的〈回顧〉與〈莫春〉，朱天心的《擊壤歌》與〈浪淘沙〉、〈球・青春行〉、〈春風蝴蝶之事〉，陳燁的〈彩虹紋身〉，以及曹麗娟的〈童女之舞〉，探析其中所呈顯的校園空間與青春時光的時／空意涵，與在菁英青少女認同的「優秀」成就與「成長」敘事之下，純情「童」女形象可能隱涵的去性化規訓。

第三章〈經典「同」女：九〇年代臺灣女同志小說中的文化菁英位階與性／別邊緣想像〉：本章將接續第二章所論述的八〇年代菁英女校中的女女情愛書寫脈絡，進而以九〇年代劇烈變動的氛圍中，十分具有「典型」菁英女同志意義的已故作家邱妙津

二人的文章〉，《文化研究月報》14（2002.04.15）
[126] 魏偉莉，〈論「鬼兒與阿妖」中女同志性別角色的刻板化書寫〉，《臺灣文學評論》3：3（2003.07），頁77-95。

的小說為主，並以其他同時期的女同志文本，例如林黛嫚、張亦絢、杜修蘭、曹麗娟等其他作家的作品為輔，論述女同志小說中的菁英氣質，以及菁英女同志不同於社會學研究中所關注的T吧階級女同志的既中心又邊緣的性／別位置與文化位階，並思索這種依違於邊緣與中心的文化位階，其中所呈顯出來的菁英認同與邊緣想像，如何延續並深化性／別位階與愛慾身體的複雜糾結。

第四章〈同女漫遊：兩千年網路世代中女同志文學的愛慾書寫與大眾化轉折〉：在九〇年代同志運動與同志文學高峰期過後，臺灣女同志文學與文化究竟是沉寂或是轉向？在八、九〇年代以來的優秀／年輕／含蓄的女同志敘事之下，兩千年後的女同志文學又如何在風潮漸歇之後開拓新局？本章將論析兩千年後的女同志文學與文化生態，觀察在菁英女同志文化脈絡下，兩千年後以大學BBS網路為集結路徑的菁英女同志文化氛圍，並以兩千年前後的女同志作家書寫、新世代女同志文學，以及由網路空間起家的大眾女同志小說為例，論析兩千年後的女同志文學如何承接、轉化九〇年代悲情陰鬱的菁英女同志文化。

第二章

純情「童」女：八〇年代[1]前後臺灣女性小說中的菁英認同與女女情愛[2]

　　考察臺灣當代的女同志文學研究脈絡，一般皆以九〇年代前後的女同志文學文本為基點，且大多以九〇年代積極建構同志主體的認同政治為主要切入點，作品中有無同志認同、同志情慾書寫等成了重要的判準點，因此，關於九〇年代以前妾身未明的女性文學中的女女情誼書寫，則較少被提及；然而，本文想要進一步思索的是，除了政治解嚴與後現代、後殖民的解構之外，與女同志認同親密糾葛的婦女運動，以及八〇年代的女性文學，對於九〇年代標舉的女同志文學帶來了什麼樣的影響？亦即，歷經八〇年代的婦女運動與女性文學，再到臺灣當代同志運動初期的認同政治、酷兒運動的差異多元觀點之前，其間的臺灣女同志文學呈顯出怎樣的轉折與契機？

---

[1] 前行研究中公認1990年代是同志運動興起、同志主體認同建構的年代，以女同志相關運動而言，1990年第一個女同志團體「我們之間」成立，1993年第一個女同志校園刊物《愛報》出刊，1994年女同志刊物《女朋友》創刊；在同志文學方面，朱偉誠回顧臺灣同志小說史，以1993年視為分期點，將1983年至1993年間的作品視為「問題期」，1993年至2000年間視為「狂飆期」。參照同運觀點及同志文學發展來看，1990前後應是女同志文學轉變的關鍵期，具承上啟下的轉折意義，因此，在1990年代前後的作品方面，本文將依其所呈顯的內容，分別置於二、三章討論之。

[2] 本章所謂的「女女情愛小說」，乃介於姊妹情誼與女同志情慾之間妾身未明的曖昧情愫，大都不以愛情名之，而藉以友誼等遁詞，未如1990年代以後的女同志般具有明確的自我認同，因此本章不採取現今慣用的「女同志」為題目，因本文所探討的文本涵括1990年代前的數篇小說，然臺灣的同志運動乃於1990年代前後而起，因此本文所引述的文本並非全都具有以同志認同為立足點的主體思維，為免以今鑑古之缺漏，故不以1990年後慣用的「女同志」為題。

本章前半段將回溯解嚴前後八〇年代臺灣社會初起的婦女運動，觀察在九〇年代繼起的女同志運動前，在父權體制與異性戀體制的雙重框架下，「文學院式婦運」[3]的菁英認同與女性意識，以及其與菁英女校教育脈絡的關涉；後半段中，本文溯及未有同志認同的八〇年代前後女作家筆下的女女情愛文本，主要觀察文本為李昂的〈回顧〉與〈莫春〉，朱天心的《擊壤歌》與〈浪淘沙〉、〈球‧青春行〉、〈春風蝴蝶之事〉，陳燁的〈彩虹紋身〉，以及曹麗娟的〈童女之舞〉，探析其中所呈顯的校園空間與青春時光的時／空意涵，與在菁英青少女認同的「優秀」成就與「成長」敘事之下，純情「童」女形象可能隱涵的去性化規訓。

第一節　婦運中的菁英認同與女性文學場域

一、婦運中的新女性：以「秀異」的社會位階改寫女性　　地位

　　回顧解嚴前後臺灣婦女運動的歷史淵源，顧燕翎將臺灣自七〇年以來的婦女運動略分為三個時期：第一階段為呂秀蓮發起的「新女性主義」，第二階段為李元貞創辦《婦女新知》時期，第三階段則為1987年解嚴後的婦女運動。[4]在第一階段的「新女

3　王雅各認為，「文學院式婦運」可能是除了政治對婦運的影響以外，臺灣婦女運動最大的特色。不僅絕大多數的臺灣婦女運動人士皆出身於文學院，「文學院式婦運」的推動方式是製造論述並使之再現於大眾媒體。王雅各，《臺灣婦女解放運動史》（臺北：巨流，1999），頁39。

4　王雅各將婦女運動分為1980年代之前、1980年代、1990年代三個時期，亦與顧燕翎相類，張輝潭也大致認同這樣的分期說法。顧燕翎，〈從婦運看女性意識發展的階段性〉，姜蘭虹編，《婦女研究暑期研習會論文集》（臺北：臺大婦女研究

性主義」時期中，呂秀蓮允稱為臺灣早期婦女運動最重要的推手，其於1974年初版的《新女性主義》[5]中提出「先做人，再做男人或女人」的中心思想，強調女性的獨立自主，所謂實質上的「真」平等。作為七〇年代的拓荒奠基之作，《新女性主義》多由「兩性」平等來著手，討論婦女問題時，不忘時時回應二元框架下的男性目光，但在其他性／別視角與後來婦運中的女同性戀路線等等，則尚未觸及。

但另一個值得注意的現象是，早在呂秀蓮鼓吹「新女性主義」七〇年代期間，即被攻擊以鼓勵雜交群婚等等[6]；如今看來，「新女性」的回應策略則是，既被攻之以性開放，則更強調較易於被接受的傑出職業婦女認同，並以傑出的職業表現與固有的家庭母職皆一肩雙挑的兩全策略，以「秀異」的社會位階改寫父權體制下弱勢的女性位置。八〇年代期間的婦運第二階段時期，1982年由李元貞等人創辦的「婦女新知雜誌社」為繼之而起的婦運重要推手；1986年由婦女新知出版《當代傑出職業婦女》[7]，1987年由中華民國管理科學會策劃譯著《女中豪傑》[8]，在這二本同質性極高的書中，即可發現婦運當時積極以

室，1988）；王雅各，《臺灣婦女解放運動史》（臺北：巨流，1999）；張輝潭，《臺灣當代婦女運動與女性主義實踐初探》（臺中：印書小舖，2006）。

[5] 《新女性主義》雖於1974年初版，但據呂秀蓮在其第四版改由前衛出版社印行的自序中所言，第一版印出後未及行銷即被幼獅出版社擱置，直至1977年由呂秀蓮籌辦之「拓荒者出版社」出版後，才得以面世。呂秀蓮，〈纏綿的故事 四版序〉，《新女性主義》（臺北：前衛，1990），頁9-10。

[6] 呂秀蓮於1977年出版《新女性主義》呈送內政部著作權委員會申請著作權登記時被駁回，提出再訴願時，行政院的再訴願結論為：「該書醜詆我國固有文化，嚮往雜交群婚，顯然有乖社會倫常即有悖人情公序。」見呂秀蓮，〈纏綿的故事四版序〉，《新女性主義》（臺北：前衛，1990），頁12。

[7] 鄭至慧主編，《當代傑出職業婦女》（臺北：婦女新知雜誌社，1986）。

[8] 此書為針對美國25位社會傑出職業女性的介紹。黃慰萱、唐錦超譯，《女中豪傑》（臺北：卓越文化，1987）。

傑出的職業婦女形象超越性別藩籬；李元貞在《當代》一書中的序文〈向職業婦女致敬〉[9]即開宗明義地提及學位高、成就高的職業婦女的傑出社會表現，以及她們同時熱愛家庭、母職的另一面[10]。

值得注意的是，雖則書中的三十位傑出職業婦女，亦不乏未婚者，但從訪談的策略看來，凡是未婚婦女，皆無情感部分的提問，但更加注重其專業領域的細節發問，更強調其於職業生活的專業形象；這種當時可能意在貼心的策略性迴避與強調，正反映出當時社會普遍對於不在婚姻架構內的情慾的無言以對。此現象自然是當時的時代限制所致，非限於《當代》或《女中豪傑》二書；然在以今鑑古的同時，其實也映照出九〇年代以前，在父權體制與異性戀體制下，所有溢出婚姻體制外的情慾的不可言說。

二、文學院式婦運中的女性文學場域

在九〇年代的同志運動之前，女同志議題在婦女運動中自然還是隱而未宣的話題。回顧九〇年代以前的史料中，少有直接觸及女同性戀的論述，即使少數提及者，也未有深入評述，例如子宛玉在1988年撰述的婦女運動簡介中雖提及「女同性戀分離主義」，但其認為這乃是婦女運動面對強勢男性文化欺壓之下的極端回應的一種，且不啻為畫地自限的退縮性作法[11]。此外，李

9　李元貞、鄭至慧主編，《當代傑出職業婦女》（臺北：婦女新知雜誌社，1986），頁3-4。

10　在黃惠美於1984年間寫就的論文中也認為：「婚姻美滿最快樂的夫婦，就是兩人均有職業，且平均分擔家務和養育子女的責任。」黃惠美，《職業成功女性人格特質與工作滿足之研究》（臺北：臺灣師範大學家政教育所碩士論文，1984），頁144。

11　子宛玉，〈序：婦女運動與女性主義批評〉，子宛玉編《風起雲湧的女性主義批評》（臺北：谷風，1988），頁8。

元貞在婦女新知叢書中於1988年、1990年所出版的《婦女開步走》、《解放愛與美》二書中，雖未正面觸及，但稍可推見其時婦女運動中女人互助團體與女女情愛的契機；與七〇年代呂秀蓮「新女性主義」時期牢牢固守男女兩性的陰柔並濟路線相較，李元貞在《婦女開步走》中特別闢出「單身女性」專章，除了同樣呈顯出經濟自主的中產階級路線以外，其中所構畫的單身女性生活藍圖其實也保留了部分隱而不宣的女女情愛的想像空間[12]，在《解放愛與美》中則以女性主義文學批評介入，除了可看出主流婦運中反色情路線的軌跡[13]，也可以在其針對「紫色姊妹花」這部電影的評述中，看出女人互助團體的空間[14]。

　　另一方面，考察臺灣婦運的策略與特色，女性文學與婦女運動的相輔相成也是不可忽略的脈絡。由呂秀蓮在第一階段婦運中即已常在報刊雜誌上為文撰述婦權觀點，與施叔青等人成立由純女性組成的「拓荒者出版社」[15]，甚至寫作宣揚新女性理念的小說《這三個女人》[16]看來，婦運與女性文學之間的聯結與互涉，

---

[12] 「現在也逐漸出現一些單身女性，很會過單身生活，工作敬業不說，也懂得有計畫地賺錢，……如果遇到合得來的朋友，不論同性、異性，視彼此需要而共同生活一段時間，成為不錯的朋友，……即使自己想要個孩子，都可以領養或自己生一個也沒什麼問題，譬如人工授精。只要安排好養育的細節，為孩子將來打算好，則單身女性仍可以擁有一份親情。」李元貞，《婦女開步走》（臺北：婦女新知，1988）。

[13] 例如書中第一編「被扭曲的愛與美」中的六篇文章，多批判大眾傳媒中的色情與物化女性，因之書中所謂的「解放」並非性的解放，而是類似MacKinnon的反色情路線。李元貞，《解放愛與美》（臺北：婦女新知，1990）。

[14] 李元貞，〈覺醒與發光的女性靈魂——談電影「紫色姊妹花」〉，《解放愛與美》（臺北：婦女新知，1990）。

[15] 1976年呂秀蓮為了推動婦運創辦「拓荒者出版社」，由施叔青任總編輯，成員另有曹又方等人。出版社以文字拓荒，於報章雜誌撰文，舉辦婦女講座等，廣獲當時教授與作家的支持，出版包括女作家選輯等書。參考呂秀蓮，《數一數拓荒的腳步》（臺北：拓荒者，1976）。

[16] 呂秀蓮，《這三個女人》（臺北：自立晚報，1985）。

從婦運初始之時便已奠基，又如婦女新知的領導者李元貞，本身即積極以詩作與女性詩學的論述與建構來回應婦運議題，且婦女運動者率皆擁有清一色的高學歷知識份子形象。據王雅各的考察，婦女新知創辦者的主要成員幾皆出身於文學院，其女性主義論述亦常衍伸自文學理論，即所謂「文學院式婦運」的延續；另一方面，成員多為中產階級、優勢地位者，大都來自臺灣大學，多有留學經驗，因此除年齡相近外亦有相類的生活體驗[17]。據此，王雅各認為臺灣婦運的開啟，與經濟好轉、女性接受高等教育機會的增加息息相關[18]，雖然與美國婦運的版本相類，充滿了中產階級性格，但卻有其歷史脈絡上的不得不然。

在九〇年代以前，同志認同與女同志話題尚未於婦運場域受到關注之時，婦運關切的重點乃為父權體制下婦女的處境，大體上看來，對於男／女二元性別以外、婚姻體制以外的情慾與認同仍缺乏想像力。然而，觀察八〇年代的女性文學發展，卻可發現在教育程度普遍提高、傑出的職業女性認同與女性結盟的氣氛中，女性對於愛情與婚姻的想像其實已產生部分質變。回溯臺灣的女性小說發展概況，可發現從五〇年代普遍描繪純良女性的林海音、琦君等，至六、七〇年代現代主義時期著重心理層面書寫

---

[17] 王雅各歸結道：「婦女新知的創辦者們可以說是一群年齡相近並且有類似生活經驗的女人。基於她們在成長過程中目睹了臺灣社會的父權性格，並且在日常生活中對於女人被壓迫有親身的體認，因此使得她們有極為強烈的意願，去從事改善婦女處境的心願。其次，這一群女人本身是臺灣社會中的優勢地位者（大多至少是中產階級）。除了大學教育之外，她們都有研究所的學院和留學的經驗，受到美國第二波婦運思潮的洗禮和接觸呂秀蓮『新女性主義』是她們共同的特色。」王雅各，《臺灣婦女解放運動史》（臺北：巨流，1999），頁62。

[18] 周碧娥與姜蘭虹亦有相似的觀察，認為臺灣婦女運動在七〇年代的開啟，與女性知識份子的產生以及西潮的激盪有關。周碧娥、姜蘭虹，〈現階段臺灣婦女運動的經驗〉，徐正光、宋文里編，《臺灣新興社會運動》（臺北：巨流，1990），頁79-101。

的歐陽子、施叔青等，八〇年代的女性小說其實又呈顯了與前此迴異而多元的變貌，范銘如遂以「女性文藝復興期」[19]名之，周芬伶亦認為女性小說的多樣化與熱門化應是解嚴前後二十年的重要小說現象[20]。

回溯八〇年代豐收的女性文學成果中，朱天心、朱天文、平路、李昂、袁瓊瓊、蘇偉貞、廖輝英、蔣曉雲等皆為廣受注目的女性小說家，紛紛以外遇、離婚等題材寫出對於愛情與婚姻神話的反思，自然已與往昔的閨秀文學有相當的差距，又如朱秀娟的成名作《女強人》[21]，崇尚自信幹練的職業女性，更呈現出當時婦女運動下的女性自主意識。但是，在過往的研究中也指出，八〇年代的解嚴前女作家雖然已勇於反思當時的婚姻體制，但在書寫筆觸上多仍較為保守，如周芬伶就認為除了李昂以外，此時期中具有強烈女性意識的作品並不多[22]；的確，與解嚴後九〇年代女性文學中所展現的多元紛呈的情慾、城市、消費等風貌相較之下，八〇年代的女作家雖然試圖回應婦運觀點、掙脫父權框架，但在婚姻與情慾的變貌描寫方面，仍無法完全跨出傳統框架，在女性形象的構畫方面也往往顯得較為單一與素樸[23]。

---

[19] 范銘如，〈新文學女作家小史〉，《文學地理：臺灣小說的空間閱讀》（臺北：麥田，2008），頁299。

[20] 周芬伶，〈從善女到惡女到同女──女性小說的心靈變貌〉，《聖與魔──臺灣戰後小說的心靈圖像（1945～2006）》（臺北：印刻，2007）。

[21] 朱秀娟，《女強人》（臺北：中央日報，1986）。

[22] 周芬伶，〈從善女到惡女到同女──女性小說的心靈變貌〉，《聖與魔──臺灣戰後小說的心靈圖像（1945～2006）》（臺北：印刻，2007）。

[23] 例如李元貞就認為蘇偉貞《紅顏已老》、袁瓊瓊〈自己的天空〉等作品雖然寫出現代女性對於兩性婚姻愛情的質疑，但仍如同傳統女性，須依賴男性才能生存；朱秀娟與呂秀蓮的女強人小說雖提出了健康又光明的女性典範，但在描繪八〇年代兩性愛情與婚姻的變貌方面則缺乏血肉，只是徒具理念性的指引。見李元貞，〈女性主義文學批評下的臺灣文壇──立基於一九八六年的省察〉，子宛玉編《風起雲湧的女性主義批評》（臺北：谷風，1988），頁211-213。

大體而言，綜觀八〇年代的女性小說，其表現題材大多皆與兩性之間的情慾與競逐大有關係，但在情慾部分卻大都點到為止；換句話說，在這些初步呈顯出女性情慾的小說中可發現，當時追求的女性價值乃是回應婦運論述中的中產階級式的職業婦女認同，也是一種婚姻體制內的男女平等互惠。因此，即使在這些女性小說中偶爾也觸及婚前性愛、外遇、離婚、娼妓等新的層面，但在性的態度與描寫上仍趨於保守，並不真正鼓勵女性追求婚姻體制外、或是異性戀體制外的情慾自由。然而，若由八〇年代前後出現的女女情愛小說看來，這種大多以高中女校為背景的限制性敘事則為相當具有對照意義的文本，雖然這些文本也表現出與當時普遍的女性文學脈絡相似的去情慾、去性化的情愛想像，且文中皆不具有明確的同志認同，因此在過往九〇年代的同志運動與同志文學熱潮中，也較未如九〇年代同志現身的作品那般受到關注，然而其隱遁在純情女校與菁英認同的保護傘下，隱而不顯的女女情愛敘事，卻因此自自然然地植根抽長於八〇年代的女性文學場域中。

　　另一方面，由當時女作家與婦女運動者之間相輔相成的「文學院式婦運」現象看來，考察當時深受「文學院式婦運」影響的女性文學場域，其實亦正逐漸萌發出女女結盟的可能。例如，前述的呂秀蓮與施叔青共同成立的「拓荒者出版社」即為值得注意的歷史淵源，施叔青不僅本身即為女性文學作家，其妹李昂後來也以《殺夫》等女性文學聲名大噪，但李昂早於八〇年代前後即另外著有書寫校園女女情愛的〈回顧〉與〈莫春〉；此外，如朱天心於七〇年代末少女時期的北一女記事《擊壤歌》[24]與〈浪淘

---

[24]　《擊壤歌　北一女三年記》為長篇散文，最初版本於1977年由長河出版社印行，後經不斷再版與再刷；本文採用2001年由聯合文學印行的版本。

沙〉、〈球・青春行〉[25]等作,以及陳燁、曹麗娟在八〇年代末
與九〇年代初發表的〈彩虹紋身〉[26]、〈童女之舞〉[27]等作品,
皆可看出父權體制下的女性觀點與女女情愛的曖昧過渡。

如同前述,八〇年代的「新女性」積極以秀異的學歷、職
業、社會位階來改寫父權體制下弱勢的女性位置;然而,不可忽
略的是,在臺灣的教育體制中,第一志願高等學校往往皆為單性
學校,因此,這些秀異的婦女運動者、女作家、新女性,其實
大都出自各地方的菁英女校,尤其是位於臺北市中心的北一女
中[28]。以臺灣活躍的婦女運動者與女性文學作家、女性文學研究
者而言,至少有呂秀蓮、陳若曦、歐陽子、鄭至慧、施寄青、廖
輝英、平路、三毛、林泠、張小虹、朱天心、林芳玫、梅家玲、
江寶釵、洪淑苓、邱妙津、胡淑雯、范雲等皆出自北一女中;當
然,北一女中並非臺灣唯一的菁英女校,然而以本研究主要探討
的作家文本與時代背景而言,朱天心、邱妙津、胡淑雯皆畢業於
北一女中,《擊壤歌》與《鱷魚手記》、〈北么傳說〉等文又都
對北一女中有所著墨,婦女新知與臺大女研等婦運相關團體成員
亦多出身於北一女中,而如李昂、陳燁、陳雪、張亦絢等作家則
出自其他地方的女校[29];在這些相似的女校經驗與時空脈絡,究

25 〈浪淘沙〉與〈球・青春行〉皆為短篇小說,出自《方舟上的日子》,最初版本
於1977年由言心出版社印行;本文採用2001年由聯合文學印行的版本。
26 〈彩虹紋身〉為短篇小說,收錄於陳燁於1990年出版之短篇小說集《孤獨和年輕
總是睡在同一張床上》。
27 〈童女之舞〉獲1991年聯合報文學獎短篇小說首獎,同年九月連載於聯合報,
1998年收錄於大田出版社印行的曹麗娟《童女之舞》短篇小說集中。
28 因本文討論文本仍不可避免地將以臺北空間書寫為主,且因北一女中位於臺北
市,擁有最為優勢的文化資源,是全臺灣的女校中少數具有蒐羅詳盡的公開出版
校史,並有數本公開出版的編選文集;因此以北一女中為主要背景資料,雖有偏
重臺北地域之缺失,亦為本研究上的限制,但仍應是相較之下較適合、較完整的
研究材料。
29 李昂高中就讀彰化女中,陳燁則曾就讀於臺南市的公立女校中山國中(中山國中

竟又為八〇年代爾後的女性結盟與女女情愛，提供了怎樣的可能
與不可能？以下，本文擬從臺灣高中女校談起，回溯臺灣歷史脈
絡中的女校空間，思索其中所呈顯出來的菁英認同與文化意義。

三、女校教育中的菁英認同與性／別意識

臺灣的高中女校，基本上乃為承接日治時期的高等女學校[30]
而來，然而這些在日治時期作為新娘養成教育的「附屬」[31]女子
學校，之所以純招收女性，乃因其教育目的主要為將日人貴族女
孩培育成賢妻良女，在教育目的本質上便與其時純招收男性的中
學迥異，不若中學教育目的的知識求取、菁英養成，女子學校的
教育核心目標乃為養成將來「附屬」於男性的家事管理技藝[32]。
觀察北一女中不同時期的校歌歌詞，也可由側面觀察臺灣社會歷
來對於理想女學生的不同想像，日治時期的校歌歌詞曰：「正し
く強くしとやかに、変わらん操養えや」（「正直、堅強、端
莊，是我們永遠秉持的涵養」[33]），此外，由北一女校史中所收

自2008年起才改制為男女兼收），陳雪就讀臺中女中，張亦絢則為臺北市中山女
高校友。

[30] 日治時期的中學教育，高等女學校即相當於戰後以來的女子中學，授課時數偏重
於文史、日語學習、裁縫，顯見在日治時期的女子中學教育，目的在於培養宜室
宜家的新娘。參考臺灣省政府教育廳修撰委員會編纂，《中華民國臺灣省省立高
級中學校志》（臺北：臺灣省政府教育廳修撰委員會，1984）。

[31] 以北一女中為例，其於日治時期創設之初便為「臺灣總督府國語學校第三附屬學
校」，後來儘管校名幾經沿革，然總不出「附屬」二字：臺灣總督府國語學校第
三附屬高等女學校、臺灣總督府高等女學校，「附屬」即意指附屬於「中學校」
（男子學校），服應日本國情男尊女卑的傳統。參考北一女百年特刊編輯委員會
編纂，《典藏北一女》（臺北：正中，2003）。

[32] 以今日臺南女中的前身，即1917年成立的「總督府臺南高等女學校」與1921年成
立的「臺南州立臺南女子高等普通學校」為例，無論是專收日人的前者或供臺灣
女子就讀的後者，皆以培養賢妻良母為目標，諸科目中以裁縫、家事、烹飪三科
最為重要。參考臺南女中校史室展覽說明。

[33] 清水儀六作詞，本文採黃素香的翻譯。

錄的校友文章看來，儘管日治時期就讀者皆為日人貴族女兒、以及臺人權貴且極優秀的女性，但其畢業後多仍以操持家務、照顧丈夫為主，少有就業者，例如以下這段敘述：「在戰前，不少第一高女的畢業生繼續深造，……她們或許會就業，但結婚以後大多選擇致力於家庭教育。」[34]以戰前傑出校友顏梅而言，雖是當時極少數擁有高等學校教師資格的臺灣女性，但於婚後也痛下決心，以丈夫、子女為優先，辭去教職，因其認為讀書與高就僅是一個人的榮耀，但若盡心於家庭教育、成就子女，則是倍增的榮耀，由此可見當時女性於父權體制下的成就嚴重受限。

國民政府接收後，仍延續日治時期以往的女子學校編制，且尚有新設的女子學校產生[35]；在戰後隨大陸來臺教育人士所帶來的中國五四運動時期女學思潮的影響下，女校的教育目標亦漸發生變化[36]，觀察1946～1953年的校歌歌詞「學問深造、女權促進，實行國父遺教」、「我們目標定得高，我們工作要做得好」（胡琬如作詞），以及1953年後迄今的校歌歌詞「莘莘學子，志氣凌霄，齊家治國，一肩雙挑」（江學珠校長作詞），可發現從前述的日治時期對於理想女孩的端莊想像，到戰後已因反共救國凌駕一切，暫且忽略性／別差異，希望促進女權、深造學問，目標是要求女性工作也要做得好。1953年後迄今的歌詞中的理想女

---

[34] 陳慈玉，〈北一女在臺灣女子教育史上的角色〉，《典藏北一女》（臺北：正中，2003）。

[35] 例如以本文著重討論的高中女校舉例，位於臺北市的景美女中便於戰後的民國51年才設立。

[36] 簡瑛瑛與桑梓蘭都曾由中國五四時期的女學思想與女校教育，探討五四時期大陸女作家的校園女同性愛書寫，允為可供續思考、對照的途徑。簡瑛瑛，〈何處是（女）兒家——現代女性文學中的同性情誼與書寫〉，《何處是女兒家：女性主義與中西比較文學／文化研究》（臺北：聯合文學，1999），頁13-39；Tze-lan D. Sang.（2003）*The Emerging Lesbian: Female Same-Sex Desire in Modern China.* Chicago: University of Chicago Press.

性則與臺灣後來呂秀蓮於七〇年代倡導的「新女性」觀點有異曲同工之妙，期待女性未來成為國家菁英，一方面做傑出的職業女性，一方面也兼管家務。由此可發現，隨著臺灣社會的發展，與女性教育機會的提升，自日治時期以來的「賢良妻女」的框架似乎有了逐漸鬆綁的空間。

而以北一女中戰後首任、也是在任最久（1949～1971）的校長，也是北一女中迄今的校歌歌詞作詞人江學珠為例，其於中國時期即為江蘇省立松江女中的校長[37]，在北一女百年特刊《典藏北一女》一書中的校友文章可發現，江校長其終身未婚、奮力事業的女性菁英形象[38]，早於五、六〇年代就已成為當時的北一女中學生，包括女性主義學者呂秀蓮、女性文學作家陳若曦在內的仿效對象：

> 當年江學珠老校長的訓誨：『志氣凌霄』、『一肩雙挑』、『為女界爭光耀』，那種巾幗不讓鬚眉的豪情壯志，確實砥礪造就了許多女性菁英，但也有不少才情因為拗不過『男尊女卑』的傳統桎梏而告流失。」[39]

江校長終身未嫁以奉獻教育，也留清湯掛麵髮型，常年一襲沒腰身的灰布旗袍，常帶領員工打太極拳。她是我少女時代的偶像，大學畢業前我一直抱獨身主義，沒事就

---

[37] 歐素瑛，〈臺灣女界菁英的推手──江學珠（1901－1988）〉，收入國立教育資料館編，《教育愛：臺灣教育人物誌》（臺北：國立教育資料館，2006），頁69-80。

[38] 例如：「校長所樹立的新時代知識女性典範：把學習當作生命中最重要的事，影響她直至今日。」潘萌彬撰，潘萌彬、沈壽美、沈育美訪談，〈尋找華族藍天的歷史學者──李又寧〉，《典藏北一女》（臺北：正中，2003），頁52。

[39] 呂秀蓮，〈咫尺天涯 志氣凌霄〉，原文以信箋形式錄於〈永遠追求第一的女傑──呂秀蓮〉，《典藏北一女》（臺北：正中，2003），頁64。

勾勒理想中學的藍圖，樂此不疲。[40]

在陳若曦上述的這段話中，其實極力勾勒出終身未嫁的女校長的「去女性化」形象：髮禁式的「清湯掛麵」、去女性性徵且中性色彩的「沒腰身」的「灰布」旗袍，以及從事當時外省中老年男性喜愛的休閒活動「太極拳」，且一貫的仍是「帶領」者的角色。有趣的是，陳若曦將江校長式的「去女性化」的獨身主義描述為「理想」中學的藍圖，似乎代表這種違抗父權下的女性形象與婚姻體制其實是一種僅能存在於「大學畢業前」的「理想」，雖然是菁英女性的理想藍圖，卻是有其時間限制的。又如在其他校友的回憶文章中，亦可發現六○年代的菁英女性已流露出徘徊游移於菁英專業女性與傳統母職角色的思索：「大學畢業後，她繪畫不斷，但尚未走專業路線，直到畢業於第三高女曾經雄心萬丈卻為家庭孩子犧牲的母親去世。王美幸開始思索：自己能為社會貢獻什麼？」[41]

　　歷經日治時期、國民政府，儘管兩個時代對於設立純女校空間的目的並不相同，然而，隨著往後升學主義的大行其道，單性校園空間漸成為臺灣教育主政者認為最能避免青少女戀愛分心、最能督使勉力課業的「去性空間」[42]，升學主義下的菁英教育乃

---

[40] 陳若曦，〈最溫馨的一段歲月〉，《典藏北一女》下冊（臺北：正中，2003），頁164。

[41] 吳玉如撰，吳玉如、王慧卿訪談，〈詠嘆花與人間的藍調畫家──王美幸〉，《典藏北一女》下冊（臺北：正中，2003），頁63。

[42] 以打造校園「去性空間」目的而言，於1952年開始實施的「髮禁」即是最明顯的表現，透過嚴格劃一規定性別氣質展現的髮長，加以整齊同一的制服，塑造去性化的校園空間；1952年省教育廳通令明定：中學男生髮長不得超過3公分，女生髮長不過耳際。參考北一女百年特刊編輯委員會編纂，《典藏北一女》（臺北：正中，2003），頁60。另外在教育學研究論文中亦談及過往贊成男女分校的原因：「男、女兩性在中學階段生長快速、生理特徵互異，分開教學不僅管理方便，且

延續至今。無論是在日治時期的賢良妻女或戰後的職業菁英婦女的教育目標之下，這些匯集菁英的純女性「去性空間」，對於就讀於其中的青少女來說，反倒意外地成為發展各種可能與潛能的地方。

國內外的教育學與心理學研究顯示，合校教育儘管也有其他優點存在，但卻可能讓發展中的青少女產生成就恐懼感[43]，在八、九〇年代的北一女中校友的回憶文章中，已可見到頗具女性意識的敘述：「師長所期待於我們的，應當不僅是打破性別的刻板印象，尤其是要將自己的潛能發揮到極限，做一個剛柔並濟的現代女性。」[44]「在那個純女生的環境，我們不必扮演社會期待的男女角色。」[45]「在一個全然女生的校園，反而激發出許多想像不到的潛能。」[46]「和志趣投合的同性一起念書，不受限制地培養完整獨立的人格，是很重要的一件事。我始終受老師、同學的肯定，任何奇怪想法，大家都說：『妳一定可以達成。』這十年來，當我回想起高中女校生活以及年少輕狂的『大無畏』精神，就覺得什麼也不害怕，什麼困難都能克服。」觀察以上所述，可見單性女校空間對於青少女而言，反倒微妙地有益於青少女的成就發展。[47]

不易發生感情困擾，有利於此一階段的學習。」見林邦傑、修慧蘭，〈由單性學校轉變為雙性學校對學生行為之影響〉，《教育心理與研究》14，1991年，頁1-2。

[43] 參考林邦傑、修慧蘭，〈由單性學校轉變為雙性學校對學生行為之影響〉，《教育心理與研究》14，1991年。

[44] 危芷芬，〈回首千日迎接百年〉，《典藏北一女》下冊（臺北：正中，2003），頁202。

[45] 李淑珺，〈意興飛揚的年代〉，《典藏北一女》下冊（臺北：正中，2003），頁207。

[46] 林志潔，〈綠園姐妹〉，《典藏北一女》下冊（臺北：正中，2003），頁209。

[47] 余書熠，〈飛揚又純真的資優班歲月〉，《典藏北一女》下冊（臺北：正中，2003），頁210。

第二節　八〇年代女校小說中的女女情愛書寫

一、女性意識與菁英認同

在朱天心發表於八〇年代前後牽涉女女情愛的《擊壤歌》、〈浪淘沙〉、〈球・青春行〉等早期作品中，不僅將敘事背景直接設定為北一女中，也已呈顯出七、八〇年代的女學生在性／別意識與菁英認同之間的思索：

> 家裡只有三個女孩子，我常會問爸爸覺不覺到**遺憾**，爸爸說還是會，不過就因為人是萬物之靈，所以人必能**超越血統之傳而傳道統**，爸爸引爺爺的話，我懂得的，所以**我要做很多事**。[48]

對於父權體制下的「遺憾」，《擊壤歌》中的女學生小蝦引用了父系認同，以「要做很多事」來期許自己「超越」血統，亦回應了八〇年代婦運中對於菁英認同以及女性意識的思索，彷彿女性只要夠菁英、夠強悍、能做很多事，那麼便可以「超越」父權下的女性困境，直抵「正統父系」般的菁英認同，加以身處於原本為求「去性」、「勉力課業」而設置的菁英女校空間中，女性反而從中獲得自由發展的空間，不必直接套入父權體制下設定的被動、柔弱的女性角色，不僅成就較不受限[49]，也較可能有進

---

48 朱天心，《擊壤歌》（臺北：聯合文學，2001），頁30。粗體為筆者所加，為標示論述重點之用，以下皆同。

49 在1991年所發表的教育學的研究中，即引述美國「女校聯盟」、德國女權運動學者與國內民生報的研究報告指出：「合班是另一種微妙的女性歧視，藉形式的平

一步嘗試各種性／別角色的可能空間。

　　如同前述，在戰後以來的女校教育中，第一志願的單性空間容易讓菁英女學生在此脈絡之下，自然地發展其菁英認同與女性意識。因之，在九〇年代同志運動尚未發展以前所出現的書寫女女情愛的小說中，即已有不少標舉明確的菁英認同的文本，其中或者直接將小說場景設定為菁英女校，或者以細筆描繪的方式，但皆極其可能地將主角層層堆疊為特別傑出、優秀的女性：

> 國小拿市長獎畢業，國中曾是羽毛球、壘球和手球校隊，畢業領了議長獎，有一次全校作文比賽第一名和三次第二名，排列第十八高分考上女中；父親是大學哲學系教授，母親是將軍府名媛，長兄在美國長春藤大學攻讀PHD，二哥就讀T大資訊工程系，她是唯一么女，未來志願要做首席女檢察官。這個高挑健美的楊慶眉**在一個月內就成為班上核心及一年級風雲人物**，學校處處有她爽朗的清脆語聲。[50]

在前引陳燁的〈彩虹紋身〉中，主角維玲所愛慕的女校同學楊慶眉無疑是個極其優秀且優渥的女性，無論在學業、體育、文藝、家世各方面都近於誇耀式地完美，且在書中其他地方還可看出，楊慶眉除了以上所列舉的優點以外，擔任班長的她談吐之大方，

等造成更大的不平等。合班上課不但沒有降低傳統社會中性別歧視的現象，反而迫使女生在直接面臨角色壓力下，在傳統上位男性所壟斷的領域上更缺乏學習動機。」林邦傑、修慧蘭，〈由單性學校轉變為雙性學校對學生行為之影響〉，《教育心理與研究》14（1991），頁2。

[50] 陳燁，〈彩虹紋身〉，《孤獨和年輕總是睡在同一張床上》（臺北：聯經，1990），頁100。

處事之圓融而不露聲色，都遠超乎書中其他同齡者，甚至連身上都誇張地帶有「天生的茉莉清香」[51]，理所當然地成為女校中的「班上核心及一年級風雲人物」。又如李昂在早年的作品〈回顧〉中，主角對於前後兩位愛慕的女性賀萱、珍也都有類似的特質描述：

> 在那個時候，她已是很出名的記者，於許多聚會中，都可以成為成功的中心人物，巧妙地展開極融洽的話題，順利維持場面良好氣氛，在哥不能陪同她時，我總是跟隨著她，**一次次發現到女性無比的魅力**。也展示了我從未觸及的一個世界：**一個成功、美麗、受到歡迎的女性世界**。[52]

> 珍是第一個我想接近又害怕的女同學，由於她的**活躍與廣博見識**，以及許許多多奇怪突發的意見，她很快成為**班上中心人物**，並和班長成為極親暱好友。[53]

在這些小說所定位的女校空間中，青少女較不容易受到刻板性／別期待的影響，而認同自己具有極盡發揮潛能的可能，有更好的成就發展，更能超越性／別藩籬，成為所謂的菁英；且不約而同地，在這些鋪寫女女情愛小說中，皆以「中心人物」、「風雲人物」來形容受到主角愛慕、投射以女女情愛想像的對象，文中皆

---

[51] 陳燁，〈彩虹紋身〉，《孤獨和年輕總是睡在同一張床上》（臺北：聯經，1990），頁100。

[52] 李昂，〈回顧〉，原收錄於1988年洪範出版社的《愛情試驗》一書，本文所引為後來重新結集的《禁色的暗夜》中的版本。李昂，〈回顧〉，《禁色的暗夜》（臺北：皇冠，1999），頁63。

[53] 李昂，〈回顧〉，《禁色的暗夜》（臺北：皇冠，1999），頁72-73。

極盡渲染能事地描繪出一個個居於核心點，彷彿無論何人都必受到席捲般地，具有強大處事能力、自信風采、廣受歡迎的人物，如同前述七、八〇年代婦女運動中著意標舉的「新女性」形象，幹練而充滿自信，一洗過往父權體制下傳統女性的被動、陰柔、嬌弱，而代以完全的中心位置與菁英認同，彷彿意在以塗抹濃厚女性意識與菁英認同的表面敘事，來鋪陳底下隱微而不張揚的女女情愛，進而讓女性對於另一個女性的菁英認同與崇拜，自然發展成分離主義式的「女人認同女人」[54]般的，混雜女性主義政治認同的女女情愛。

二、菁英女校情愛關係中的「婆」敘事主體

　　有趣的是，在這幾篇小說裡，受到愛慕的風雲人物般的女性，其人格特質的描繪都是接近於「去女性化」般的「強人」，呈顯出完全除去傳統女性弱勢形象的一切特質，而代之以父權社會中習慣為男性所擁有的正面價值：核心、優秀、活躍、見識廣博、成功、出名、善於交際等；另一方面，不同於一般以描寫情愛關係為主軸的小說，往往側重於女性的出眾外貌，以及敘述男女雙方間的實際互動甚至身體接觸等等，尤其偏重於臉容笑貌等的描述，以作為吸引力的描摹，相反的，在這些女女情愛的小說中，卻往往花費大量篇幅將愛慕的對象定位為優秀、傑出的菁

---

[54] 這種脈絡思考相當接近於七〇年代西方女性主義中分離主義路線下的女同志女性主義，在後來八、九〇年代中陸續有許多學者提出質疑，例如Patricia Ticineto Clough便認為Radicalesbians、Rich對於女同志的觀念，極可能將女同志關係和女性友誼，以及女人政治盟友之間所有的區別一概抹殺；周華山也引述Bonnie Zimmerman的說法總結Rich的「女同志連續體」：「（Rich）對女同志的定義強調女性間的共同聯繫，令女同志主義不再是凝固不變的概念，但卻使女同志與非同志的女性關係，以及女同志與一切認同女性身份女子的分野，變得含糊不清。」Patricia Ticineto Clough著，夏傳位譯，《女性主義思想：慾望、權力及學術論述》（臺北：巨流，1997），頁259；周華山，《同志論》，頁118。

英，彷彿女性對於另一個女性的愛慕與深受吸引，並非來自於愛慾，而是有意以較為「含蓄」的菁英價值認同，跳過愛慾身體，直接指向女人對於女人的菁英認同，巧妙地避開異性戀／同性戀的認同環節。雖然丁乃非與劉人鵬曾在論述九〇年代發表《逆女》時指出，中華文化中對於同志族群的「含蓄」不言明與「默言寬容」正可能是一種「恐同」意識的隱微表現[55]，此說固然精闢入微，然而，不可否認的是，在同運尚未興起之前，以「菁英認同菁英」，這種極為「含蓄」、向主流價值靠攏的形式來表現女女情愛，仍然是在同運以前社會壓力極大的時期中，較可能囫圇過關的情節。

在這樣的敘述策略下，女校中的青少女間的情愛關係遂有如渾沌未開、性向未明的國度，因為巧妙地迴避了認同與性向的尖銳發問，而展現出溢出性／別框架之外的各種可能。例如，在陳燁的〈彩虹紋身〉中，主角維玲除了以大量的「優秀」形容描繪愛慕的對象楊慶眉以外，維玲對於自己也有相似的菁英期許，以及性／別認同的摸索游移：

> 她成長的學習非常前衛：一是極實際地以讀書考試高分作為日後生活保障，另一則是立志不依靠任何男性來掙自己的天地——在這個想法膨脹的背後，她漸漸地以男性習慣為模仿訓練，把自己的性別角色弄得摻混錯雜。[56]

在陳燁的這篇小說中，作為主角的維玲不僅表現出與《擊壤歌》

[55] 劉人鵬、丁乃非著，〈含蓄美學與酷兒政略〉，丁乃非、劉人鵬編《罔兩問景：酷兒閱讀攻略》，（中壢：中央大學性／別研究室，2007），頁3-44。

[56] 陳燁，〈彩虹紋身〉，《孤獨和年輕總是睡在同一張床上》（臺北：聯經，1990），頁102。

中的小蝦相似的自我期許，也隱約浮現女性意識與隨之而生的性／別認同的摸索。〈彩虹紋身〉中的維玲，在國中時期與女同學盼盼的一段女同性情愛關係中，扮演的是較為陽剛的角色，但在高中時期與愛慕的對象楊慶眉的關係中，維玲則又蓄意讓自己展演出較陰柔的氣質，期盼以此吸引慶眉的注意；此外，《擊壤歌》中的小蝦也表現出類似的性／別氣質摸索，面對他校的男生時，小蝦有時揣想著異性戀關係中的傳統女性位置：「想到自己是陽光下在風中招搖的花，該有人來欣賞的」[57]；但面對女性好友時，小蝦又轉而強調自己的英氣與陽剛：「每看到漂亮女孩時，我就想當個男孩」[58]。

　　這些以女校為敘述背景的小說中的女性，一如前述的《典藏北一女》中的校友自述，在這種女性意識的理想性的大旗之下，得以在較不受性／別束縛的同性環境下，爭取極盡發揮潛能的空間，而小蝦和維玲不僅有前述的父系認同使命，也時而以「少年」或「男性認同」自居，更彷彿有意識的拒絕父權體制下的異性情愛，專注於純潔、理想、青春的女校歲月[59]，以此迴避外在社會未來可能加諸於成年女性身上的性／別框架與成就侷限，如此，在相對之下較不受到父權體制干擾的純女性校園中，青少女反而較能因此保有探索各種性／別認同的可能空間。

　　在七、八〇年代的女女情愛小說中，往往通過外表較為柔弱而內心十分好強、類似女同志「婆」的角色做為第一人稱觀點，而以對於較為陽剛、自信幹練的，類似女同志「T」的菁英女性

[57]　朱天心，《擊壤歌》（臺北：聯合文學，2001），頁43。

[58]　朱天心，《擊壤歌》（臺北：聯合文學，2001），頁43。

[59]　例如《擊壤歌》中女孩的誓言：「我們三人，橘兒、小靜、我，曾經發過誓，只要我們三人在一起的一天，就永遠不談別人，別人就是指我們三人中任一個會有危險的男孩。」朱天心，《擊壤歌》（臺北：聯合文學，2001），頁40。

的傾慕作為主要情節[60]，雖然當時社會中普遍尚無T、婆角色稱謂與認同[61]，但在這些尚無認同的女女情愛小說中，卻以各種未定於一的情節來陳述類近於T／婆的角色對應[62]。

　　例如在陳燁的〈彩虹紋身〉中，維玲愛慕看來落落大方、個性陽剛的楊慶眉，平常相當獨立自主的維玲因而刻意在慶眉表現自己柔弱、需要人照護的那一面：「『我不要一個人躺在這裡。』她囁嚅地說，讓自己變得更衰弱些、可憐些，好抓住楊慶眉。」[63]朱天心的〈浪淘沙〉中也有相仿的描寫：「她在龍雲面前喜歡用『人家』兩個字，就像喜歡聽龍雲喚她小孩一樣，讓她

---

[60] 依照《認識同志手冊》的說法，也是最簡單粗略的T／婆角色定義為：「T、婆分別對應為裝扮、行為與氣質較為陽剛或陰柔的女同志。」多可特等編，《臺北同志公民運動：認識同志手冊》（臺北：臺灣同志諮詢熱線協會，2005）。

[61] 最早於1985年才首次在報紙媒體中出現「Tom boy」、「lesbian」這兩個最常見的女同性戀指稱詞，但其實依趙彥寧對臺灣老T的研究中指出：「1970年代初，在二戰後成長的第一批臺灣女同志們在駐臺美軍常光顧的男同志酒吧中，首次取得了依據性別角色而賦予的性／別認同指稱：『像男人』的女同志叫『T』（英文『tomboy』的縮寫）；『像女人』者叫『婆』（意為『T的老婆』）。」可知早於1970初，臺灣的老T在男同志酒吧中即已有T／婆的性／別認同指稱，但在報紙的同性戀議題研究中卻顯示，這些女同性戀指稱詞被大量用來指稱女同性戀者，其實是在1990年臺灣第一個女同性戀社團「我們之間」成立以後，亦即在九〇年代女性主義陣營中的女同性戀分離主義以及同志運動的發聲以後，T、婆的「女同志認同」概念才逐漸廣泛地深入各種階層、以及學院中的女同性戀文化。且觀察1981年至1995年間與同性戀議題相關的報紙標題，早期的關注焦點幾乎集中於男同性戀與愛滋病之間關聯性的臆測與歧視，1990年前後開始才有較多的女同性戀議題浮出，可見在八〇年代的臺灣，女同志T、婆文化應僅存在於當時的gay bar、T bar中，與本文論述的女校文化有一定的文化階層上的差異。參考吳翠松，《報紙中的同志——十五年來同性議題報導的解析》（臺北：文化大學新聞系碩士論文，1998），頁128、182-227；趙彥寧，〈往生送死、親屬倫理與同志友誼：老T搬家續探〉，《文化研究》6（2008）。

[62] 以現今臺灣女同志文化中普遍的T、婆角色來讀解九〇年代以前的女女情愛文本，這裡的T、婆角色判讀自然是一種後見之明，然而，以這樣的角度介入，也可以重新尋索同運以前較被忽略的文本中的校園女同志文化脈絡。

[63] 陳燁，〈彩虹紋身〉，《孤獨和年輕總是睡在同一張床上》（臺北：聯經，1990），頁107。

覺得自己真是又弱又小又可憐。」[64]另外，在《擊壤歌》中對於這種心理狀態的描摹更是細緻：「我常懷疑自己是否生存能力太強了，為什麼那麼快我就能適應環境，能站立起來了呢！站立得那麼直！這雖是我一向喜歡且希望的，但是碰到喬後就不然了。在喬面前，我是但願自己卑微軟弱得像株細藤蔓，而喬是那高大挺直的松樹。」[65]

顯然，維玲、小蝦或是琪，她們原本對於自己的形象描繪雖然也是自立且強悍的女子，既期許自己優秀也崇拜對方的菁英氣質，然而因為遇見心之所愛的、類近於T氣質的女性，卻使她們甘願表現出陰柔的一面以吸引對方，扮演被照顧、被愛護的角色，這非常接近於女同志文化中，內心強悍而外表溫柔的婆[66]。雖然這些文本中完全沒有提到性／別角色名詞，但其中往往因愛慕對象而呈顯出來的性／別氣質對應，則幾乎自成一女校中的「圈內」[67]世界。例如當前述《擊壤歌》中個性相當好強的小蝦遇見具有更明顯陽剛氣質的喬以後，文中便出現了類似T／婆角色的校園女女情愛互動的細緻書寫：

> 高一剛開學的土風舞課，喬擔任小老師。音樂一響，是最最羅曼蒂克的〈學生王子〉，這是我後來才曉得的。**喬向大家說，找好你們的白馬王子，然後大大步逕自到我跟**

---

[64] 朱天心，〈浪淘沙〉，《方舟上的日子》（臺北：聯合文學，2001），頁100。

[65] 朱天心，〈閒夢遠，南國正芳春〉，《擊壤歌》（臺北：聯合文學，2001），頁61。

[66] 這裡並非說臺灣女同志文化中的T、婆形象只有單一的一種，如同簡家欣的研究中指出，T、婆形象可以是複雜且多元的，這裡僅僅是依照兩篇文本中極其重疊的形象，來辨識出某一種常見的T、婆配對組合。

[67] 「圈內」、「圈外」為臺灣女同志文化中用來指涉女同性戀族群與非女同性戀族群之意。

前，深深一鞠躬，優雅瀟灑得像個圓桌武士，我什麼都不會，臉紅紅的被喬推拉了一首舞。以後只要一聽到圓舞曲的華爾滋拍，我總是會臉頰又紅又燙，心頭悶得難受，想著喬，想到她長長的腿，和周旋在眾人中的談笑丰采。[68]

在《擊壤歌》中，敘事者小蝦與她心中的「白馬王子」喬，與作為初識場景的「土風舞課」，被朱天心刻意明顯地標示出來，而喬的一句「找好你們的白馬王子」，更是饒富意義；表面上看來，在純女性的校園空間裡，沒有男性，於是在配對跳舞的時候，不免要倆倆假龍虛鳳一番，然而，在這樣的親密接觸之後，小蝦的反應竟是「臉紅紅的」、從此「心頭悶得難受，想著喬」，小蝦的內心情緒描寫則儼然是如假包換的愛戀感覺了。以強制異性戀觀點而言，多將女校中的女女情愛視為「過渡期」或「同性密友期」，認為女校中的女女情愛乃因男性的匱缺而產生，是一種「假性」同性戀、「情境式」同性戀[69]；然而，以前引文本看來，女校環境之所以有助於女性探索主流異性戀以外的其他性向的可能，乃因其提供了一個暫時阻隔父權／強制性異性

---

68 朱天心，《擊壤歌》（臺北：聯合文學，2001），頁61。

69 所謂的「暫時性」同性戀或「情境式」同性戀，其實乃為教育體制中常見的恐同說法，近來已有教育領域的研究對此提出反思：「尤其針對女同志的性慾特質，被視為過渡並稱之『情境式同性戀』或假性同性戀，在許多校園情境中，師長或行政人員更將女女之間的感情，有層次的區分與過濾，讓女同志情境如同通過濾水器處理，被消音在層層的衣櫃包圍之中，終讓女同志消聲匿跡。」臺大男同性戀研究社針對校園女同志處境，也早有類似批判：「在高中時期對同性同學產生情愫的人，會被認為是『暫時性同性戀』或『假同性戀』……然而，我們要反問的是，異性戀間的愛情可能藉由學長學妹、學姐學弟，或者同學的關係而產生，為何同性戀就不可？我們要反問的是，有許多人原本認為自己是天經地義的異性戀，然而最後卻發覺是個同性戀，或雙性戀，但為何沒有人去定義何謂『暫時性異性戀』、『假異性戀』？」劉杏元、黃玉、趙淑貞，〈當性別遇見同志：女同志性取向認同發展相關理論探討〉，《長庚科技學刊》10（2009.06），頁137-154；臺大男同性戀研究社，《同性戀邦聯》（臺北：號角，1994）。

戀體制的純女性空間，恰好提供了在進入強制異性戀現實的社會環境之前，一個讓青少女自然地嘗試、體驗同性愛戀，探索不同的性／別角色的可能空間[70]。又如另一位與朱天心同世代的女作家曹麗娟（1960～），在稍晚的九〇年代初發表的《童女之舞》中，對於鍾沅與童素心開始親密交往的敘述，也是自自然然地發生於女校場景：「兩個同班又搭同一路公車的女孩如何結成死黨毫不傳奇，兩個十六歲的女孩自相識之初便迅速蔓延著一種肆無忌憚的親密，也不需要什麼道理。」[71]

　　如同朱偉誠評介朱天心的〈浪淘沙〉時所言：「這顯然是個對於校園女同性戀情毫無意識的時代，但是同性情慾與性別扮演的暗潮洶湧其實絲毫不下於今日。」[72]在後來《女朋友》[73]雜誌針對年紀較大的女同志[74]所進行的故事訪問中，也有述及當時對於女同性戀情的毫無意識，女女戀情反而在尚未意識到「同性戀」的社會氛圍中，顯得無憂無慮：

　　　　連「男人婆」這三個常用字，也不見有人提，真不知是那
　　　　個年頭人心太單純，還是解嚴前愚民政策的效應所致，我

---

[70] 例如在實際的個案陳述中，如此的情形是自然且常見的：「班上的女同學們大家似乎都彼此喜歡來喜歡去，這好像是女校間常有的現象，大家也不會去想，這樣的感情到底是不是同性戀。」「當時，校園中有很多才華洋溢的同學，這些同學們都是一對一對的，校園中似乎很流行女性與女性間的親密情感。」劉安真、程小蘋、劉淑慧，〈我是雙性戀，但選擇做女同志！〉──兩位非異性戀女性的性認同形成歷程〉，《中華輔導學報》12（2002），頁166。

[71] 曹麗娟，〈童女之舞〉，《童女之舞》（臺北：大田，1998），頁16。

[72] 詳見朱偉誠針對〈浪淘沙〉的文本解析，朱偉誠編《臺灣同志小說選》（臺北：二魚文化，2005年），頁85。

[73] 1990年女同志團體「我們之間」正式成立，1994年「我們之間」發行女同志刊物《女朋友》，每期發行量約在900-1000份之間。

[74] 該期專題為「資深少女」，以下文所引的訪談對象而言，據其自述，於民國62年時為高一學生，估算其文中所述的校園時光為七〇年代，與本章主要論述的作者朱天心的求學年代，可說相當接近。

們那個時候十五、六歲，和現在的真是沒得比的蠢，可也因為這點白癡白癡的無憂無慮，「同性戀」沒有成為某種扎得死人的標籤，所以不論是我們班那位大情人，或是我這顆上不了檯面的驢蛋，總之，大家都過得蠻快樂的。[75]

於今日視之，這些作品中即使內文絲毫未提及女同性戀認同，也不可能提及女同性戀認同，然而其中以敘述者「我」為主體發聲的主角間——例如《擊壤歌》中的小蝦與其愛慕者喬，〈浪淘沙〉中的琪與張雁，〈球‧青春行〉中的「我」與喬，〈童女之舞〉中的童素心與鍾沅——的親密互動與感情，已隱然具有T婆文化形構：

> 那年夏天她每天放學都留下來看張雁練球，她最喜歡看張雁在球場上的丰采，張雁長得比龍雲還要高還要瘦，但是真的是好看，尤其他的一舉一動像羅傑摩爾，很瀟灑，很誇張，卻又不油氣，而且喜歡講些粗話，讓她紅著臉笑。[76]
>
> 喬，是我見過中最有才氣、最不可一世、最自私、最寡情、最男孩氣的女孩。……喬卻把我弄得迷迷離離，讓我在日記上寫她的名字，躺在床上想她的每一句話，趴在窗前看月亮，想她的一顰一笑。我的感情要我做一個柔柔順順的小女孩，仰望她，一如她是個強者。[77]

---

[75] 一凡，〈裙在膝上5cm的日子〉，《女朋友》12（1996.08），頁21。

[76] 朱天心，〈浪淘沙〉，《方舟上的日子》（臺北：聯合文學，2001）。

[77] 朱天心，〈球‧青春行〉，《方舟上的日子》（臺北：聯合文學，2001），頁129。

無論是《擊壤歌》或是〈浪淘沙〉、〈球·青春行〉，敘事者小蝦或是琪，其心理描摹都很接近今日所謂的女同志「婆」[78]。〈浪淘沙〉的敘事者小琪就讀高中女校時，有一個互相愛戀的對象張雁，琪每天看張雁練球，張雁的外型則是高瘦、瀟灑，兩人甚至能互許深情諾言：「張雁說，琪，反正我不死，就是說，我一輩子都待著你。」[79]而在《擊壤歌》中，小蝦描繪心中的喬則也是類似這樣的：「喬有個少見的長手長腳長個子，嘴唇薄薄的。」[80]

然而，有趣的是，在〈浪淘沙〉、〈彩虹紋身〉、〈回顧〉這幾篇以類近於婆的視角書寫的文本中，幾乎都是隨著後來情節的推展與進行，主角才逐步抽絲剝繭般地發現，原來那自己所深深傾慕的較為陽剛氣質的女性，不僅沒有喜歡上刻意為之表現得柔弱的自己，甚至喜歡的是男性，而感到深深的惱怒與悲傷；例如李昂的〈回顧〉中描述「我」無意中撞見「我」傾慕的賀萱與哥哥歡愛的場面，即以與前此迥然不同的醜惡詞彙描述賀萱的身體線條：「那我一向深愛著纖長渾圓線條柔美的手臂誇張的曲扯著，還浮滿粗長的青筋，……，還可以看到露出在外的一節腿，因枕在床上使得肌肉鬆垮，比第一次我見到的竟肥胖了幾倍。」[81]此外，陳燁與朱天心分別在〈彩虹紋身〉與〈浪淘沙〉中的描寫則更顯得細緻傳神，皆藉由描繪原本在主角眼中十分陽剛、彷彿T氣質的角色的「女性化」、「異性戀化」舉措來暗示

---

[78] 朱偉誠也認為：「在琪眼裡，張雁與龍雲的作風以及她們對她的態度都很像是男孩子（或者應該說是T？）」詳見朱偉誠編《臺灣同志小說選》（臺北：二魚文化，2005年），頁84。

[79] 朱天心，〈浪淘沙〉，《方舟上的日子》（臺北：聯合文學，2001）。

[80] 朱天心，〈閒夢遠，南國正芳春〉，《擊壤歌》（臺北：聯合文學，2001），頁61。

[81] 李昂，〈回顧〉，《禁色的暗夜》（臺北：皇冠，1999），頁69。

內心「同性戀」情愛的失落：

> 「讓它代替我Kiss主人啦——」慶眉**無比嬌羞地**躲到
> 張逸文身後去。……
>
> 「老師主人，你的**虎姑娘天使**來獻上Kiss了」慶眉**愛
> 嬌地**說。[82]

陳燁在〈彩虹紋身〉中透過維玲所愛慕的、平時落落大方的楊慶
眉，其面對男老師時的種種「愛嬌」舉動來鋪陳維玲被孤身一人
留置「圈內」的失落，是故文中反覆以「背叛」來描繪維玲終於
發現慶眉傾慕男老師的真相的感受；以前述朱天心的〈浪淘沙〉
來說，琪在告別了高中時代彼此相愛的張雁之後，在大學時代又
喜歡上龍雲，龍雲雖然平常也是一個「長長的腿」、「一身牛仔
裝」的中性氣質女孩，然而小說中一再著意強調讓琪覺得難受
的，卻也是龍雲在男生面前的女兒態：

> 龍雲竟穿著一件長裙，長袍吧，大敞領，頸上閃著錬子之
> 類的光。她覺得難受，**她常不願想到龍雲和男孩子一起時
> 的模樣，很風情，很嬌，**……[83]

朱天心在〈浪淘沙〉中對於這種類似於婆主體的內心書寫極為
細緻，文中時時透過琪的前後兩名對象張雁、龍雲的對比，以
映照出「圈內人」與「圈外人」的差異，下引段落則是最顯著

---

[82] 陳燁，〈彩虹紋身〉，《孤獨和年輕總是睡在同一張床上》（臺北：聯經，
1990），頁114。

[83] 朱天心，〈浪淘沙〉，《方舟上的日子》（臺北：聯合文學，2001）。

的一段話，通過平時粗魯的龍雲面對男孩的「女兒態」，來對比出張雁不輕易與男孩子打交道的「謹守分界」，而這分界便形同圈內與圈外，朱天心即使沒有明言，但張雁在這裡所謂的與男孩子只談「公事」便朝琪跑來的姿態，其實已言明不談「私事」／「私情」，是一種女女情愛的界線想像，不允准異性戀男性越線：

> 龍雲跟她擠個眼睛轉身就走了，她覺得很彆扭，**龍雲每見到她喜歡的男孩子時，都會有這種風情的女兒態，不像張雁，張雁可是從來不和男孩子打交道的**，即使有，也是開開的插著腰在球場邊跟人家談公事一樣，談完話便反身一個空心球，遠遠的咧著嘴笑，朝她跑來。[84]

值得注意的是，在臺灣女同志文化中，婆普遍被認為與異性戀女性無異，婆的身分乃是藉由T來界定，並不被視為「真正的」女同性戀，而是因為跟T在一起才變成圈內人，才由原本的異性戀女性成為女同志「婆」[85]；然而，在〈浪淘沙〉、《擊壤歌》、〈彩虹紋身〉等幾篇女校小說中重複敘述的，卻幾乎是一種先行於T的「婆」的情愛主體位置，表現出相當具有主體性思維的「婆」的思考，在情愛關係中不只是主動者，也是先行於「T」

84　朱天心，〈浪淘沙〉，《方舟上的日子》（臺北：聯合文學，2001），頁105。

85　在臺灣，無論是外部異性戀社會或女同志社群中，大都有認為外表看來與異性戀女性無異的「婆」，相較於外表陽剛、背離傳統女性形象的「T」來說，並非「真正的同性戀」的說法；對於臺灣女同志圈有長久觀察的張娟芬，曾以Madeline Davis針對1940、50年代美國酒吧裡的T婆文化研究為例，說明這種認為婆「還有其他選擇」、「不是真正的同性戀」的思考是一種普遍的情況。張娟芬，〈女同社群的認同與展演：T婆美學風格〉，《誠品好讀》（2000.11），頁14；張娟芬，《愛的自由式：女同志故事書》（臺北：時報，2000）。

的、在這段女女情愛關係中的出發者。尤其耐人尋味的是，《擊壤歌》中的小蝦在小說裡的一句「一年前我還在每一個男孩子身上找喬的影子」[86]，其實非常具有主體顛覆意味，對於小蝦（婆）來說，喬顯然是她所愛慕的對象，然而此中的腳本甚至是小蝦（婆）在男孩子中尋找喬（T）的影子。

在《擊壤歌》發表的年代，朱天心顯然不可能具有同志認同意識，然而正因為《擊壤歌》完全只是高中生對於現下生活的如實描寫，對於像小蝦這樣一個在八〇年代前後尚未有同志認同的婆而言，在強制異性戀社會的預設下，小蝦的轉圜方式竟是試圖在男性的身上尋找T的影子，即將男性視為T的替代，取消了異性戀男性作為陽剛角色的原初性，此與Judith Butler在Gender Trouble一書中所提出的「性別即扮裝」概念若合符節，Judith Butler認為透過女同志T與男同志扮裝皇后的這種「倒置的模仿」，驗證出異性戀本身也只是一種模仿、一種扮裝，顛覆主流社會認為T即為模仿異性戀男性的說法[87]。

由此層面看來，則更顯得意味深長，亦即，對於當時無法認同、也不可能認同的女同情慾而言，女女情愛看似為步出女校後即告消失的一種「過渡」性的情感，實則未必，這些類近於婆的女性即使表面上看似服膺、接受異性戀社會的規訓，但實際上也可能在強制異性戀社會的規訓力量之下，將男性視為T的影子與其替代。

---

[86] 朱天心，〈閑夢遠，南國正芳春〉，《擊壤歌》（臺北：聯合文學，2001），頁61。

[87] 參考Judith Butler著，林郁庭譯，《性／別惑亂——女性主義與身分顛覆》（臺北：國立編譯館，2008）。

三、菁英認同脈絡下的純情「童女」[88]

綜觀七、八〇年代以來由女校脈絡發展而來的女女情愛小說，文本中的女女情愛既植根於女校空間中的菁英認同與女性意識，則不言可喻的是，在離開女校校園的背景之後，「同女」的時間也彷彿就此中止，似乎在上了大學以後，進入外部的強制異性戀體制裡的成人世界中，不再是「童女」以後，「同女」生涯便也自動告終。在前述描寫女女情愛的小說中，這樣「時間有限」的意識幾乎盤桓不去，俯拾即是，例如在〈浪淘沙〉中，小琪在大學以後喜歡上平時外型、動作皆相當具有T氣質的龍雲，但龍雲卻是一個在男生面前即變得相當「風情的女兒態」的異性戀女性，小琪在反覆失落之後總想起高中時期曾與小琪互許諾言、極具T氣質的張雁，然而小琪也不禁心碎地猜想著，或許就連像是張雁這樣的人，在上了大學之後，也可能轉而談起異性戀愛：

> 或許天暖的時候，張雁會寄張相片來，**也許會有個男孩，兩個人朝她笑著**，或許也不，反正她會笑著把照片放回信封裡，關上抽屜想張雁，想得心都碎了。[89]

在九〇年代同運興起以前的小說中，無論是朱天心的《擊壤歌》、〈浪淘沙〉、〈球‧青春行〉，李昂的〈回顧〉或是陳燁

---

[88] 「童女」一詞，取自曹麗娟的作品〈童女之舞〉；置於本文脈絡中，不僅能提示出本文所要著重討論的高中校園內的青春少女，亦以彰顯出外部社會對於女女情愛的「童真」揣想；亦即，女女情愛僅是成人社會以前的不成熟階段表現，時間有限，並且是去性化的。

[89] 朱天心，〈浪淘沙〉，《方舟上的日子》（臺北：聯合文學，2001）。

的〈彩虹紋身〉，女女情愛小說的敘事大都僅止於高中生活，對於大學以後、或脫離學生生涯以後的描寫大多付之闕如；或像〈浪淘沙〉中的小琪，在大學以後遇見的龍雲其實是一個徒具T形象的異性戀女性，小琪即使如何緬懷高中時期與之相愛的張雁，也只是愈顯孤單，彷彿女女情愛僅能存在於高中女校。到了同運蓬勃前夕的九〇年代初期，或有時間跨度較長的作品，例如朱天心的〈春風蝴蝶之事〉與曹麗娟（1960-）的〈童女之舞〉，但其中關於女女情愛的描寫，仍不脫前述的女校時間與空間。由此，女女情愛小說既植根於菁英女校，既以菁英認同、向主流價值靠攏的策略以求含混過關，則為了維持菁英、含蓄的文化位階，自然不能輕易談論在當時社會氛圍中等而下之的性與情慾，亦不能明確點出同性情愛與性向認同，只能將女女情愛定位為僅只發生於女校時期的青春、純真與理想。

曹麗娟在1991年獲獎發表的〈童女之舞〉，與朱天心的《擊壤歌》、〈浪淘沙〉、〈球‧青春行〉等作品，同樣以地方第一志願女校中的女女情愛書寫著眼；兩人年紀相近，所經歷過的中學歲月時期社會中的性／別氣氛應相去無幾；朱天心後來在1992年發表的〈春風蝴蝶之事〉，以曲折的婚後生活角度回溯高中女校的一段女女情愛，其「有情無慾」的女校文化氛圍也與〈童女之舞〉中的「童女」想像差可比擬[90]。其中，〈童女之舞〉發表於同志運動萌發的前夕，小說中尚無明確的同志認同，但文中從頭到尾寫的都是童素心與鍾沅的多年情感，且在童素心離開高中女校、進入大學以後，也有關於逝去的女校時光與女女情愛

---

[90] 張娟芬和余幼珊都觀察到〈春風蝴蝶之事〉與〈童女之舞〉兩篇小說中的「有情無慾」現象。參見余幼珊，〈有情無慾的春風蝴蝶女子〉，《誠品閱讀》（1994.08），頁38-40；張娟芬，〈同女的抽屜處境〉，《姊妹「戲」牆：女同志運動學》（臺北：聯合文學，1998），頁92。

的摹寫：

> 我們在異鄉繼續未完的青春，一步步走向成人世界邁進。
> 離開了故鄉的藍天豔陽，高中時期的往事彷彿突然失去它
> 最適切的布景，怎麼擺都不對勁。……我自然已蓄起長
> 髮，另外，因為好奇以及其他原因，我開始和學長姚季平
> 談著不知算不算戀愛的戀愛。[91]

進入大學校園、離開故鄉，原本似乎意味著更自由開放的生活，如同上述文本中相當具象徵性的「邁向成人世界」、「蓄起長髮」，然而卻也同時意味著從區隔異性的純女性空間離開，於是，「高中往事突然失去它最適切的佈景」；而從往後的小說脈絡發展中，我們可以發現，童素心即使仍然在意鍾沅，對於自己身邊的對象姚季平僅是淡淡敷衍，然而因為進入大學，正式邁向成人世界（異性戀社會），「童女」（同女）生涯也僅能埋藏心中。

於是，很弔詭地，對於曾有女校同性情愛經驗的女性而言，進入表面上較為自由的大學校園，可能反而要比在備受馴服壓力的高中女校來得辛苦，大學校園裡看似正當合理的異性交友，可能使這些帶著女女情愛記憶的女性深感與週遭環境的疏離與痛苦[92]，如同〈童女之舞〉中的童素心，表面上看來，在大學之後

---

[91] 曹麗娟，〈童女之舞〉，《童女之舞》（臺北：大田，1998），頁32。

[92] 例如在個案自述中也可以輕易發現這樣的情形：「整個大學的環境似乎充滿了男女關係，大家都忙著聯誼、交男女朋友，安蓮感受到與環境的格格不入與疏離，甚至開始懷疑自己為什麼要念大學。」鄭杏元、黃玉、趙淑員，〈當性別遇見同志：女同志性取向認同發展相關理論探討〉，《長庚科技學刊》10，2009年，頁138。以及劉安真、程小蘋、劉淑慧，〈我是雙性戀，但選擇做女同志！〉──兩位非異性戀女性的性認同形成歷程〉，《中華輔導學報》12，2002年，頁163。

便融入異性戀社會體制，按部就班地成為異女，然而卻對高中時期的童女（同女）愛戀掙扎不已、久久無法忘懷。一如曹麗娟〈童女之舞〉中細密陳述同性情感，最終仍僅止於多年的情感壓抑，乃至以異性戀婚姻告終的童素心，朱天心也在九〇年代初發表的〈春風蝴蝶之事〉[93]中，透過從未正面發言的妻子信中所謂的「唯覺當初一段與妳的感情，是無與倫比的」，來陳述相似的逝去的女校時光，表面上彷彿是安分乖順的異性戀女性的妻子，婚後多年仍難以忘卻的，竟是年輕時候的一段同性戀情，然而這約莫也是〈童女之舞〉中的童素心中的暗語告白吧。

　　如此一來，則青春時光裡的女女愛戀遂彷彿只是一種童真時代的過渡情節，未說出口、沒有實現的女女情愛，則成為童女的象徵，暗喻女女愛戀情節只是一種女校時期理想性的純粹與天真，待進入大學後的異性戀校園空間，或邁入成人社會後便不存在，喻示著女女愛戀其無法延續的，極為有限的時間／空間。正如同《擊壤歌》中，小蝦對於闊的獨語：「一個晚上闊都在講群，群是一個建中高三的男孩子，……聽著聽著我不禁氣憤起來，因為突然間我是不要眼前的闊了，……我多麼不願意發現我的朋友有一天也開始他啊他的，她們終是要走的，不過不要這麼快，也不能這麼快。」[94]在這段文本中，小蝦的氣憤其實是饒富意義的，身在女校中的童女，對於被時間／空間限制的「天真狀態」顯然是有自覺的，知道「她們終是要走的」，而走或不走的具體行為，其實就是這裡明確指出的異性戀關係。

　　除了有限的校園空間以及青春時光，在童女想像的書寫中，

93　〈春風蝴蝶之事〉為短篇小說，收於朱天心於1992年出版之《想我眷村的兄弟們》。

94　朱天心，〈綠兮衣兮〉，《擊壤歌》（臺北：聯合文學，2001），頁141。

更隱含著前述中由女校認同而來的，以菁英崇拜掩蓋愛慾身體的慾望法則，因之，使得女女情愛更必然性地需與「童真」想像掛鉤，以維持含蓄、無性的菁英（中心）位置想像，因此在這些小說中，不約而同地，皆出現類似的「同為女性」的生理界限指涉：

> 雖知道是Ann那幾天來那東西，但Ann何以能那樣不經心，一陣嫌惡不由得湧上。而於**看到遺留床單上血跡，突然醒覺到彼此的相似，至此還有什麼可以依戀？**[95]

> 喬的車子來了，她照例誇張的飛了個吻給我，路燈下，喬濕濕的頭髮貼在臉上，很像《第凡內早餐》中的赫本，**她很漂亮，真的真的，她是很漂亮的、很漂亮的一個女孩子。**忽然覺得隔在我們中間的不是和平東路，是個好大好大的深淵。[96]

> 回家只是哭，哭了一晚上，原來張雁是這樣的，原來**張雁跟她一樣只是一個也有MC的女孩！這世界真是大大的誑了她一場！**[97]

> 我突然發現鍾沅直接就在胸罩外套上襯衫，不像我還在中間加了件背心式的棉白內衣。這遲來的發現令我恍然大悟——**我和鍾沅，都是不折不扣的女生，即使我們穿胸罩的方式不一樣，即使我們來月經的時間不一樣。**[98]

---

95 李昂，〈莫春〉，原發表於《中外文學》（1975）；後收錄於《禁色的暗夜》（臺北：皇冠，1999），頁93。

96 朱天心，〈球・青春行〉，《方舟上的日子》（臺北：聯合文學，2001），頁132。
97 朱天心，〈浪淘沙〉，《方舟上的日子》（臺北：聯合文學，2001）。
98 曹麗娟，〈童女之舞〉，《童女之舞》（臺北：大田，1998），頁23。

〈浪淘沙〉中的琪，與〈童女之舞〉中的童素心等，皆不約而同地使用「突然醒覺」、「原來」、「遲來的發現」、「忽然覺得」等語彙，來形容對於愛戀的對象與自己同為女性的認知行為，然而既是同在女校，對方與自己同樣身為女性的認知，絕無可能在產生情愫之後才「突然發現」、「忽然覺得」，因之，與其說是「突然發現」對方的性別，不如說是「突然發現」貨真價實的同性愛戀；然而，在這裡卻都以「同為女性」的生理界限的指涉，來迴避接著馬上要面臨的性向認同，直接跳過愛慾身體的書寫，也讓文本中的主角停留在未跨越過的童女時空。

雖然，在文本發表的時空而言，同志運動尚未勃發，文本中的主角對於性取向認同可能毫無意識；然而，這樣的「純愛」童女書寫，在撞上愛慾性別後便斷然停步的女女情愛文本，卻大多成為較具代表性的女女情愛作品。《擊壤歌》暢銷至今，成為一代人的青春記憶，《方舟上的日子》延續其浪漫天真，在臺灣文壇上也不可謂不重要，二書也成為許多女同志訪談中重複被提及的作品，〈童女之舞〉獲獎後，也成為較早被翻拍成大眾電視單元劇的女女情愛作品[99]，這些認同未完成的婆的文本，就這樣被置放於「春風蝴蝶」般無性的、菁英的童女位置，相當嘲諷的，彷彿成為強制異性戀體制下所宣稱的「過渡期」校園女同性愛的文本驗證。

然而，回顧臺灣九〇年代以前的女女小說，其中的女校空間毋寧充滿意義，既是童女啟蒙「同女」情感的空間，亦是壓抑「同女」情感，維持「童女」表象的空間；因之，在過往的童女脈絡中，「同女」生涯的時間／空間都備受限制，且往往將這隱

99　曹瑞原於2001年執導翻拍《童女之舞》同名單元劇，並於2002年獲得電視金鐘獎單元劇女主角獎、女配角獎。可算是臺灣本土製作的女同志影像中的較早作品。

然的社會界限，再現為無法跨越的生理界限，以期維持童女純愛、童真、去性化，含蓄而又菁英的表象。值得注意的是，在蘇偉貞的評論中，她以「天真狀態」來指陳童素心與鍾沅的多年情感，在論及童、鍾二人最後的道別，以及關於兩個女生能不能做愛的最終命題之時說道：「童素心深知多年來鍾沅為維持兩人天真狀態的苦心與節制，最後一刻她願意跨越界限……都知道的鍾沅，可以做到不理會社會道德批判，同步越界，但她的愛使她無法『重返童真』，意即童素心的童女象徵才是她不斷擺盪在情慾間的原初信仰。」[100]

在蘇偉貞的這段評論裡，作者以為童素心是童女的象徵，而文中已然越界進入同性戀世界的鍾沅，便已無法「重返童真」，兩人在心中埋藏多年、卻始終沒有爆發的愛戀慾望，則在這裡成為童素心的「童女象徵」。所謂的「童女象徵」，無非就是斷然止步的同性情慾，鍾沅之所以無法「重返童真」，乃因她已「越界」，實際與小米、晶姊等女性交往，業已「確認」的同性戀身分使鍾沅無法「重返童真」，也讓鍾沅在小說中層層反向「墮落」下去，鍾沅為了壓抑對於童素心的同性情愛，歷經休學、與男性性交而懷孕乃至於墮胎等種種在保守年代中顯得相當叛逆的情節敘事，相較之下，童素心雖然也對鍾沅一往情深，但她對於情慾的壓抑、節制與不越界，使她仍能保持童女的「天真狀態」。

然而，當故事進行到最後，童素心在婚前之夜對於鍾沅的慘痛告白之時，鍾沅之所以在多年癡纏後仍拒絕與童素心做愛，其實是內化了外部異性戀環境對於同性戀的箝制；亦即，與業

[100] 蘇偉貞，〈（新）女性的出走與回歸——以八、九〇年代《聯合報》小說獎為主兼論媒體效應〉，《臺灣文學研究學報》10，2010年4月，頁162-163。

經「確認身分」、「不再天真」的T比較起來，婆尚有「重返天真」的機會。因此，一個真心為婆著想的T，應該協助「天真」的婆保持她的「童真」[101]，應該主動遠離；然而，如此的想像不僅內化了異性戀社會的箝制，也取消了婆建構主體認同的空間，且在「天真」、「童女」的表象下，女同志認同與女性情慾遂一概被取消，有如主動與父權體制、異性戀社會棄械投降。由此看來，朱天心在〈浪淘沙〉中的結語，對於八〇年代的臺灣女女小說而言，則是十分具有象徵意義的：

> 她想著將來她定要穿身黑黑的衣服，夏天時則是一身雪白，她將不說話，只是永遠靜靜的在一個角落裡，蒼白而安靜，然後人們會問，那個美麗的女孩為什麼還不嫁人呢？人們會說，因為她的生命中有兩個人，而她在忠守著她年輕時的友情呀！[102]

在以往的童女脈絡中，童女對另一個鍾愛的女子，所能付出的最大限度的愛情，所能做出的最大程度的抵抗，大約就是這樣吧，「不嫁人，忠守著她年輕時的友情」，即便那早已不是友情，而

---

[101] 例如有運動經驗、也長期身處女性主義脈絡中的張亦絢，在九〇年代同運思潮後發表的創作中，就可以看到這種對於往昔女校中的女女情愛的反思，以及針對當時的恐同氣氛的回應：「自己一個人時其實常想著——對幼棉是一定要淡掉的，幼棉太天真了，根本不知道已經在走的是什麼路，也不知道為什麼她那麼、那麼不幸吧，還不懂，就陷進來了。」「跟她說以後結婚一定要告訴我，因為我一定要到場，她也是點頭說好。要不是現在讀的是女校，她其實和男孩子也是很能玩在一塊的。她不是真的是的。」張娟芬九〇年代中針對女同志的訪談裡，也可以發現類似的情境：「其實婆不是一開始就被認為是同性戀，不管她對那個T再好，T都會覺得妳應該去找個男人、妳只是暫時的、妳是異性戀。」張亦絢，〈在灰燼的夏天裡〉，《最好的時光》（臺北：麥田，2003），頁186-187；張娟芬，〈女同社群的認同與展演：T婆美學風格〉，《誠品好讀》（2000.11）。

[102] 朱天心，〈浪淘沙〉，《方舟上的日子》（臺北：聯合文學，2001）。

是貨真價實的愛情了。

小結

　　綜觀九〇年代以前書中的女女情愛，往往在基進女性主義式的「女人認同女人」[103]或類似Rich所提出的「女同志連續體」[104]般的姊妹情誼與女同志情慾之間曖昧交纏，其中所隱含的婦運脈絡與菁英女同志線索，值得再思。除此之外，在本章探討的八〇年代前後的校園女女情愛文本中，亦呈顯出與九〇年代以T為主角的文本迥然不同的，另一種以婆為主體位置出發的校園T、婆女同志文化，且其以「菁英認同菁英」、略過愛慾身體的女女情愛形式，迴避尖銳的性向認同；雖然八〇年代的作品尚未有女同志認同，但其菁英而去性化的敘事脈絡，卻彷彿轉化為後續九〇年代中以邱妙津為主的經典女同志的菁英敘事，與其愛慾無能的女同志創傷。

---

[103] 七〇年代美國女性主義學者署名Radicalesbians撰寫「女人認同女人」一文，文中認為在異性戀體制下的兩性親密關係之間，其從屬問題是難以改善的，因此女性須正視異性戀結構，並從成為「real woman」的社會期待中掙脫，成為女同性戀，如此才可能獲得解放與自由。Radicalesbians, "The woman-identified woman", *Radical feminism.* edited by Anne Koedt, Ellen Levine, Anita Rapone. New York: Quadrangle Books, 1973.

[104] Adrienne Rich批判「強制異性戀」機制，進而提出「女同志連續體」（lesbian continuum）的想法，女同志包含所有女人認同女人的經驗範圍，並非僅指女女之間的慾求。參考Adrienne Rich著，鄭美里譯，〈強制的異性戀和女同性戀存在〉，《女性主義經典》（臺北：女書，1999）。

經典「同」女：九〇年代女同志小說中的文化菁英位階與性／別邊緣想像

　　解嚴後的九〇年代前夕無疑為劇烈變動的時期，過去鬱積的運動能量走到九〇年代乃逐漸藉由各種形式爆發出來[1]。本章將接續前一章所論述的八〇年代菁英女校中的女女情愛書寫脈絡，進而以九〇年代劇烈變動的氛圍中，十分具有「典型」菁英女同志意義的已故作家邱妙津的小說為主，以其他同時期的女同志文本，例如林黛嫚、張亦絢、曹麗娟等其他作家的作品為輔，論述九〇年代女同志小說中的菁英氣質，及其既中心又邊緣的性／別位置與文化位階，並思索這種依違於邊緣與中心的文化位階，其中所呈顯出來的菁英認同與邊緣想像，如何延續並深化性／別位階與愛慾身體的複雜糾結。

---

[1]　朱偉誠在論述臺灣同志文學發展時，即以1993年作為「問題期」與「狂飆期」的斷代，「問題期」包含1983年至1993年間的同志文學作品，「問題期」乃意指此時期作品內的疾病隱喻與自我罪惡；「狂飆期」則包括1993年至2000年間的同志文學，所謂狂飆，乃因朱偉誠認為在解嚴之後的政治民主化與女權運動影響之下，臺灣同志處境在九〇年代初已有逐步改變的趨向，且以同志為主題的文學作品在此時期內大為增加，朱偉誠並以朱天文描寫男同志的《荒人手記》與邱妙津書寫女同志的《鱷魚手記》為「狂飆期」的開創性代表作品。朱偉誠，〈另類經典：臺灣同志文學（小說）史論〉，《臺灣同志小說選》（臺北：二魚，2005），頁9-35。

第一節　轉向九〇年代：分離主義敘事下的女女愛慾書寫

　　如同前一章所言，八〇年代的女女情愛小說以「菁英認同菁英」的脈絡書寫女女情愛，雖然符應當時婦運脈絡下的傑出女性價值，卻也讓女女之間的愛慾同步消音，且其以菁英女校之下的敘事觀點出發，強調含蓄、天真、理想的主流價值，雖然迴避了尖銳的性向認同議題，但卻也模糊了女同志「婆」與菁英女性的界線，較難再有進一步呈顯女女愛慾、女同志認同的可能空間。相較之下，隨著1987年的解嚴，九〇年代的婦運氛圍與女性文學場域皆有了明顯的轉變。在婦運脈絡方面，隨著婦女新知雜誌社正式改組為基金會形式，影響範圍與運動形式的擴大，1990年以後在運動議題上更有了明顯的轉向，例如女性的情慾解放與女同性戀論述的出線就是顯著的轉變。

　　尤其，在菁英女學生與菁英女同志的培力方面，以婦女新知為代表的女性主義團體更有直接的影響。九〇年代前後北部大學女研社紛紛成立，當時包括臺大在內的許多大專女生，皆將於婦女新知從事義工服務視為女性主義的儀式性洗禮[2]，而這些女學生也將參與婦運團體的經驗轉化為營運大學女研社的能量。國內的女性主義地理學學者孫瑞穗當年也是參與成立臺大女研社的一員，從她的回憶文章中也可以看出一條明確的思考軌跡，女研社成員往往從「拒絕做第二性」、挑戰父權體制為出發點，再到

---

[2]　據張輝潭的考察，婦女新知在1987-1990年間積極招募大專女學生到雜誌社做義工，以此直接促成了國內女研社的大量成立。張輝潭，《臺灣當代婦女運動與女性主義實踐初探》（臺中：印書小舖，2006），頁124。

廣泛地思考包括同志在內的性／別論述[3]；此外，據孫瑞穗的回憶，在1990年起步的婦女新知內部的討論組織「歪角度」，不僅提供了後來引介國外女同志論述的範疇想像，也間接促成了後來陸續成立的女同志團體「我們之間」與女同志刊物《愛福好自在報》、《女朋友》[4]，且在國內同志社團（尤其是女同志社團）尚未勃興之前，女研社就仿如後來的女同志社團的母體，後來成立的女同志社團中成員大多即為早年參與女研社的成員[5]。

由以上的回顧可看出，大學菁英女同志的結盟發聲與認同生成，與社運中的婦運脈絡有極其親密的關涉，菁英女同志大抵依循著女性主義啟蒙而至女同志認同的軌跡前進，自一開始即充滿了學院性格與菁英思考，與八〇年代的女女情愛小說中以「菁英認同菁英」的形式書寫女女情愛，可說是依循著相似的道路前

---

[3] 參見臺大女研社網頁。孫瑞穗，〈我們的青春拿鐵之歌——追憶「臺大女研社」的女學生運動〉[網路資料]查詢日期：2011年6月9日。網址：http://blog.yam.com/ntuwss/article/11392257

[4] 「我們之間」為1990年成立的女同志團體；《愛福好自在報》簡稱《愛報》，為1993年開始發行的國內第一份女同志刊物，但為倚靠私人網絡的地下刊物性質；1994年「我們之間」發行女同志刊物《女朋友》，相較於《愛報》而言，涵括網絡已較為擴張，每期發行約在900-1000份之間。例如在張喬婷的論文中即提到：「1990第一個女同志團體『我們之間』成立，起始成員中有多位曾參加婦女運動、與婦女新知淵源頗深的學生。1993年底一群政大、清大、臺大、東吳等北部研究所及大學部學生，她們是因為參與學校女研社而認識，對於同性情慾以政治認同的女同志主體以「第一本土女同志聲音」出刊《愛報》在校園中張貼海報。」張喬婷，《異質空間vs.全視空間：臺灣校園女同志的記憶、認同與主體性浮現》（臺北：臺大建築與城鄉研究所碩士論文，1999），頁56。

[5] 張喬婷訪談對象何蘇的觀察也與此相類：「lesbian有一個很明顯的狀況，她是『躲』在女研社裡的。」另外簡家欣也有類似的敘述：「這些女性主義組織提供的純女性社交空間、鼓勵女性自主和反抗主流文化定義的精神、以及對女性身體與慾望之生命反省的看重，營造出一種十分能夠容納女女戀情的氛圍。」張喬婷，《異質空間vs.全視空間：臺灣校園女同志的記憶、認同與主體性浮現》（臺北：臺大建築與城鄉研究所碩士論文，1999），頁56；簡家欣，《喚出女同志：九〇年代臺灣女同志的論述形構與運動集結》（臺北：臺大社會所碩士論文，1997），頁59。

進。只是八〇年代的女女情愛小說大抵上將女校中的女女情愛視為青春時代中的純潔、理想的象徵，以菁英女性認同超越父權體制下的傳統女性的弱勢地位。然而，隨著解嚴後菁英女同志逐漸起而積極爭取平等權利的同時，「同志」的能見度雖逐漸提高，但主流社會也由原本對於「似有若無」的鬼魅般的女女情愛的「看不見」，轉化為愈見尖銳的辨識與逼視[6]，九〇年代的女同志文學除了承繼八〇年代以來的菁英女性認同之外，遂也進一步呈顯出由菁英女性到菁英女同志之間艱難過渡的認同，例如林黛嫚於1988年發表的〈並蒂蓮〉中，就已經可以看到這種由菁英女性過渡至菁英女同志認同之間，其身分認同與愛慾發展的艱難。

在〈並蒂蓮〉這篇短篇小說中，主角周亮文同樣被描繪為大學畢業、外語能力極佳，且具有高薪職位、優渥生活的菁英女性，文中確切表達出周亮文的女性身分[7]，又同時對他的陽

---

[6]　例如在過往針對臺灣報紙中的同性戀報導的研究中就有提到，最早於1985年才首次在報紙媒體中出現「Tom boy」、「lesbian」這兩個最常見的女同性戀指稱詞，但其實依趙彥寧對臺灣老T的研究中指出，早於1970年初，臺灣的老T在男同志酒吧中即已有T／婆的性／別認同指稱，但在報紙的同性戀議題研究中卻顯示，這些女同性戀指稱詞被大量用來指稱女同性戀者，其實是在1990年臺灣第一個女同性戀社團「我們之間」成立以後，且觀察1981年至1995年間與同性戀議題相關的報紙標題，早期的關注焦點大量集中於男同性戀與愛滋病之間關聯性的臆測與歧視，1990年前後開始才有較多的女同性戀議題。

此外，觀察臺灣主流社會對於過往從來沒看見的女同性戀族群的逼視與終於「看見」，最明確的時間點就是1992年3月發生的「臺視新聞與世界報導」偷拍女同性戀酒吧的事件，當時製作此專題的張雅琴與璩美鳳甚至進一步移花接木，影射潘美辰就是女同性戀，顯見主流社會在九〇年代初「初見」女同性戀之時極欲偷窺與確認「誰是女同性戀」。吳翠松，《報紙中的同志──十五年來同性戀議題報導的解析》（臺北：文化大學新聞系碩士論文，1998），頁128、182-227；張娟芬，〈衣櫃管理條例〉，《姐妹「戲」牆：女同志運動學》（臺北：聯合，1998），頁56。

[7]　與過往朱天心的〈浪淘沙〉相較，〈浪淘沙〉雖也有明顯的T、婆形構，但其文中皆以男性意味的「他」來指稱T氣質的龍雲與張雁；〈並蒂蓮〉則明確地以女字旁的「她」來指稱周亮文。

剛[8]外形加以描述，且細細勾劃出其為供養者的主動角色[9]，呈顯出典型的T的形象；其交往的對象黃芷綾也極具婆的特質，文中描繪黃芷綾迫於外在環境的壓力投入另一名男性的懷抱，但其於文中表現出來的卻是對於男性生理特徵的嫌棄：「我慣常對他嫌棄，討厭他濃濁的體味、粗糙的鬍椿、香港腳及多毛的四肢。」[10]反之，黃芷綾在離開周亮文後，對於周亮文的懷想卻相當具有女同愛慾氣息：「這一夜我失眠了，布熊貓代替了亮的位置，手腳雖仍有得攔，卻是不一樣的感覺，亮柔軟的身子透出陣陣暖意，在我腦裡盤旋了一整晚。」[11]尤其，黃芷綾對於與周亮文間的關係的喜愛是來自於「同時擁有被寵溺以及寵溺人的樂趣」[12]，也相當具有女同愛慾特質。

在情節的發展上，黃芷綾（婆）原與周亮文（T）交往並同居，但黃芷綾因迫於對外在異性戀體制的焦慮不安，轉而投往邱信忠（男）的懷抱。在細節的鋪陳方面，小說中所著力強調的是周亮文與邱信忠的比較，例如在外在條件上，周亮文（T）的住處位於精華地段，舒適美麗、「像是裝潢雜誌上的樣品屋」[13]，邱信忠（男）則賃居於偏遠市郊、雜亂無章的地段；此外，周亮文（T）的生活優渥無虞且充滿情趣，凡事都為黃芷綾料理妥當，又能輕易察覺黃芷綾的情緒，相較之下，邱信忠（男）則是

---

[8] 「周亮文方方的臉上擺置著明顯的五官，隱隱有股男子氣概。」林黛嫚，〈並蒂蓮〉，阿盛編《新臺北人》（臺北：希代，1988），頁244。

[9] 「我也可以給妳承諾，我會照顧妳一輩子，供給妳舒適無憂的生活。」「我把她由女孩教育成女人，我使她知道要怎麼活、為什麼活，我讓她經驗人生，教她自信自愛。」林黛嫚，〈並蒂蓮〉，阿盛編《新臺北人》（臺北：希代，1988），頁250、256。

[10] 林黛嫚，〈並蒂蓮〉，阿盛編《新臺北人》（臺北：希代，1988），頁240。

[11] 林黛嫚，〈並蒂蓮〉，阿盛編《新臺北人》（臺北：希代，1988），頁242。

[12] 林黛嫚，〈並蒂蓮〉，阿盛編《新臺北人》（臺北：希代，1988），頁250。

[13] 林黛嫚，〈並蒂蓮〉，阿盛編《新臺北人》（臺北：希代，1988），頁248。

在黃芷綾心情極差時，仍毫無所覺地自說自話[14]。透過這些外在條件與內在性格的比較鋪陳，可發現這篇發表於九〇年代前夕的小說，在將女同志T的角色標舉出來的同時，也將T與異性戀男性之間的競逐關係放大，強調女同志T自外於異性戀體制、超越男性的秀異女性形象，也放大刻板化的異性戀男性的性格缺失，呈現出男／女二元對立下的分離主義式的思考脈絡。

值得進一步關注的是，在小說中的敘事脈絡底下，周亮文雖然種種條件都優於邱信忠，但卻因為是小說中形容為「兩性關係邊緣的那種人」[15]，使得周亮文最終仍然在情愛爭逐上輸給了邱信忠，而依照書中的鋪陳看來，邱信忠唯一贏過周亮文的，便是他的異性戀男性身分。小說中並以黃芷綾的角度比較同性戀生活與異性戀生活的不同：「她可以與邱信忠手牽手，甚至搭肩、環腰而不虞路人側目；她與邱走在僻暗的小巷而心下不需忐忑，因為邱是個高壯的男人可以保護他二人；她與邱談論的話題多面、多角度，因為男女觀照的層面不同；邱向來縱容她發脾氣，那種縱容不同於亮的，是男人天生的大度……」這諸多比較都牽涉到強迫異性戀體制對於女同性戀者的潛在規訓，以及異性戀男性在父權體制中當然的優勢地位，毋寧體切呈現了解嚴後、九〇年代前夕的社會氛圍。在這篇小說中，周亮文的女同性戀指涉非常清楚明確，然而，一但步入明確的認同思索，卻立即得在身分認同與愛慾牽絆中進退維谷：

---

[14] 「我誇了他幾句，他便自得地訴說過往……邱仍與高采烈地說著話，男人畢竟還是粗心大意的，若是亮，我眼簾一翻或是嘴角一哂，她都知道我的情緒變化。」林黛嫚，〈並蒂蓮〉，阿盛編《新臺北人》（臺北：希代，1988），頁241。

[15] 顯然是意指她是同性戀，在這裡可看到這篇小說的同性戀指涉已經十分明確。林黛嫚，〈並蒂蓮〉，阿盛編《新臺北人》（臺北：希代，1988），頁250。

我們這樣的關係也是正常的，**現代女性有權選擇自己想要的生活方式，伴侶也一樣**，男歡女愛雖是千古以來的模式，卻並非是定則，我們彼此覺得歡悅就夠，為什麼要在意別人的看法、傳統的道德呢？妳始終無法放開心懷，我也依妳，**不在公共場合對妳過於親暱，不讓人家知道我們的親密關係，而只是，像一對姊妹或是，好友。**[16]

在上述的段落中，作為菁英女同志的T角色周亮文，以婦運脈絡下的「現代女性」的角度詮釋女女之間的同性戀情，認為只要在公領域中把守界線、善於掩藏，那麼在私領域中的女同性戀生活，應是「現代女性」可以選擇、追求的生活方式；且當小說中的婆角色黃芷綾迫於現實轉而投入異性戀體制下的女性角色時，周亮文也以男／女二元的分離主義思考向她勸說：「妳喜歡孩子，我們可以去領養，生孩子很苦的，妳別太天真了，男人這麼自私，讓女子獨自受苦，他來分享後代。」[17]「我看他一臉色相，只想跟綾做愛，達到目的後，就扮演始亂終棄的戲了，⋯⋯她那麼純真，不懂人心險惡，更不知男性的齷齪。」[18]

凡此種種，皆可以看到九〇年代前夕的菁英女同志的女性主義思維，文中對於周亮文之所以身為女同志T，顯然仍以過往女女情愛小說中慣用的菁英式的、分離主義女性主義式的脈絡呈現，然而較以往不同的是，這篇小說不再單純只以菁英認同來概括女女情愛，而是加以明確、清楚的女同性戀指涉與女同性戀愛慾，以及上文所謂的分離主義女性主義來初步形塑菁英女同志，

16 　林黛嫚，〈並蒂蓮〉，阿盛編《新臺北人》（臺北：希代，1988），頁246。
17 　林黛嫚，〈並蒂蓮〉，阿盛編《新臺北人》（臺北：希代，1988），頁252。
18 　林黛嫚，〈並蒂蓮〉，阿盛編《新臺北人》（臺北：希代，1988），頁239。

然而，在小說最後的走向中卻顯示，這種女同性戀愛慾仍遠遠敵不過當時社會中的保守氣氛，即便是一個菁英女同志，在社會中的性／別位階，也遠不如另一個平凡的異性戀男性，換句話說，周亮文無論在其他方面的表現如何優秀傑出，然而因為身為小說中所謂的「兩性關係邊緣的那種人」，也就無可避免的處於性／別邊緣位置，而這種在性／別位置上的邊緣，足以讓其他的菁英、中心、優秀都成為無，乃至於最後在無可挽回的悲劇中，周亮文選擇與黃芷綾玉石俱焚。

由解嚴後、九〇年代前夕的女同志文學看來，在關乎身體、愛慾的書寫，以及女同性戀的指涉方面，已明顯較前此清晰可辨，但同時也呈現出男／女二元對立下分離主義的思考脈絡，意外地落實了刻板化的男／女二元書寫，異性戀男性有如菁英女同志面對父權體制下的假想敵，也是女同愛慾發展的阻礙，呈顯出在異性戀體制與父權體制下，企圖由菁英女性過渡到菁英女同志之時，認同之路的重重艱難與悲烈氣氛。

第二節　經典「同」女：以「拉子」為中心的菁英女同志塑型

一、菁英「拉子」：九〇年代女同志小說中的優秀女同志

在林黛嫚〈並蒂蓮〉出版的同一時間裡，後來的經典女同志作家邱妙津也正發表其早期作品〈臨界點〉與〈囚徒〉[19]，但直到邱妙津（1969～1995）以戲劇性的異國自裁形式離世之後，

---

[19]　〈臨界點〉與〈囚徒〉皆於1988年完稿，分別連載於《臺灣時報》與《中央日報》，後皆收錄於1991年邱妙津結集短篇小說的《鬼的狂歡》一書中。

邱妙津的其人其作受到廣大的注目之後，一般的文學評論中才漸漸注意到邱妙津早期作品中，在異性戀敘事包裝之下的她所謂的「抽象小說」[20]，已經十分具有跨越性格的女同志意識[21]；與林黛嫚的〈並蒂蓮〉最明顯的差異是，邱妙津在〈臨界點〉與〈柏拉圖之髮〉中已完全跳脫前此分離主義女性主義的思考，直接切入女同愛慾，異性戀男性於其小說中幾已全然缺席，其所描繪的已是一個縱身投入的女同志愛慾心靈。其所召喚、所延續的，毋寧是自八〇年代以來的《擊壤歌》、〈浪淘沙〉式的菁英女同志文化脈絡，然而「拉子」在文中所顯示的卻是一個從八〇年代以來前所未見的菁英女同志T的肉身自剖，其菁英、中產階級式的文化位階，使其與當時較不具文化資本的T吧文化中的T／婆關係隔閡分立，但在過往八〇年代的婦運脈絡中的菁英女同志文化脈絡下，其擁抱陽剛特質的外顯性／別氣質也顯得怪異突

[20] 「抽象小說」為邱妙津在收錄這些早期創作的《鬼的狂歡》一書自序中的自述，依其文中所言：「因為被告知一批關於我生存條件的密碼，由於這批密碼似乎會冒瀆震怒世界，我無可救藥地被世界單獨畫割出來。……L進來，被誤困在我的防衛工事裡，像一隻挖掘密碼的病原菌，……L拒絕被我繼續信仰，淡入又淡出我的疾病史，被抽象為病原菌的身份爬過六篇小說，最後以一個小說人物的代號L被凍結在我第一本書的序裡，我如是保存「牠」。之後，其它的抽象小說接著盛大展開……」準此，「抽象小說」所指則當是其隱藏於異性戀敘事、濃濃實驗性格下的，女同志愛慾的「抽象」表現。邱妙津，〈自序——抽象小說〉，《鬼的狂歡》（臺北：聯合，1991），頁1-2。

[21] 劉亮雅認為〈臨界點〉表面上雖為一歪嘴男異性戀的自述，但其隱晦曖昧的故事中卻蘊含女同性戀的次文本；朱偉誠則將《鬼的狂歡》中的小說皆視為敘事者對於自己身為女同志（T）的難以接受，且其認為雖僅有〈柏拉圖之髮〉明確表現為同性戀愛，然而其他故事皆是假托為異性戀的此種心理狀態的變形；丁乃非與劉人鵬也將〈臨界點〉讀為可能的鱷魚史前軌跡。參見劉亮雅，〈愛慾、性別與書寫——邱妙津的女同性戀小說〉，收錄於梅家玲編《性別論述與臺灣小說》（臺北：麥田出版，2000），頁284；朱偉誠，〈另類經典——臺灣同志文學（小說）史論〉，收錄於其編輯之《臺灣同志小說選》（臺北：二魚文化，2005），頁27；丁乃非、劉人鵬，〈罔兩問景Ⅱ：鱷魚皮、拉子餡、半人半馬邱妙津〉，《第三屆「性／別政治」超薄型國際學術研討會論文集》（中壢：中央大學性／別研究室，1999），頁70。

兀，因此從一開始便顯得無所依歸而艱困重重。

　　而由於邱妙津的《鱷魚手記》與《蒙馬特遺書》皆以第一人稱觀點陳述，且與其生命背景又大體相合，常被認為近乎自傳，馬嘉蘭也於其文中回顧相關研究，認為邱妙津這兩部小說的寫作風格皆為心理寫實主義，並通過它們和作者本人生活之間的相似性以獲得真實感，進一步達致馬嘉蘭文中論述的文本現身[22]；的確，邱妙津的作品向來被認為具有相當濃厚的自傳色彩[23]，然而除此之外，也不可忽略邱妙津在小說創作上的企圖與用心，在邱妙津的訪談報導與近年出版的《邱妙津日記》中，可清楚得見她本人對於小說創作的想法：「承認創作過程『自我性』相當強烈的邱妙津，率性的表示她寫小說的動機、理念及主題，完全是她個人經驗轉變的表達。」[24]而對照《印刻文學生活誌》近年刊出的小說創作構想筆記[25]，也可發現邱妙津對於小說此種藝術創作形式具有清楚的認知，因此，我們可以將邱妙津的小說更明確地

---

[22] 馬嘉蘭著，陳鈺欣、王穎譯，〈揭下面具的鱷魚：邁向一個現身的理論〉，《女學誌》15（2003.05），頁1-36。

[23] 例如Tze-lan D. Sang即將《鱷魚手記》視為邱妙津的自傳，周芬伶於其論著中也將邱妙津的生命史與其創作結合一併談論，朱偉誠也明確地談到邱妙津作品具有高度的自傳性色彩。出處見Tze-lan D. Sang, *The Emerging Lesbian: Female Same-Sex Desire in Modern China*. Chicago: University of Chicago Press. 周芬伶，〈邱妙津的死亡行動美學與書寫〉，《芳香的祕教：性別、愛欲、自傳書寫論述》（臺北：麥田，2005），頁283-311；朱偉誠，〈另類經典：臺灣同志文學（小說）史論〉，《臺灣同志小說選》（臺北：二魚文化，2005），頁21。

[24] 高麗玲，〈邱妙津令人喝采／抒理念青年楷模〉，《中央日報》第10版（1988.10.22）。

[25] 在《印刻文學生活誌》所刊出的〈創作構想〉中，可見到邱妙津對於〈鬼的狂歡〉、〈寂寞的群眾〉、《鱷魚手記》、《蒙馬特遺書》的創作構思，不僅於小說的形式、字數、主題、情節、技巧、各段內容等皆有重點設定，甚至連預計引用的作家作品，邱妙津也已先行預設，可發現在邱妙津酣暢淋漓且極富情感的書寫表象之下，她對於小說創作其實相當有自覺，不僅預先構思，甚至可見到某些故事構想的變更與調整，例如《鱷魚手記》中原本預計寫入的人物角色「阿路」、「齊君」、「雲平」、「眉楓」、「莫笛」等人，皆未出現於後來的成書中。

定位為自傳體小說[26]，而非純粹的自傳[27]。由此，觀察邱妙津書中所創造的菁英女同志角色「拉子」，在臺灣女同志圈成為廣泛的自我命名的過程，且其成名作《鱷魚手記》、《蒙馬特遺書》分別歷經三版與再版，長年暢銷之下，無論邱妙津其人其文，皆對於臺灣女同志文學與文化具有舉足輕重的影響力看來，於邱妙津書中即已強烈流露的菁英特質，應為觀察當代臺灣女同志文學與文化特色的重要基點。

在《鱷魚手記》中，一向最為論述者關注的便是其中的鱷魚意象與女同性戀身分的並置與互涉[28]，邱妙津在此書中標舉屢被窺探、而又被邊緣化的鱷魚，以作為其時女同性戀者的隱喻，使鱷魚的形象與女同性戀者重疊。然而，文中被窺視、邊緣化而又自我嘻謔的鱷魚，同時也是進口服飾品牌「Lacoste」的名字，

---

[26] 「自傳體小說」與「自傳」的差別在於，前者強調文學性，後者強調紀實性；且依據Philippe Lejeune在《自傳契約》中的說法，敘述者與主要人物必須為同一人。而以邱妙津的相關資料而言，邱妙津從未在其作品中明言自己就是書中的主角，反而較常提到的是她在創作之時的情節設定與進度等等，因此較適合將邱妙津的作品視為自傳體小說。

[27] 在傅紀鋼的論文中，比對《邱妙津日記》與其創作小說的結果發現：「邱妙津明顯拿她身邊認識的人來創作角色，但都經過修改。且日記中完全找不到符合小說中配角描述的紀錄，證明邱妙津的小說有不少虛構的部分，並非完全的自傳性寫作。」傅紀鋼，《後現代視野下的邱妙津：以《邱妙津日記》為中心的擬象研究》（臺北：臺北教育大學臺灣文化研究所碩士論文，2010）。

[28] 紀大偉認為鱷魚除了作為不敢出櫃的女同性戀者的隱喻之外，也代表了一種安全的現身方式；朱偉誠也觀察到將鱷魚讀為臺灣同志處境的寓言，已是一種盛行普遍的讀法；劉亮雅認為鱷魚即是女同性戀身份的比喻，且拉子與鱷魚兩個名字互相指涉；馬嘉蘭則由鱷魚段落讀出同志現身策略的可能，丁乃非、劉人鵬進一步認為可將鱷魚讀成環繞女同性戀主體的生存情境。紀大偉，〈發現鱷魚——建構臺灣女同性戀論述〉，《晚安巴比倫》（臺北：探索，1998），頁148；朱偉誠，〈邱妙津《鱷魚手記》導讀〉，《文學臺灣》38（2001.04），頁164；劉亮雅，〈鬼魅書寫：臺灣女同性戀小說中的創傷與怪胎展演〉，《後現代與後殖民：解嚴以來臺灣小說專論》（臺北：麥田，2006），頁313；馬嘉蘭著，陳鈺欣、王穎譯，〈揭下面具的鱷魚：邁向一個現身的理論〉，《女學學誌》15（2003.05），頁28；丁乃非、劉人鵬，〈鱷魚皮、拉子餡、半人半馬邱妙津〉，《罔兩問景：酷兒閱讀攻略》（中壢：中央大學性／別研究室，2007），頁88。

文中對於鱷魚的裝束如此描述：「有的鱷魚穿著黑亮長毛的貂皮大衣，走進一家掛著藝術化杉木小招牌：Lacoste（鱷魚牌）的進口服飾店……」[29]而關於鱷魚出沒的族群則是：「大學生們是最冷淡的年齡層，他們變得疏遠報紙和新聞節目，以免被認為和鱷魚有關，因為民意調查中心說鱷魚混進這個族群最多。」[30]可發現，鱷魚作為一種寓言、一種隱喻，首先暗示的是某一種特定的女同志族群，大抵上是具有一定的經濟資本、文化資本的大學生。對此，張亦絢在〈家族之始〉中，在以「家族」隱喻女同志族群的段落裡，也鋪陳比較出菁英女同志與一般女同志的差異：

> 微僑提過家族裡的其他人，她說：「她們問我，微演和妳，為什麼不能跟我們一樣，今朝有酒今朝醉、得過且過呢？**想越清楚只會越痛苦罷了。**」的確，**家族裡的人形形色色，總是有人想，有人不願想。但那都是我們的痛苦。**[31]

所謂的「想越清楚」的人，依文中脈絡，指涉的自然是對於女同志處境愈有自覺意識的人，也是愈菁英的人，因此菁英女同志總是那個想得愈多而愈痛苦的族群，其他「不願想」、不夠菁英的女同志，則彷彿可以較為不那麼痛苦地得過且過下去。曹麗娟在〈關於她的白髮及其他〉這篇小說中，也有相似的情節，小說裡林林總總描繪了一大群青、壯年女同志[32]，但其中跳樓死去的卻

---

[29] 邱妙津，《鱷魚手記》（臺北：印刻，2006），頁49。

[30] 邱妙津，《鱷魚手記》（臺北：印刻，2006），頁49-50。

[31] 張亦絢，〈家族之始〉，《壞掉時候》（臺北：麥田，2001），頁31。

[32] 其所描繪的女同志族群年齡大約介於30～40歲之間，但在同志圈特殊的脈絡之下，身邊同齡朋友一一嫁娶，朋友圈急速縮減之後，30歲以上的女同志常就已自

是文本中被明確標舉為高學歷的「T大哲研所」[33]女生蓋書婷，死因不明，「蓋子死前究竟想什麼沒人知道」[34]，彷彿隱約回應了張亦絢所敘述的，對於當下社會氛圍中的同志處境，菁英女同志「想越清楚只會越痛苦罷了」。這種十分優秀，但有時也顯得相當痛苦的菁英女同志氛圍，在九〇年代中代表菁英女同志觀點的刊物《女朋友》中，也有以下的如實呈現：

> 十二歲發現自己戀上女孩，戰戰兢兢，於是，我開始要求自己，絕對優秀。……**我想打造出絕對優秀的人格肉身，對抗在旁虎視眈眈等我出錯的不友善勢力。這麼想，給了我很大壓力**——如果我優秀至極，再「恐同」（homophobia）再惡毒的人，也污辱不得我！但是侵犯，是不需理由的吧！如何優秀，在罹患「恐同症」的人們眼裡，恐怕不值一顧。[35]

此外，在《女朋友》雜誌創刊不久的專題中，就已開闢「歐蕾專欄」，至《女朋友》最後數期改稱為「歐蕾族頻道」，其中所採訪的歐蕾（old lesbian，文中指30歲以上的女同志）盡皆都是中產階級以上的社會菁英，例如畢業於北一女中、如今收入穩定的公務員，以及年收頗豐的經理人、醫師等等，似乎可看出菁英女同志族群對於展示榮耀生涯、可見的未來性的迫切，她們往往建

稱為「老T」、「歐蕾」、「老人」了。

[33] 曹麗娟，〈關於她的白髮及其他〉，《童女之舞》（臺北：大田，1999），頁112。

[34] 曹麗娟，〈關於她的白髮及其他〉，《童女之舞》（臺北：大田，1999），頁112。

[35] 豬熊共滾，〈非得這麼優秀嗎〉，《女朋友》30（1999.10.20），頁42。

依違於中心與邊陲之間──臺灣當代菁英女同志小說研究

094

議女同志族群要盡可能的出類拔萃：「同性戀者一定要在工作、事業上拼，……只有在社會上占有一席之地，說話才有聲音，也才真的能為圈內的朋友做點事。」「嚴格的說，女同性戀在職場遇到瓶頸的時候，必須比男性更加積極進取……所以，在即將畢業時，我腦海中所想的，是如何繼續更高等的教育，及如何累積足夠的資本，將來可以照顧自己以及別人。……從任由主治醫師差遣到主持診所獨當一面。」[36]正因為女同性戀在性／別位階上的雙重邊緣，而更亟欲符應主流社會價值中的優秀定義，自我要求較常人數倍以上的優秀與菁英；此外，後來《女朋友》雜誌所做的「同志職場：攻陷365行，看看Dyke在做什麼」的專欄中，第一個現身說法的也就是一個強調自信光彩、精益求精的女同志牙醫師[37]。

二、中心或是邊緣？：菁英女同志迂迴的性／別位階

　　對照邱妙津《鱷魚手記》書中主角「拉子」的角色設定，拉子也正是一個北上就讀的資優生，畢業於北一女中、臺灣大學，拉子在全書中也時而流露出身為文化菁英的優位意識，但拉子的姿態較之前述，又更具批判力與複雜的辯證意義，拉子雖然無疑也是菁英女同志，但卻時而透露出對於這個賦予她菁英位置的社會體制的不屑，呈顯出依違於中心與邊緣的特殊位階；例如書中談到：「在這個城市，人們活著只為了被製成考試和賺錢的罐頭，但十八歲的我，在高級罐頭工廠考試類的生產線上，也已經

---

[36] 小虎牙，〈當我決定做個女同性戀者開始…〉，《女朋友》31（2000.02），頁30-31

[37] 參見利米西米巴，〈拼出一片天〉，《女朋友》2（1994.12.10），頁8；小虎牙子，〈女牙醫現身說法〉，《女朋友》8（1995.12.15），頁37。

被加工了三年，雖然裡面全是腐肉。」[38]頁首並以拉子領到大學畢業證書作為全文的開始，卻又強調證書不斷地掉落在泥濘裡，「它的四個角都折到」，而拉子的反應卻是「心裡忍住不能偷笑」[39]。拉子儘管採取訕笑、毫不在乎的語氣描述考試制度、大學體制，卻又不吝於以文化菁英階層來標示自己，但又同時要極力揭示自己內在的腐朽，宣告自己與其所在的階層的不對應，然而這種不對應乃是自己蓄意造成的結果，如同不抓緊而不斷掉進泥濘中的畢業證書。

> **太早就知道自己是隻天生麗質的孔雀，難自棄，再如何懶惰都要常常梳刷羽毛。因為擁有炫麗的羽毛，經常忍不住要去照眾人這面鏡子，難以自拔沉迷於孔雀的交際舞，就是這麼回事，這是基本壞癖之一。但，卻是個沒有活生生眾人的世界。**[40]

拉子將自己喻為孔雀，資質難自棄，「眾人」是她映照自己的絢麗的鏡子，在此顯示出拉子的菁英意識；然而接續著又說道：「但，卻是個沒有活生生眾人的世界」，拉子以排開平庸的群眾來呈顯自己的菁英特質。誠如前文所提到的臺灣大學的畢業證書，其實是普羅大眾未能擁有的珍品，然而拉子在標示這種文化菁英階層的同時，卻又極力撇清；亦即，拉子其實無法完全地融入文化菁英階層，如同以下段落所述：

---

[38] 邱妙津，《鱷魚手記》（臺北：印刻，2006），頁8。
[39] 邱妙津，《鱷魚手記》（臺北：印刻，2006），頁5。
[40] 邱妙津，《鱷魚手記》（臺北：印刻，2006），頁10。

我是一個會愛女人的女人。……時間浸在眼淚裡。**全世界都愛我，沒有用，自己恨自己。**……只有你自己知道你被某種東西釘死，你將永遠活在某種感覺裡，任何人任何辦法都沒有用，在那裡面只有你自己，**那種東西把你和其他人類都隔開，無期的監禁。**並且，**人類說我是最幸福的，我脖子上掛滿最高級的幸福名牌，如果我不對著鏡頭做滿足式的表情，他們會傷心。**[41]

在此，拉子將內在的紋理明確展示出來，因為她是一個「會愛女人的女人」，所以她被與世界多數人區隔開來，也同時對應了書中交錯出現的鱷魚的形象：鱷魚經常待在家中的廁所裡，象徵鱷魚被強烈監禁、窺視，連在家中都需要隱身進入最具隱匿性的空間——廁所，才能裸身面對自己，除此以外則需著人裝，同時也隱喻著拉子因為性向而與家人陌生隔閡的處境；然而，在上引段落中，拉子卻說道「人類說我是最幸福的，我脖子上掛滿最高級的幸福名牌」，意味著拉子的真實處境，既因性向上的少數，而於社會機制中與大眾產生區隔，心懷憂傷；而又因為拉子的「高級名牌」，不得不偽裝滿足於其所位居的菁英文化階層裡。鱷魚與拉子的對應與互喻，揭示了菁英女同志的尷尬處境：既如驕傲的孔雀，又是邊緣的鱷魚；既是邊緣，又為中心。

　　而邱妙津蓄意以雙線並行的脈絡行文，使讀者自然地並置鱷魚與拉子的情節，以呈顯菁英女同志的社會處境，如同馬嘉蘭所言，是以貌似被動、被偷窺的鱷魚，主動展演予主流社會，提供大眾所欲偷窺的同性戀情節，達成積極的文本現身[42]；但若再進

---

[41] 邱妙津，《鱷魚手記》（臺北：印刻，2006），頁17-18。

[42] 馬嘉蘭著，陳鈺欣、王穎譯，〈揭下面具的鱷魚：邁向一個現身的理論〉，《女

一步思考「拉子」橋段中著意呈現的文化菁英角色設定，則可發現在貌似積極的鱷魚段落之外，拉子既菁英又對菁英位置嘻謔以對的情節，其實正諭示了菁英女同志的焦慮，其之所以特意強調對於同志身分所帶來的邊緣處境毫不在乎，正反映出對於主流菁英身分的戀棧不已。

三、庸俗群眾或是菁英同志？：游移的性別位階與社會階序

除了鱷魚與拉子的對應情節之外，書中關於夢生、楚狂這對男同志，與吞吞、至柔這對女同志，以及其他出現的至柔的男朋友、鄰居男女情侶的描寫，亦饒富意義；邱妙津在書中重複提及的同志情侶，不論是夢生與楚狂、吞吞與至柔，一皆為極具文化菁英氣質，且家境優渥，然又充滿憂鬱氣質；針對至柔的男友與鄰居男女情侶，則極力描繪其現實情境與社會化，甚至近於庸俗。

夢生與楚狂這對男同志情侶，談情近於癲狂，而其優秀程度又近乎誇張，其憂鬱暴裂之程度甚至近乎虛構。較之拉子與水伶主要居處於校園生活中的苦戀描寫，夢生、楚狂一段尤其令人有虛幻之感，夢生與拉子的相遇在文藝營，一面之緣，便使夢生辨識出拉子的特別：「我大你一歲。現在在附中。明年會在你的學校和你碰面。剛剛聽幾句你講的話，覺得這裡只有你還值得說一說話，其他垃圾都讓我厭煩，來這裡真浪費我的時間。」[43]拉子竟也很快地辨識出夢生具有與她相同的質地：「我馬上就明白他跟我是同類人，擁有那隻獨特的眼睛。……如果可能愛他，也

學學誌》15（2003.05）。
[43] 邱妙津，《鱷魚手記》（臺北：印刻，2006），頁23。

是愛他這種優秀。」[44]書中對於楚狂的描寫雖較少，但從拉子對於楚狂房間擺設的描述，可以得知楚狂就讀於醫學院，同時也是個文藝青年：「使用的書桌上排列的是磚塊般的醫學教科書，又散放幾本拜倫、濟慈、葉慈之類的英詩小集。除了書、音樂用品擠滿半個房間外，幾乎什麼其他日用品也沒。」[45]在拉子的敘述裡，夢生與楚狂顯然都非常優秀，然而夢生之所以辨識出拉子的特別，乃是透過將拉子與被喻為「垃圾」的其他眾人比較而來，因此拉子所說的「同類人」，其實意指的至少是「同一種文化階層」的菁英；楚狂的房間同樣也標舉出他的菁英氣質，然而拉子在敘述楚狂房間充滿音樂與書籍的時候，又不免要加上一句「幾乎什麼其他日用品也沒」，好將楚狂的菁英特質與常人的生活樣態區隔開來。

書中佔篇幅較大的是吞吞和至柔這對女同志情侶，她們都和拉子一樣，是畢業於北一女的資優生，家境優渥，兼喜愛西洋音樂的樂癡；書中絲毫不吝於花費篇幅鋪敘她們的優秀與不凡，以及他們和夢生、楚狂相類的，對於「優秀」這件事情的毫不在意，甚至帶有厭憎的情緒[46]。在拉子的敘事中，這些優秀然而蔑

---

[44] 邱妙津，《鱷魚手記》（臺北：印刻，2006），頁24。

[45] 邱妙津，《鱷魚手記》（臺北：印刻，2006），頁91。

[46] 在《鱷魚手記》中，光是吞吞與至柔的出場，便幾乎花費了整整四頁的篇幅描寫她們的優秀，以及她們對於「優秀」的毫不在乎：「至柔高三才決定轉文組，不要臉，別人準備三年，她準備一年就以全臺灣第六名進第一志願。」「吞吞是保送生，因為懶得參加聯考，所以選擇中研院的資優生栽培計劃，直升動物系。」「考前一個月，什麼書也沒碰，一個人跑去花蓮一間面海的寺廟住，整個月一個字也沒看，甚至忘記聯考這回事。……沒想到運氣好成那樣，一考就考成全臺灣第六名，只能怪我猜題的直覺害了我。」書中對於夢生的描述也與吞吞、至柔相仿：「一個完滿無瑕的人。家裡有錢到可以把錢當垃圾滿地灑，我又聰明到無論做什麼都很容易就第一，無聊得要死，好像我要做任何事都可以也都做到，沒有人會阻擋我。」「三年學生生活之間，我已輕而易舉跳了兩次級，把兩年流氓日子又補起來。」邱妙津，《鱷魚手記》（臺北：印刻，2006），頁62-66、35-36。

視優秀的文化菁英，彷彿具有相同的聲納，能在平凡的眾人之中發現彼此，一如拉子與夢生在文藝營中以一席話認出彼此，一如拉子與吞吞、至柔在社團招生那天就能發現彼此是同類具有「高貴品質」的人：

> 她們身上有些我所羨慕的東西，類似「高貴」的品質，這種品質是我太熟悉的。我待在臺北市號稱最好的女校高中加工了三年，聞慣了隨便從哪個操場或走廊的角落冒出這類人肉的味道，甚至早已學會替這類味道分等級的自動系統。[47]

有趣的是，無論是夢生、楚狂，還是吞吞、至柔，亦或是作為敘事主軸的拉子，他們雖然皆被描述以近乎天才的優秀，但卻皆表現出對於日常生活、社會體制的蔑視與不在乎，甚而極具憂鬱、自毀氣質；夢生因為他「獨特的無聊」而強暴鄰居的女兒、變成流氓，夢生的邊緣行徑還包括：當眾性交、當眾大便、割手指頭、徒手爬上五樓等等，由這些誇張到近乎造作虛構的邊緣書寫看來，邱妙津乃是有意識地要虛構一誇張表現的對照組，以承載拉子與水伶在菁英大學中壓抑不已的紀實愛情底下，菁英女同志內心頻頻的憂鬱風暴。因而使讀者有理由可以懷疑，在書中苦戀寫實的校園生活之中，怎會有如同其名「夢生」、「楚狂」如此生猛暴虐的形象夾雜其中？且其行徑、情節描述又誇張近乎虛構。

　　事實上，要在臺灣社會中的流氓階層找到如夢生般的家境與

---

[47] 邱妙津，《鱷魚手記》（臺北：印刻，2006），頁61-62。

菁英背景,當屬難事,邱妙津顯然是以菁英之眼虛構底層敘事,目的在呈顯於菁英位置與邊緣情慾中依違往復的菁英女同志的心靈風暴;而類似的角色設定與描寫也出現在邱妙津的早期作品〈柏拉圖之髮〉中,女主角寒寒是名年輕的妓女,卻一心期待敘事者寫出純文學作品,並且對於以文字賣錢的通俗暢銷作品深感不屑,且寒寒的父親是名大學教授,讓她擁有完全的自主權,因此她自認為喜歡做愛便成了妓女,然而,在現實生活裡,像故事中的寒寒這樣具有如此出身背景與文化涵養的妓女,也實屬難尋[48]。

無獨有偶的,後來張亦絢也在其女同志小說〈淫人妻女〉中塑造了類似的角色,菁英女校象徵的「綠制服」被閒掛著,就這樣做起妓女:

> 她講她自己和男人和女人全部做愛細節給謝嘉雯聽,**人生真無聊,將來只有做妓女囉,綠制服高高掛,畢業證書糊牆上,我就坐在門口喊價錢。就在三月學運時的廣場上,**不知是否合時宜的話題呀。[49]

有趣的是,張亦絢在其雜文集《身為女性主義嫌疑犯》中的〈妳〉一篇也談到極為相似的情節,文中的「我」由於「我」的

---

[48] 這裡並非說完全不可能,而是根據資本主義社會的現況而言,這樣的狀況十分罕見。無論是參照布爾迪厄的社會學研究或國內社會經濟學者駱明慶的相關研究,「父親為教授」絕對代表著一定程度以上的文化資本與經濟資本,以故事中的寒寒來說,其身為教授的女兒,不只沒有累積資本,反做往下的階層移動,成為社會底層階級的妓女,這樣的狀況應是相當罕見的。

[49] 文中尚有對於她的家庭背景的陳述,「父親是國安局的」,可推知至少是中產階級以上的家庭。張亦絢,〈淫人妻女〉,《壞掉時候》(臺北:麥田,2001),頁173。

媽媽禁止「我」去參加媽媽是妓女的同學的生日餐會，因此，這個應是出身於中產階級的小孩遂做出了極富性層級辯證意味的宣誓：「我要做妓女！我要做妓女！我將來一定要當妓女！我要考第一名，可是，我一定要做妓女！」[50]而文中的「妳」也以與〈淫人妻女〉極為相似的妓女象徵發洩不滿：「妳說，有朝一日當妳開張大吉、掛牌營業時，妳一定要把北一女的綠制服高吊在牆上。」[51]但「我」隨後的獨白卻饒富興味：「我只是過去摟了摟妳的肩，因為那時的我，還不清楚我們之間的共鳴是怎麼一回事——我們怎麼可能是真的想當「妓女」？」[52]這裡所謂的「共鳴」，所指涉的自然是「性」的隱喻，且是女性主義脈絡下所思索的女性的「性」、女同性戀的「性」，由於女性、女同性戀在父權體制與異性戀體制下被牢牢管轄，所能依違反抗的便是以「第一名」、「北一女」來宣示女性、女同性戀的「優秀」，但是同時宣告要自體制下的良家婦女邏輯中出走，宣示自甘為底層階級的「妓女」。

此外，曹麗娟在〈童女之舞〉中對於鍾沅的性／別氣質的形塑也相當具有參照意義，鍾沅與童素心相遇於「那城市第一流的高中」[53]，但鍾沅從一開始便顯得格外地桀驁不馴：「千篇一律的教室格局和一成不變的上課下課令她生煩」[54]，文中也透過一連串鍾沅的特殊行徑，例如異於他人的制服樣式[55]、佻野的動

---

50 張亦絢，〈妳〉，《身為女性主義嫌疑犯》（臺北：探索，1995），頁131。

51 張亦絢，〈妳〉，《身為女性主義嫌疑犯》（臺北：探索，1995），頁131-132。

52 張亦絢，〈妳〉，《身為女性主義嫌疑犯》（臺北：探索，1995），頁132。

53 曹麗娟，〈童女之舞〉，《童女之舞》（臺北：大田，1999），頁16。

54 曹麗娟，〈童女之舞〉，《童女之舞》（臺北：大田，1999），頁15。

55 「我不由得傾身看那女孩——不只因為她穿著和我同樣的制服，不只因為這所女中的學生沒有人像她那樣把白襯衫放到黑裙子外面，不只因為她的百褶裙短得只及膝蓋。」曹麗娟，〈童女之舞〉，《童女之舞》（臺北：大田，1999），頁15。

作[56]，刻劃出鍾沅與其他人的差異，但這種差異顯然來自於她的性／別氣質：「她是在男生堆裡『混』的，國中她念了私立女中，面對一干文靜用功的女同學，她頓失玩伴，只好把佻野的玩勁拿來運動，加入了排球隊與游泳校隊。」要言之，鍾沅與一干「文靜用功」的女同學最大的不同是，她是性／別氣質顯得「不文靜」、較為陽剛的女生，且在文中對於鍾沅與童素心互相愛戀的開始的描寫也頗富意味：「跟鍾沅在一起，我那懵懂的十六歲心智彷彿對人與人之間的感覺開了一竅，乍然用心動性起來。鍾沅則說她初見到我那兩隻生生嵌在臉上的圓眼睛，便想問我是否看到另一個世界。」與愛戀情愫同時開展的所謂的「另一個世界」，顯然別具意義，鍾沅彷彿早就已經是「另一個世界」裡的人，這裡所謂的「另一個世界」，顯然指涉的是女同性戀[57]，所以她在一干文靜用功的女同學中顯得格外迥異不馴，後來隨著情節的推展，鍾沅在童素心對於女同愛慾的退卻之下[58]，經歷了留級、墮胎、吸菸、大麻、兄弟等各種在純樸保守女校中極

---

[56] 「鍾沅進教室有個招牌動作——當然這得拜她那雙蹄子般的長腳之賜——她從不好好走前門或後門，而是高高地撩起裙子，自窗口一躍而入。」曹麗娟，〈童女之舞〉，《童女之舞》（臺北：大田，1999），頁16。

[57] 在〈童女之舞〉書中並未有T、婆角色的指稱，但依照故事中鍾沅與童素心以及歷任女友小米、晶姐的互動，鍾沅較近於T。後來在2002年曹瑞原編導的同名電視劇〈童女之舞〉中，飾演鍾沅的演員便以十分具有T氣質的裝扮出場。

[58] 依文中情節所述，鍾沅與童素心從互相喜歡、牽手至親吻，但童素心在漸漸意識到女同性戀愛慾之後，猛然退卻：「我一方面貪溺於這奇妙美好的滋味，一方面又看到了周遭異樣的眼神。我不禁開始惶亂憂懼著——一個女孩可以喜歡另一個女孩到何等程度呢？……突然我放開鍾沅的手，『我們不要在一起了，我跟妳不一樣，好彆扭。』」這裡所展演的顯然是經典的女同志愛慾情節，婆在意識到女同愛慾的時候，尚有回返的空間，如同這裡所說的「我跟妳不一樣」，意指的是「我跟妳（T）不一樣」，T老早就是「另一個世界」裡的人，而婆尚有回返的機會，雖然依照這篇小說的發展，童素心一輩子所念所愛的都是鍾沅，但在「形式上」，她最終與學長結婚，「成功」回返異性戀家庭。曹麗娟，〈童女之舞〉，《童女之舞》（臺北：大田，1999），頁18-19。

具頹廢意味的事物，彷彿自甘由原本的菁英女校、中產階級[59]中退下陣來。

在邱妙津與張亦絢、曹麗娟書中所描寫的這些極具經濟資本與文化資本的角色，總是呈顯出其雖身為菁英，但卻又彷彿向下流動的邊緣氣質，如同邱妙津筆下的拉子，雖然就讀於名校大學，但著迷於翹課、晝伏夜出。他們站在文化菁英的制高點上，但總因為些「獨特的無聊」、「活在某種感覺裡」、「人生真無聊」、「看到另一個世界」，自虐般地沉浸在極具邊緣氣質的憂傷氛圍中。有趣的是，這些小說中所特意描寫的深具頹廢、邊緣氣質的菁英女同志，都出身自具有一定的經濟資本的家庭，原本可以通過學校教育的再生產，成為繼續累積文化資本的「繼承人」，並順理成章地成為被社會所公認為「優秀」的大學菁英[60]；然而，這些小說中所描繪的菁英同志角色卻一反常態，表現出向下流動的階層操演，然而卻又不時流露出對於「優秀」、「不凡」的耿耿於懷。

相反地，針對異性戀者，例如邱妙津在《鱷魚手記》中對於至柔的男友以及鄰居的異性戀情侶，則採取了完全迥異的日常紀實。至柔的男友是這樣被至柔描述的：

「妳相不相信我竟然能和這個男人在一起一年了。每

---

[59] 依小說中所述，鍾沅的父親是飛官，鍾沅家是與一般眷村環境不同的簇新寬敞的房子，顯然官階較高；而鍾沅的母親則是美貌時尚的婦人，經常消費高級香水、乳液、巧克力、化妝品，小說最後更以鍾沅家移民美國留學作結，顯見家境頗有餘裕。曹麗娟，〈童女之舞〉，《童女之舞》（臺北：大田，1999），頁21、31。

[60] 在布爾迪厄關於文化資本的社會學論述中發現，學校文化正好促成社會階級的再生產，使出生自具有經濟資本、社會資本及文化資本家庭的下一代，繼續成為合理且無庸置疑的、「優秀」的繼承人。參閱Bonnewitz，《布赫迪厄社會學的第一課》，以及Bourdieu的《繼承人》、《再生產》。

到星期日八點就打開電視坐在那裡看《鑽石舞臺》，……
電影他除了成龍的戲以外幾乎在電影院裡待不下一小時，
所有的時間他只關心一件事，讀他化工的教科書。」[61]

「他很聰明，寫得一手好字好毛筆字，鋼琴彈得很
棒，可是這些東西他都視之為無物，只有對他有用時才拿
出來炫耀一下，像是他的附屬品一樣。……他就是需要個
老婆，他想像中的愛情就是這樣，**他會疼我，在食衣住行
上**，反正他也不會變心，在他讀書或工作累了時，就把我
叫來做愛……。」[62]

溫柔的男友形象，在此被以一連串的常民細節描繪出來：當時最
火紅的電視娛樂節目、最大眾化的電影明星，兼以日常的食衣住
行與做愛；至柔的男友若依照文本中所述，亦是聰明且有些附屬
品般的才藝，然而他顯然不被至柔或是拉子所認同，他被標誌以
一連串的常民生活細節，他也沒有前面所陳述的那種特屬於文化
菁英的憂鬱，他被描繪成想像中的標準普羅大眾，他彷彿沒有情
緒，簡而言之，他被置放於庸眾的位置。再對照邱妙津對於租屋
處鄰居異性戀情侶的描述：

約二十五、六歲，**在工廠上班**，關於她的印象就是，**屢次
向我借錢不還**，喜歡敲我窗門打探關於大學生活及戀愛史
的私事。並且半夜三更，有個沒錢就過來同居的男友，常
裸著身叼根菸，拖著她在地上打，用鞭或鞋，直拖到外邊
的廣場。但她對我提及男友時，仍滿臉幸福，說是唯有他

61 邱妙津，《鱷魚手記》（臺北：印刻，2006），頁140。
62 邱妙津，《鱷魚手記》（臺北：印刻，2006），頁140。

不嫌她。[63]

　　邱妙津透過象徵大眾現實生活的金錢往來，以敘述這對拉子眼中平庸乃至於近乎可笑的情侶。拉子的鄰居與拉子有顯著的文化階層的落差，透過鄰居的職業、借錢不還、與「喜歡打探關於大學生活及戀愛史的私事」，寥寥數句便清楚標示出來；鄰居與其男友的愛情正建立在極現實的金錢往來，「沒錢就過來同居」，加以暴力行為，然而鄰居卻仍然「滿臉幸福」。

　　在邱妙津的文本表述中，夢生與楚狂、吞吞與至柔這兩對同性戀情侶，遂與至柔的男友、鄰居情侶產生強烈的菁英／庸眾之對比，前者的菁英構圖往往帶著邊緣夢境式的氛圍，後者的描述則充填以大量的日常細節，形成虛構／真實、菁英／庸眾、同性戀／異性戀的並置與互喻；亦即，在拉子與至柔等人的眼中，即使至柔的男友以大眾眼光來看可能是優秀的，但他顯然不是文中所要形塑描繪的那種邊緣又中心的文化菁英，歸納言之，他與拉子等人有所區辨的特色即是：他是異性戀者，而異性戀男性的身分使他理所當然，然而這種「世俗的中心位置」，也同時使他成為拉子眼中的庸眾；然而，另一方面來說，這裡所謂的「庸俗」而「平凡」的異性戀位置，其實又是像拉子這樣身居性別邊緣位置的「菁英」而「不凡」的同性戀者所無法企及的「日常」，例如邱妙津在描繪至柔男友時所極力凸顯的那種日常而平實的生活感，或是鄰居情侶在庸俗的戀愛場景底下仍然「滿臉幸福」。像拉子這樣的文化菁英同志族群，因為性別的邊緣位置與文化上的中心位置，而呈顯出階級上的游移拉鋸；拉子眼中的文化菁

---

[63] 邱妙津，《鱷魚手記》（臺北：印刻，2006），頁71。

英，或依照文本所述的「同類」，乃是一種交界互涉的位置，是性別上的邊緣，同時也是文化階層上的菁英，依違於中心與邊陲之間。

第三節　依違於中心與邊陲之間：菁英女同志的邊緣空間書寫

一、漂移的房間：「拉子」空間書寫

　　作為離鄉遠渡的城鄉移民，獨居於城市之中雖意味著孤獨，然而同時也可能獲取更多的性別空間，尤其，若作為一名尚未向家人出櫃、懷有重重秘密的拉子，以工作、讀書為理由，離鄉獨居於臺北往往成為暫時隱藏性向的方式[64]，而這租賃而來的房間便成為唯一得以在異性戀公共空間之外，暫時安放同性戀身體的空間。對照九〇年代之後被著力討論的同志公共空間經驗，邱妙津於九〇年代前後創作的小說中的私密房間，則顯得別具意涵。在邱妙津的《鱷魚手記》中，作為拉子的「我」的單人房間被一再地再現為唯一真實、自我，但卻令其孤獨痛苦的空間：

> **覺得只有水伶才是屬於我的真實。那一年多裡，在汀州路**

---

[64] 大多同性戀者皆表示留在臺北居住能獲取較大的性別空間。以下摘錄數則訪談：「家裡面都不知道我是gay，所以住在家裡面很不方便，像如果要跟一些同志朋友往來啊，或是要上網啊都要偷偷摸摸的，很不方便，而且家裡面又會催婚，一天到晚問東問西的，所以乾脆就跑到臺北來，一個人做什麼事都方便。」「住在家裡面的話……譬如說要講電話或是買一些同志相關的書籍或雜誌都不太方便，像那時候如果跟朋友借男男A片都不知道要去哪裡看才妥當，所以就……那時候就一直想要搬到外面住。」吳昱廷，《同居伴侶家庭的生活與空間：異性戀VS.男同性戀同居伴侶的比較分析》（臺北：臺灣大學建築與城鄉研究所碩士論文，2000.07），頁24-25。

> 頂樓的單人房，每到黑夜，我獨自睡在石棺中，清清楚楚
> 地知道世界任何人都沒有關聯，除了水伶外。內在的真實
> 和外在的現實幾乎完全錯開，沒有一條紋路對得起來。[65]

對於敘事者「拉子」而言，單人房彷如「石棺」，「石棺」意味
著死寂、孤獨，甚至是窄小、陰暗、憂鬱，與外界隔離且無涉的
單人空間，門帶上之後，敘事者「我」與外界的現實世界便毫無
關聯，此時的戀人水伶是拉子認為唯一具有關聯性的對象，此房
間其實被拉子特定指涉為女同性戀空間[66]，因為拉子無法在外部
異性戀世界現身的同性情慾，致令拉子僅能與戀人水伶獨處於
此，房間遂成為令其深感孤獨而又唯一真實的空間，外部的異性
戀世界則成為無以展現真實自我的虛假世界。在張亦絢的小說
中，也有可堪對照的描寫：

> ——我突然離開了一個視與世人交感為平常的世界，
> 在那裡的紅中，我的無能為力是多麼驚人的合宜啊。一個
> 清晰極了的意念降臨我的心中：我是幸福的。**我是幸福**
> **的。前所未有。**[67]
> **妳令我幸福，幸福遂令我與世人有隔閡，隔閡，就是**
> **鬼吧？我曾誤會隔閡是妳，是妳做錯事或帶來的命運，使**

---

[65] 邱妙津，《鱷魚手記》（臺北：印刻，2006.10），頁105。另外，在邱妙津日記
中亦見參照：「突然之間，覺得除了F之外的人際關係都失去真實性，想從其他
人們的世界消失，覺得這樣才可以活在一種徹底的誠實裡，其他人的存在間接
地以一種強迫我虛偽的方式在傷害著我的生命。」引自邱妙津，〈1991年9月2
日〉，《邱妙津日記下冊》（臺北：印刻，2007.12），頁47。

[66] 在《鱷魚手記》中的第二手記裡提及夢生時寫到：「不願意他到我房間，只有
水伶一個人能進來。」引自邱妙津，《鱷魚手記》（臺北：印刻，2006.10），
頁33。

[67] 張亦絢，〈幸福鬼屋〉，《壞掉時候》（臺北：麥田，2001），頁55。

我被迫進入陌生的隔閡中。那時我卻不曾一時想到，在那之中，妳始終陪我不走。[68]

　　然而，棄置了所有所謂溝通的作為後，我終將得到一種完整、與他人確實無關了的完整。——微薄、險峻的幸福，神不知、鬼不覺。（啊！我的幸福不適宜任何窺探。）[69]

在女同志情愛關係中，感受幸福的同時，也等同宣告離開了日常，進入另一種與常人無關、無法溝通的世界裡，而卻必須要在這樣與常人疏離的狀態中，方能感到「完整」的幸福，不受侵擾。對照張亦絢這裡所說的隔閡、脫離日常、與他人完全無關的「完整」，則顯然與邱妙津先前所述的「石棺」意象十分相似。對拉子來說，一方面認為此房間為唯一真實之空間，唯有自己與戀人水伶方具真實感，也符合社會學研究中所揭示的，臺灣的女同性戀伴侶關係由於若隱若現的關係經營，致使女同性戀伴侶對於關係的想像往往夾雜著高度的不安全感與高度的期待，呈顯出既純粹又黏膩的伴侶關係[70]；然而，另一方面，以「拉子」而言，顯然又為此純粹黏膩的關係感到孤獨與陰暗，正因為此內部的拉子空間與外部的異性戀世界全然無涉，使得拉子只能深陷其中而又深感憂鬱，遂對於外部世界的人際交誼、現實活動嚴重缺乏真實感：

---

[68] 張亦絢，〈幸福鬼屋〉，《壞掉時候》（臺北：麥田，2001），頁73。

[69] 張亦絢，〈幸福鬼屋〉，《壞掉時候》（臺北：麥田，2001），頁57。

[70] 謝文宜，〈看不見的愛情：初探臺灣女同志伴侶親密關係的發展歷程〉，《中華輔導與諮商學報》24（2008），頁181-214；劉惠琴，〈大學生戀愛關係的維持歷程〉，《中華心理衛生學刊》14：3（2001），1-31。

嚴重地缺乏真實感。現實裡所進行的事——家人偶爾打電話來、貼在書桌前每週二十幾堂的課程表、滿滿一教室隨鈴聲聚散的陌生學生在聽課考試、坐在社團辦公室桌上對人來人往不斷說話打鬧應酬、與一些人共同讀書辦活動聊天、晚上填補時間地排滿家教和編劇課程、偶爾認識幾個語言相通的人就縱情高談……**這些到底與我有何干係？我參與在其中，攪動它們或被攪動，無論是以什麼方式嵌進去，總是被現實排在外面，**身體在勤奮地行動著、嘴巴在漂亮地開闔，但我知道一個我在此，不得不填塞進美麗的時間格子，**另一個我在家，爛醉如泥地昏睡。**[71]

在上引文本中，邱妙津以極具渲染力的筆觸描寫生活中種種具現實性的情節，「拉子」彷彿被一分為二，虛假的「我」嵌入外部公共空間中隨之攪動，然而真實的「我」卻在家中進行絕對單獨性的睡眠，以抵制外部世界，拉子極盡全力融入外部世界的種種交誼活動，然而卻不斷對外部的現實世界充滿懷疑，對於拉子而言，透過外部社會人們眼瞳中投映出來的「我」、「女人」，只不過是虛假的幻影：

> 像我這樣一個人。一個世人眼裡的女人——從世人眼瞳中焦聚出的是一個人的幻影，這個幻影符合他的範疇。而從我那隻獨特的眼看自己，卻是個類似希臘神話所說半人半馬的怪物。[72]

---

[71] 邱妙津，《鱷魚手記》（臺北：印刻，2006.10），頁100-101。
[72] 邱妙津，《鱷魚手記》（臺北：印刻，2006.10），頁106。

在「拉子」的敘述中，從世人眼裡反映出來的自己不過是幻影，而這種不真實感不僅來自於現代城市予人的疏離感[73]，更來自於自我不被了解的性向，亦即自己根本就不是「世人眼中的（異性戀）女人」，因而從「獨特的眼」看見的自己竟是希臘神話中的半人半馬的怪物[74]，對於拉子而言，外部虛假的世界與內在真實的房間的分界點，乃在於其無法被了解的性向。

再對照《鱷魚手記》後半部中，邱妙津對於偶然進入拉子生命的女人「小凡」的描述，小凡在文本中的位置是「比我（拉子）大五歲，即將踏入婚姻的女人」，在等待未婚夫的縫隙中同時與拉子交往，拉子並且短暫遷入小凡的公寓同住：

> 這時候，我坐在我房間的地毯上靜靜地抽菸，**等她走出房間，變成一個屬於外面世界的女人。那一瞬間我和她之間在現實上的距離，就清楚地跳出來使我傷心。**然後她悄悄地走出公寓，用幾乎不敢被我瞧見的姿態，離開這個空間。[75]

---

[73] 參看邱妙津在〈離心率〉中對城市的描寫：「公車內的拉環吊著較多人，一條條僵偃的身體，有糾纏在一起的男女，竊竊低語的年輕學生，和勾著脖子打盹的中年男子，這個城市慢慢地又在用它習慣的手法製造無情的熱鬧，企圖佔據任何不屬於現實的空間。在任何一幅都市背景的視覺畫面裡，人雖是生動的實體，但卻反而抽象化了，像一些具有動能，且符合現實程式設計的運動點，觸摸不到他們，因為每個人都被禁錮在自己的程式設計裡。」可發現邱妙津對於城市的感覺與其他都市文學作家同樣敏銳，皆能觸及人存在於城市中的疏離感。引自邱妙津，〈離心率〉，《鬼的狂歡》（臺北：聯合文學，1991.03），頁58。

[74] 臺灣民間社會過去習以閩南語稱同性戀者為「半人羊」（pòaⁿ-lâng-iông），應由「半陰陽」訛化而來，改以動物性的詞彙野獸化同性戀族群，亦即「人妖」之意，帶有詆毀意味；而在希臘神話中的「半人半馬」族群亦被描述為衝動、好酒色的一群，有時亦作為異教徒的象徵。

[75] 引自邱妙津，《鱷魚手記》（臺北：印刻，2006.10），頁197。

拉子使用「走出房間」、「變成屬於外面世界」、「我和她之間在現實上的距離」來描述小凡的離去,在此,房間再一次成為相對於外面異性戀世界而言,等同於內部同性戀自我空間的象徵,而小凡在文本中的雙性戀傾向,使她成為文本中擺盪於房間內／外的女人,而拉子顯然對於這點深以為意,對於拉子而言,她無法擁有通往外部真實世界的性向,因而,唯有共處於房間內的小凡,對拉子而言才是真實的小凡,一走出房間之外,就變成屬於外部異性戀世界的女人了。再對照《鱷魚手記》中的另一段敘述:

> 秋天十月起住進溫州街,一家統一超商隔壁的公寓二樓。二房東是一對大學畢業幾年的年輕夫妻,他們把四個房間之中,一個臨巷有大窗的房間分給我,我對門的另一間租給一對姐妹。**年輕夫妻經常在我到客廳看電視時,彼此輕摟著坐靠在咖啡色沙發上,『我們可是大四就結婚的哦。』**他們微笑著對我說,但平日兩人卻絕少說一句話。[76]

在這段文本中,拉子向年輕夫妻租賃他們所承租的整層公寓,這四個房間的結構組成為:其中兩間房間由二房東夫婦使用,一房為姐妹所有,一房為拉子所有,拉子在此對於「客廳」之描述其實相當值得注意,臺灣社會中的客廳功能主要為接待客人、家中成員聚會之地,在家庭之中往往意喻著與外部世界交會的地方,是家中相較於房間而言,較不具私密性的半公共空間。拉子與二

---

[76] 同上註,頁8-9。

房東夫妻同住，交會的地點即是客廳，然而，在文本中，拉子對於共處於客廳空間的夫妻的描述則是：「彼此輕摟著坐靠在咖啡色沙發上，『我們可是大四就結婚的哦。』他們微笑著對我說，但平日兩人卻絕少說一句話。」透過「彼此輕摟」的動作與宣示愛情歷程的話語，其為異性戀社會體制下的自然宣成性顯而易見，亦將「客廳」這一相對於公寓中四間私人房間的半公共空間劃歸為異性戀空間。

作為同性戀女性，在尚未同志婚姻合法化的臺灣，無異為被預設無性化的存在，雖然純女子宿舍式的房間也意味著「單」性空間，拉子正可於其中偷渡單（同）性情愛。然而，即便拉子如何於其中引渡同性情愛，單人房的空間終究為單人而打造，雙人的生活僅是暫時性的存在，例如水伶之於拉子的房間、小凡之於拉子的房間，而這種絕對自我、孤獨的內部同性戀空間，使拉子無法並存於外部異性戀社會與內部同性戀空間，拉子時時對外部的世界感覺不安，甚至以為深具威脅性：

> 我下意識地將自己與她比作情侶，不是提供了一種更方便的形式來威脅自己嗎？而果真百試不爽，『看見情侶—想起她—羞辱』這一反應過程在校園內街頭上乃至字片裡到處有機會操演，正應了那句『無所逃於天地』——我這算什麼，我這樣受苦又值得了什麼？[77]

在此，敘事者「我」想及戀人的心理反應正提供了絕佳註解，在公共空間如校園、街頭等看似無性空間的地方，其實皆為預設的

---

[77] 引自邱妙津，〈臨界點〉，《鬼的狂歡》（臺北：聯合文學，1991.03），頁10。

異性戀空間，同性戀侶未能如異性戀侶般在公共場域中大方展演愛情情節，且於邱妙津創作的九〇年代之時，臺灣同志運動尚未充分勃興，因之，敘事者「我」面對公共空間的異性戀侶的反應，不僅僅是掩藏性向，甚至感覺備受威脅，迫使拉子絕對懺情式的留守於孤寂的單人房內，於是，同性戀人遂為舉足輕重、唯一真實，然而在未能同志婚姻合法化的臺灣，拉子與戀人的愛情永遠無法締結為恆定的婚姻關係，如同暫時租賃而來的房間，為一充滿暫時性、不安全感的存在。

房間之於拉子的意義，如同收納同性戀自我的地方，亦是拉子與同性戀人唯一得以展演同性愛慾的空間。由是，房間之於拉子的意義便顯得格外巨大，不若異性戀侶尚能於各種公共空間中銘記愛情，房間則幾乎是拉子記憶每一段同性愛慾的唯一空間，如同拉子收藏每一段同性愛情的抽屜。

在拉子的《鱷魚手記》與《蒙馬特遺書》中，拉子與歷任情人關係的開始與結束經常伴隨著搬遷，無論是拉子在《鱷魚手記》中獨自居住的小房間，或是後來進而與小凡同住的公寓，以及Zoë在《蒙馬特遺書》中與絮同居的Clichy的家，空間中似乎都彌漫著過往的愛情魅影，使拉子往往無法在戀人離去之後繼續居處於紀錄過往愛情記憶的空間。為使方便討論，茲依文本中的時間線性發展，將其愛情記事與搬遷空間列表如下：

愛情記事	空間記事	空間文本
拉子第一次因自恨情結逃離水伶	搬出溫州街的單人房78 搬進和平東路的親戚家（兩個月後搬到汀州路）	《鱷魚手記》
拉子與水伶短暫重逢後第二次逃離	搬出汀州路的單人房79 搬進中和的單人房	《鱷魚手記》 《邱妙津日記》
拉子正式與水伶決裂，與小凡交往	搬進小凡的公寓80	《鱷魚手記》

愛情記事	空間記事	空間文本
與小凡分手	搬出小凡的公寓，搬進景美的單人房	《鱷魚手記》《邱妙津日記》
絮來法國，Zoë與絮開始同居	搬進Clichy的家	《蒙馬特遺書》
Zoë與絮決裂，絮回臺灣	搬出Clichy的家81	《邱妙津日記》

　　然而，房間既是拉子於城市中租賃而來，拉子其實無法擁有每一段同性愛情抽屜的所有權，只能任其隨著搬遷動作，消散在拉子的城市記憶中，這些絕對孤獨而顯得巨大的愛情記憶，便成了漂移而沉重的負累，讓拉子屢屢在搬遷之後懷情徘徊：

---

[78] 拉子於溫州街的單人房間在拉子與水伶的愛情記憶中是非常重要的情慾空間：「每個星期一的傍晚下課，水伶都會自然地跟我回溫州街。」「在溫州街的房間。我收拾起日記，幫她鋪墊被。讓她睡在木床上，我躺在十公分的床下旁地板。……她從床沿掉下半個頭跟我說話。我將棉被裹緊身體。你睡在我旁邊讓我很難受，我說。那就到床上來睡啊，她說。那會更難受，心裡說。她頑皮又嘗試性地讓身體滾下來，落到我被上。頭髮觸我的臉，髮香沁我的肺。我使勁抱起她的頭，手臂繞到頸下，嘴貼著她的臉吸。」「逃亡記正式落幕。一九八八年五月底離開溫州街。」邱妙津，《鱷魚手記》（臺北：印刻，2006.10），頁16、42-43、54。

[79] 拉子搬離溫州街後於汀洲路獨居，為其與水伶的愛情記憶備受折磨，之後水伶回返拉子身邊時又另有對象，在三人的折衝之後拉子最後仍選擇逃離，並隨之搬離已被水伶獲知的汀洲路住處：「『嗯，明天就去找房子，最好明天就搬，再住在那裡，我會瘋掉，光一想到她是不是可能會再打電話來、寫信來或是來找我，就夠我受的囉！你就是會難以控制地在心中等等等，光是強迫性地開信箱、接電話，就可以把我的手弄斷！』邱妙津，《鱷魚手記》（臺北：印刻，2006.10），頁166。

[80] 小凡與拉子主要的愛情記憶皆於拉子搬進小凡的公寓同居之後：「朦朧中，寤寐之間，鑰匙插進門鎖轉動的聲音，滴進我裡喚醒我，我總是準確地知道她回家了。我是個專業的守門員，自她出門後的一整天，我處在昏沉的等待之中，……無論走著躺著，我腦裡不斷湧現要和小凡說的話語，彷彿我心底分分秒秒在跟小凡說話。」邱妙津，《鱷魚手記》（臺北：印刻，2006.10），頁197。

[81] 「總算有著家，總算把自己安頓下來。算不清這是我第幾次搬家了，是我在法國的第五個家，卻是我人生的第十五次搬家，也許，也許，這是最困難的一次，也許不是，因為我是九命怪貓，受重傷，但我仍活著。再度（不知是第幾度）回到一個人的狀態，悲傷嗎？必須堅強，……」邱妙津，〈1995年1月13日〉，《邱妙津日記下冊》（臺北：印刻，2007.12），頁205。

坐在天橋的階梯上，我曾在不知多少個寂寥的深夜，以相
同的姿勢坐在不同天橋的階梯上，想著我生命中重要的那
幾個人，她們就代表著我的編年史，如今天橋的顏色換成
紫色，我深刻且清醒地知覺到自己是待在同一個地方，這
些橋也是同一個橋。[82]

坐在城市的不同天橋階梯之下，想著生命中重要的幾個人，拉子
將不同的地理空間與情人聯結起來，相繼的戀人們竟成了拉子的
編年史。然而，對於拉子而言，這些重要的人曾經來過、也終於
離去，天橋無論如何代換，她終於是只剩下自己一個人了，彷彿
只是待在同一個地方，橋也終究僅是同一座橋。外部的城市地
景，對於飽藏私密同性愛慾記憶的拉子而言，風景皆同，同樣皆
是她與戀人們所不能融入的外部異性戀世界；而在拉子不斷試圖
以搬遷來刮除愛情記憶的同時，那些隨著戀人離去而搬離的小房
間隨即隱沒，拉子於是僅能暗藏孤獨的愛情記憶，於是，在不斷
漂移的地址中，拉子儼然僅存絕對的、唯一的，自我的小房間。

二、性／別「違建」的邊緣空間

在邱妙津的小說中，主角所居住的房間經常為違建的加蓋空
間，加蓋空間為臺北這個急速發展、人口暴增的城市中，紓解人
口壓力的方法之一，是以老舊建築的樓頂、露臺常見違建加蓋出
租的公寓；過往為戰後移民潮紓解人口壓力的暫時加蓋空間，經
過時間的遞嬗之後，則成為城鄉移民的主要居住空間。在邱妙津
的文本中，不約而同地將許多篇故事的背景設定於城市的加蓋空

---

[82] 邱妙津，《鱷魚手記》（臺北：印刻，2006.10），頁108。

間，並進一步描摹出城鄉移民獨居於加蓋閣樓的空間狀態：

> 她住在一條很窄的巷子裡，**一棟兩層日式建築加蓋的**
> **小閣樓，閣樓外雖然喧囂破舊，裡面卻佈置得清爽溫**
> **馨，**……[83]我們的晚餐似乎是趕搭了颱風的第一班車，疾
> **風驟雨將閣樓猛烈地搖晃起來，木板牆壁馬上如發汗似地**
> **滲出成匹成匹的水來，外面的泥地已像個澡盆了。**[84]

在〈囚徒〉這篇小說中，被描述為愛無能的男子李文，與癡戀李
文的萍的敘事場景即主要在加蓋的小房間內發生；無獨有偶地，
在〈柏拉圖之髮〉中，敘事者「我」與同性戀人寒寒的主要場景
亦為一加蓋的房間：

> 當晚我就帶寒寒回家。**我的房間在一棟五樓公寓屋頂，是**
> **加蓋的水泥小屋，廁所在外邊的水塔旁，整片屋頂空地除**
> **了這間房間外，只剩堆積滿地廢料。**[85]

兩篇小說中的故事背景均設定於城市的加蓋空間，對於〈囚徒〉
中的李文而言，頂樓是他和萍相遇的地點，而萍的頂樓加蓋閣
樓則是他們發展關係的空間；對於〈柏拉圖之髮〉中的敘事者
「我」來說，「我」所居住的加蓋小屋則為「我」與寒寒建構同
性戀愛的基地，顯然，違建的加蓋空間為邱妙津特意描述的城

---

[83] 邱妙津，〈囚徒〉，《鬼的狂歡》（臺北：聯合文學，1991.03），頁28。
[84] 邱妙津，〈囚徒〉，《鬼的狂歡》（臺北：聯合文學，1991.03），頁32。
[85] 邱妙津，〈柏拉圖之髮〉，《鬼的狂歡》（臺北：聯合文學，1991.03），頁132。

市空間經驗[86]。然而，無論在明確標示為同性戀愛的〈柏拉圖之髮〉或假託為異性戀愛的〈囚徒〉之中，人物情感互動皆十分相似，〈柏拉圖之髮〉中的敘事者「我」因自我的性別焦慮而無法與寒寒結合，〈囚徒〉中的李文亦因自恨、愛無能而無法與萍相愛。

值得注意的是，〈囚徒〉與〈柏拉圖之髮〉皆為邱妙津早期作品，發表於臺灣同志文學尚未大量勃興的1988年[87]，對照同時期作品，例如林黛嫚同樣發表於1988年的〈並蒂蓮〉中，便以接近於分離主義女同志主義式的女女情愛敘事書寫，且最後以玉石俱焚的悲劇作結，則可以理解〈囚徒〉與〈柏拉圖之髮〉為何要以如此曲折的路徑來書寫女同志情感，正因為邱妙津所寫的是遠遠超越時代的、專注於探討女同志愛慾的小說，所以更需將T假託為男性，既可以不那麼驚世駭俗、狀似再平常不過的異性戀羅曼史，又能夠以此完成其筆下濃厚強烈的女同愛慾故事。

如同劉亮雅等人所言，這些假託為異性戀的故事中，其實蘊含了女同性戀敘事[88]。的確，於今看來，無論是〈柏拉圖之髮〉

---

[86] 邱妙津本人亦曾有實際居住經驗，例如在日記中便曾提及：「今晚十點搬離汀州路的廢墟，進駐我上大學後第四個巢穴。」引自邱妙津，〈1989年6月16日〉，《邱妙津日記上冊》（臺北：印刻，2007.12），頁32。

[87] 例如在《女朋友》雜誌後來所做的女同志「慘痛經驗」故事專題，就有明確標示為「一九八八校園肅殺事件」的回憶，內容為陳述當時仍就讀高中的敘述者寄了一篇抒發對於同學的愛戀情緒的文章到雜誌上發表，卻引起「毀壞校譽」的風波，導致敘述者過了很長一段黯淡無光、驚惶失措的日子。可見1988年時期的臺灣社會，對於同志議題仍然非常保守且亟欲除之而後快。詳見黑嘿，〈一九八八校園肅殺事件〉，《女朋友》23（1998.07.15），頁4-5。

[88] 劉亮雅認為〈臨界點〉表面上雖為一歪嘴男異性戀的自述，但其隱晦曖昧的故事中卻蘊含女同性戀的次文本；朱偉誠則將《鬼的狂歡》中的小說皆視為敘事者對於自己身為女同志（T）的難以接受，且其認為雖僅有〈柏拉圖之髮〉明確表現為同性戀愛，然而其他故事皆是假託為異性戀的此種心理狀態的變形；丁乃非與劉人鵬也將〈臨界點〉讀為可能的鱷魚史前軌跡。參見劉亮雅，〈愛慾、性別與書寫——邱妙津的女同性戀小說〉，收錄於梅家玲編《性別論述與臺灣小說》

或〈囚徒〉，書寫策略其實相當一致，兩篇文本中莫名無法結合的愛無能情結，若扣合同性愛慾論述，則變得合理許多，正因為同性，迫使文本中的愛侶無法順當的結合，然而邱妙津在文本中並不正面描寫同性戀愛之磨難，逕以莫名的愛無能情結鋪述情感發展。然而，若將這些愛無能小說扣合文本中的違建加蓋空間設定，〈囚徒〉不僅僅為邱妙津早期作品中的異性戀假托，李文與萍的性別設定其實正為一種「暫時」的性別租賃策略，向異性戀模式租借男／女二元性別，以完成〈囚徒〉中的愛情敘述。

李文的愛無能源自於第一段感情的無法完滿，然而文中對此來源描繪甚少，幾乎不具存在感與說服力，對照閱讀其他文本，卻可以發現，同樣的愛無能情結亦散見於〈柏拉圖之髮〉中的「我」與寒寒、《鱷魚手記》中的「我」與水伶，真正引致愛無能的，其實正是女同性戀身體之於無所不在的異性戀空間的性別違建。之於異性戀社會而言，女同性戀正如違建於合法空間的加蓋空間，因之，李文與萍的相戀遂需租賃性別以進行，然而其中無所不在的愛無能性格，又時時暴露出與其他篇章相同的心理模式，換言之，在邱妙津的小說中，不斷以各種變形的異性戀、模糊的同性戀故事，演述於其時社會中同性戀侶的愛無能情結，並以違建的加蓋空間巧妙轉喻女同性戀身體，加蓋空間在不同篇章中的著意呈現其實諭示了其時女同性戀之於異性戀社會的加蓋／違建性。

（臺北：麥田出版，2000），頁284；朱偉誠，〈另類經典——臺灣同志文學（小說）史論〉，收錄於其編輯之《臺灣同志小說選》（臺北：二魚文化，2005），頁27；丁乃非、劉人鵬，〈罔兩問景II：鱷魚皮、拉子餡、半人半馬邱妙津〉，《第三屆「性／別政治」超薄型國際學術研討會論文集》（中壢：中央大學性／別研究室，1999），頁70。

三、在「異」鄉與異「國」之外：菁英位置與邊緣想像

　　九〇年代的女同志小說雖已跨越八〇年代的女校敘事，敘述場景已不限於高中女校之內，但由於對異性戀體制下的女同志伴侶關係的未來的難以想像，大部分的女同志小說皆以女同志的自毀或死亡戛然中止，或以女同志的出國遠走作結[89]。在邱妙津的《蒙馬特遺書》中，則進一步揭示了菁英女同志的出走路徑，以及出走之後如何可能，亦即，自家鄉出走，飛往異「國」，實際上企求的是跨越「異性戀」國度。如同前述，菁英女同志在臺北城市中的挫敗，藉由房間的閉鎖與漂移表達出來，臺北之於《鱷魚手記》中的拉子而言，雖能使尚未出櫃的她暫時躲藏於單人房內，不必在至親面前化妝性向，然而在精神上而言，處於異鄉的拉子卻面臨雙重的孤獨：在臺北單獨生活、因同性愛慾而無法真實融入外部異性戀社會空間的孤獨；或是回到真正的原鄉，享受親情的溫暖，然而卻無法真正袒露自己性向的孤獨[90]。於是，對於如同拉子這般的菁英女同志而言，異國帶來的陌異感其實無異

[89] 九〇年代女同志小說的悲劇結尾簡列：

發表年代	作家、文本	結尾情節	分類
1988	林黛嫚〈並蒂蓮〉	周亮文（T）以毒酒與女友黃芷綾（婆）一同自盡	死亡
1988	邱妙津〈臨界點〉	「我」（表面上是男性，實為T）發狂自剁左腳	自毀
1991	曹麗娟〈童女之舞〉	鍾沅（T）移民、出國留學，童素心（婆）結婚	出國
1994	邱妙津《鱷魚手記》	拉子（T）象徵的鱷魚引火自焚	死亡
1995	杜修蘭《逆女》	丁天使（T）罹患絕症死亡	死亡

[90] 可參看邱妙津對於回鄉之後的分別時刻的描述：「每次上中興號跟爸爸或姐姐揮手，心裡那種不忍，他們哪裡知道他們又要把他們的女兒妹妹送去過什麼樣地獄般的生活。」引自邱妙津，〈1990年1月3日〉，《邱妙津日記上冊》（臺北：印刻，2007.12），頁103。

於臺北，換句話說，異國帶來的陌異感遠不如拉子置身於無所不在的異性戀空間的陌異感，對於拉子來說，處處皆為情感、自我無所歸依的所在，處處皆迫使拉子僅能隱身於自己的小房間中。

然而，巴黎對於在臺北城市中連連挫敗的拉子而言，則成為排拒現實、遙寄夢想的地方[91]，邱妙津將之視為文學、藝術的原鄉，而法國於1990年代前後上映的幾部熱烈殉身式的愛情電影則尤其貼近她的愛情想像，例如邱妙津在《鱷魚手記》中屢屢提及〈壞痞子〉[92]，以及在賴香吟的〈憂鬱貝蒂〉中描述「C」熱愛法國電影[93]：

> 我們約好在信義路與復興南路口，十幾年前，……隔鄰地下室是一間廣收國外電影，在八〇年代末期知青圈子極為有名的影碟中心。C來了，領我走下樓梯，……C是這裡的常客，熱烈掛在她嘴邊的幾部電影多半出自此處。我們沒有花時間挑片，C約我來之前便說好了來看Betty Blue，憂鬱貝蒂。[94]

---

[91] 在邱妙津友人師瓊瑜的回憶文章中，留有大量兩人對於巴黎的想像與敘述：「關於巴黎，我們在更更年輕一點的時候，對它有許多的憧憬與嚮往，它是文學與藝術的原鄉吧！我們這般固執地信仰著。……妙津亦是早早便在師大語言中心學法文。看大量的法國片，是當時我們共同的寫照。」「關於法國的圖像，我極力以我的所見編織一點希望所在，即使那是我旅程最糟糕的一站，為此，我以為妙津後來的魂斷巴黎，我自是脫離不了干係。」師瓊瑜，〈我們青春的墓誌銘〉，《中國時報》（1995.12.14-15），39版。

[92] 法文片名為〈Mauvais sang〉，為以「狂戀愛情三部曲」揚名的法國新新浪潮導演李歐・卡霍（Leos Carax）1986年的作品。劇中描述男主角亞歷克斯在一場死亡陰謀中，邂逅了此生至愛安娜，亞歷克斯遂全心沉浸於對安娜的狂熱愛情中，最終獻身予這似有若無、瞬間爆發的狂烈愛情。

[93] 文中所描述的「C」，對照兩人生平、情誼與邱妙津文本，賴香吟〈憂鬱貝蒂〉一文中的「C」應為邱妙津。

[94] 引自賴香吟，〈憂鬱貝蒂〉，《中時人間副刊》（2003.12.27）。

無論是《鱷魚手記》中屢屢提及的〈壞痞子〉，或是在賴香吟的散文〈憂鬱貝蒂〉中談到的電影〈憂鬱貝蒂〉[95]，片中人物往往以殉教式的狂熱奉獻愛情，皆與邱妙津在《鱷魚手記》與《蒙馬特遺書》中對於愛情的執著獻身如出一轍。

另一方面，法國的女性主義與同志運動的發展亦對邱妙津有所影響，在《蒙馬特遺書》中，拉子在法國方開始女性聚會[96]及結識法國從事同志運動的女同志[97]，法國女性主義及同志運動較臺灣發展為早[98]，相較於目前同志婚姻仍遙遙無期的臺灣，法

---

[95] 又名〈巴黎野玫瑰〉，法文片名為〈37, 2° Le matin〉，為1986年上映的法國新新浪潮電影導演尚賈克‧貝涅（Jean-Jacques Beineix）的代表作。片中描述一對充滿藝術家氣質的狂熱戀人，男主角左格的寫作才華唯有女主角貝蒂欣賞，然貝蒂時時為社會生活感到憂鬱苦惱，最後終於弄瞎了自己的雙眼、關進病院，片中充滿對於愛情與藝術的狂熱與獻身。

[96] 「昨晚是第三次去參加那個專屬於女孩子的宴會，……我跟她們在一起很自在，我也很喜歡，覺得這個中心好像我在巴黎的『歸宿』。」引自邱妙津，〈第八書〉，《蒙馬特遺書》（臺北：印刻文學，2006.10），頁58。

[97] 例如《蒙馬特遺書》中的友人Laurence即為「同性戀中心」的義工，籌備「同性戀電影節」、愛滋病募款晚會等；而拉子所參加之演講活動，亦為以「同性戀」為標榜的政治人物和出版家，拉子為之深受感動。參看邱妙津，〈第十書〉，《蒙馬特遺書》（臺北：印刻文學，2006.10），頁81。

[98] 回顧法國的女性主義發展，「女性主義」（feminism）一詞即源自十九世紀的法國，而在臺灣流播甚廣的西蒙‧波娃的《第二性》已於1949年的法國出版，此書在臺灣在1973～1974年即由晨鐘出版社初版，1993年由志文出版社再版，顯見法國的女性主義在臺灣的傳播與影響甚早，而其中《第二性　第一卷：形成期》的第十五章即專章討論「女性同性戀」；西蒙‧波娃（Beauvoir Simone -de，1908～1986）本人則與沙特（Jean-Paul Sartre，1908～1980）維持終生不婚的伴侶關係，作為其對於女性主義的一種實踐。波娃與沙特的不婚、開放式伴侶關係與其對於女性同性戀的正面直視，對當時身為臺灣知識青年的邱妙津而言極具啟示性。另外，法國的女同志理論與女同志運動亦起步甚早，代表人物如以「陰性書寫」為代表的當代法國女同志小說創作者與理論家莫尼克‧維蒂格（Monique Wittig），其於1980年即發表〈異性戀思維〉，1981年發表〈人非生而為女人〉；而在「後現代女性主義」中佔有重要位置的艾倫‧西蘇（Helene Cixous）即為邱妙津在法國的老師，也是邱妙津在法國最仰望的生命之燈。反觀之，臺灣第一個同志社團為1990年成立的女同志團體「我們之間」，因而臺灣的同志運動可說大略由1990年代開啟，然而1992年的臺視新聞世界報導偷拍女同志事件、1997年的臺北市警察荷槍臨檢同志酒吧的「常德街事件」、2003年的晶晶書庫男體寫真事件等等，與仍舊遙遙無期的同志伴侶法、同志婚姻，顯示臺灣的同志運動仍亟待努力。

國早在1999年即通過「PACS團結契約」[99]（又稱「公民結合契約」），雖邱妙津無緣得見，然而可以得知法國同志運動確較臺灣趨前許多。巴黎在拉子原初的想像之中，為一較臺北文學性高、性別自由度高的空間；因此，充滿狂熱愛情想像，且女同志運動較臺灣勃興、女同志能見度較高的法國，便成為拉子寄託嚮往的地方。

在拉子的《鱷魚手記》與《蒙馬特遺書》中，與拉子正式同居的同性戀人僅有《鱷魚手記》中的小凡與《蒙馬特遺書》中的絮，然而兩相對比，則可發現於不同城市、不同對象的同居亦分具不同意義。在《鱷魚手記》中，拉子遷入小凡的公寓，雖為時亦短，然而與水伶偶爾過客式的借住於拉子房間中的意義不同，拉子是小凡公寓中正式的同居人，小凡由是成為拉子第一個正式同居的對象：

> 睡前的幾個小時，她在房裡平靜地讀著書，我則坐在客廳的桌前陪她讀書，我房裡放著抒情的音樂，偶爾她走出來坐在我旁邊看我，直到她累了，熄掉房裡的燈，上床睡覺，**門還開著，正對我讀書的位置，讓我隨時可以進去看她**。她不容易入睡，隔許久站在房門口確定她入睡後，我才躡足地走進她房內為她拉好被子，凝視她一會兒，輕輕關上門退出，回自己房間準備入睡，**或終夜坐在客廳閱讀，踏實地守著她的睡眠**。這樣的夜晚，感覺像是一對最

---

[99] 目前法國的法律雖不允許同性結婚，但為因應同志需求，乃在1999年通過類似同居伴侶法的「PACS團結契約」，允許同性或異性二名成年人簽署契約後共同生活。簽約兩造可於PACS契約中約定共同生活之權利義務分配，在民法（贈與、繼承）、稅法、社會福利保險、公司機關撫恤等領域享受類同（但不等同）夫妻關係之部分權利義務，形式較具彈性，終止手續亦較離婚簡單。

好的知己，或是情人。[100]

由拉子的敘述看來，在這段時間內，小凡的公寓僅有小凡與拉子同住，因此拉子得以和小凡完整擁有家的形式，如同一般的家庭結構般，各自擁有自己的房間，以及情感交流的客廳；且由於小凡的公寓中僅有小凡與拉子兩人，隔間門得以開著，方便拉子隨時到小凡的房間中進行同性愛慾的舉動：「看她」、「為她拉被子」，且原本象徵半公共空間的客廳成為兩人睡前相伴的場所，客廳遂被私密化，在此，小凡的整層公寓原本足以成為完整的同性戀空間，然而由於小凡的未婚夫的存在，使公寓中易於與外界連結的客廳窗戶、房間窗戶皆成為拉子心中深具威脅性的所在：

> 然而，當我在客廳裡守著她入睡同時，可能另一個叫未婚夫的人也正在樓下守候，看著她房間窗口的燈熄滅後，發動摩托車引擎離去。[101]
>
> 一個晚上，我等門等到半夜三點，她還沒回來，這是絕無僅有的一次。我進入她的房間，打開臨著馬路的所有窗戶，冷風颼颼，枯站幾個小時，數著每一輛車的經過，間或四處打電話問她的朋友。忽然一輛四輪車停在窗戶的正下方，我想她回來就好，在準備關上窗戶回房去，不小心再探頭一看，車內隱隱約約兩個人抱在一起，我看得出是未婚夫回來了，可以感覺出兩個人影長長相擁的激切和深情，我逼著自己一直看一直看……然後某種東西被剪

---

[100] 邱妙津，《鱷魚手記》（臺北：印刻，2006），頁199。
[101] 邱妙津，《鱷魚手記》（臺北：印刻，2006），頁199。

斷，血腥的一塊掉落在地，我知道自己已經繃斷了。[102]

透過與外界連結的窗戶，拉子與小凡的同性愛慾空間遂被外部的異性戀體制支解，然而由於小凡原就是即將邁入婚姻的女人，遊走於同性／異性愛慾之間，且小凡身為他人「未婚妻」的名目，使拉子這樣一個逸出社會體制外的同性戀者自覺無能挽留，拉子在這段關係中缺乏力量，僅能被動地固守於家中的同性空間等待，而無法正式現身於外部的異性戀空間；因之，在這段同居關係中，拉子並未以「家」名之，而逕稱為「小凡的公寓」；在臺北的這段關係中，拉子顯然對於同居意義尚缺乏想像，無力鞏固以「家」的實質意義，而僅能固守「家」的形式。

　　對於身處於其時仍缺乏同性戀想像的臺北的拉子而言，在臺灣的小凡與自己絕無可能實現真正的同居的類婚姻生活，除非遠離臺北，那麼小凡與自己才能獲得新生的愛情，實現婚姻[103]。但在《蒙馬特遺書》中，拉子與絮在臺灣相遇、相戀，而後拉子赴法留學，一年半後，同性戀人絮即赴法與拉子同居，實踐愛情與婚姻的理想。拉子自一開始顯然就對這段同居關係充滿想像，並視之為實踐婚姻的方式，並以具有新婚關係指涉的「蜜月」名之：「一九九二年九月遇見絮，到十二月搭機前往法國，是邂逅，也是蜜月。……九四年六月，絮搭飛機到巴黎來，與我一起實現長久以來我們對愛情婚姻的夢想與理想。」[104]在〈第十五

---

102 邱妙津，《鱷魚手記》（臺北：印刻，2006），頁207。

103 「一個多月來我腦裡一直存在一個忽明忽滅的夢：夢想著很久很久以後你會帶著你的孩子來法國投奔我，然後我們可以彼此相屬地永遠結合在一起，我能夠好好疼惜照顧你和孩子。」邱妙津，〈1990年1月31日〉，《邱妙津日記上冊》（臺北：印刻，2007），頁119。

104 邱妙津，〈第十四書〉，《蒙馬特遺書》（臺北：印刻，2006），頁126。

書〉中，邱妙津所書之標題即為：〔黑暗的結婚時代：絮在巴黎，Zoë在巴黎〕[105]。

　　法國與臺灣相較，在拉子的想像中，原本是最能成為同性戀人實踐愛情與婚姻理想的地方，拉子懷抱著在臺北的愛情挫敗來到法國，將全部關於愛情與婚姻的理想，寄託在法國巴黎這個大城市裡，在這個同志運動較興盛且充滿浪漫愛情氛圍的地方，拉子渴望與絮以「同居」的形式擬仿異性戀婚姻：

> Clichy跟兔兔一樣是純白的，**它是我和絮及兔兔在巴黎的家**。Clichy是十三號地鐵線出巴黎市郊的第一個站名，**我們在這裡建築起我們愛情的理想**。然而，我失敗了，並且敗得很慘，失去的是全部我對婚姻及愛情夢寐以求的百分之百想像。[106]

拉子除了希望與絮共同擁有「家」的形式之外，更進一步地希望能擁有如同異性戀婚姻般的子嗣，藉由「長得像彼此」的下一代，以保證「家」的永在性，且在拉子的想像中，巴黎則是最有可能實現這個婚姻夢想的地方：

---

[105] 〈第十五書〉與〈第十九書〉在聯合文學1996年出版的《蒙馬特遺書》版本中僅存標題而無內文，分別為〔黑暗的結婚時代：絮在巴黎，Zoë在巴黎〕及〔金黃的盟誓時代：絮在臺灣，Zoë在法國Tours〕、〔金黃的盟誓時代：絮在臺灣，Zoë在法國Paris〕；根據印刻文學於2006年新版的《蒙馬特遺書》中收錄的內文看來，〈第十五書〉與〈第十九書〉應為絮寫給Zoë的書信轉載，新版的編輯者將邱妙津於原書中特意空缺的「結婚時代」與「盟誓時代」補与絮的書信。〈第十八書〉則維持有目無文，僅書標題：〔甜蜜的戀愛時代：絮在臺灣，Zoë在臺灣〕，並附《詩經·邶風·擊鼓》之詩，由此三書的特意匱乏看來，應為邱妙津的刻意結構性安排。

[106] 邱妙津，〈第九書〉，《蒙馬特遺書》（臺北：印刻，2006），頁64。

在臺灣我曾告訴小妹，我寫信給巴黎的五個相關中心，問他們卵子跟卵子以目前的科技可不可能生育，……是的，從沒想過自己可能生一個孩子的我，確實夢想著生一個長得像絮的女兒。……我想要一個人類，一個一輩子不離開我的人類，完全像她的一個人類[107]

因之，在實際生活中，拉子將和絮在巴黎共同挑選的兔兔視為生命伴侶，而兔兔則無異於兩人的愛情結晶：

在下班尖峰的擁擠地鐵裡，白色籠子放地上，我身上揹著三大包糧草飼料，靠著扶柱站立，絮坐在我身旁的位置裡，逗弄著裝在小紙盒裡的兔兔……我看著他們兩個，認識他們是我的生命伴侶，我要為他們在艱險的人生旅途上奮鬥，至死方休。[108]

《蒙馬特遺書》原名《兔兔遺書》[109]，書中首頁即宣示：「獻給死去的兔兔　與　即將死去的我自己」。小說自一開始，置於〈第一書〉之前的〈見證〉即提及絮的背叛與兔兔的死亡，最後的〈第二十書〉則回憶拉子與絮初遇兔兔的場景，以及分手後絮的離開，其中穿插拉子和絮出遊回程之時的對話：「（Zoë，你

[107] 邱妙津，〈第九書〉，《蒙馬特遺書》（臺北：印刻，2006），頁65。

[108] 邱妙津，〈第二十書〉，《蒙馬特遺書》（臺北：印刻，2006），頁181。

[109] 在《邱妙津日記》中的4月25日寫著：「兔兔兩、三個小時前死了，對我打擊太大，我沒辦法解脫，只能明天起開始寫我的第二個長篇〈兔兔遺書〉。」引自邱妙津，《邱妙津日記》下冊（臺北：印刻，2007），頁254。直到6月12日才出現《蒙馬特遺書》的書名：「無論如何，不顧一切先完成小說《蒙馬特遺書》，再談別的事。」邱妙津，《邱妙津日記》下冊（臺北：印刻，2007），頁276。

想兔兔現在正在幹什麼？）[110]」「（Zoë，我們回到家，兔兔會不會穿著西裝打領帶，開門迎接我們？）」。拉子與絮選擇在法國同居、實現婚姻理想，顯然因為法國的外部環境對於同性戀者較當時的臺灣友善，然而即便如此，當時同性伴侶仍未獲得同居伴侶法的保障，同性伴侶的社會約束力亦較低，在拉子與絮擬仿婚姻的同居之中，兔兔為極具想像力的存在，在同性尚無法合法結婚、亦無法藉由科技生育下一代的現實裡，兔兔為拉子與絮的婚姻生活彌補了這個匱缺；拉子顯然希望藉由兩人在Clichy同居的家提供實質的婚姻生活形構，並藉由兩人共有的寵物兔兔強化兩人的婚姻關係[111]。然而，對照〈第十五書〉與〈第十九書〉中絮的書信[112]：

> **媽媽來訪巴黎，我再次逼迫你等待我。記得那通下雪的電話嗎？當時我在房間，媽媽在客廳，你在電話那頭，聲音極悲傷，在飄雪，告訴我不要去看你，我在電話這頭，……看到自己的窘迫，我將你拋棄在雪地裡，……[113]**

文中，絮的母親來訪巴黎，並到絮與拉子同住的公寓裡。在這個

---

[110] 括弧為書中原有，為書中的敘述語句之間，穿插回憶過往場景之時的對話。

[111] 在如今的臺灣社會中，同居伴侶仍未有法律認定及保障，在維繫關係不易的情狀下，許多同志伴侶亦習慣以豢養寵物強化家中的形構，以增加兩人分居的困難度，令雙方較無法輕易搬遷、離開。

[112] 依文中的敘述口吻與書寫筆調看來，新版中此二書的內文與邱妙津的書寫風格有明顯歧異，祁立峰認為可能是敘事者摘錄戀人的覆箋，也可能是敘事者仿擬戀人的書寫習態而完成，本文較認同第一個說法，因二書的書寫性與敘述口吻與邱妙津的文字風格差異太大，較可能為邱妙津摘錄絮的書信。參見祁立峰，〈邱妙津密碼：對印刻版《蒙馬特遺書》中〈第十五書〉、〈第十九書〉的探析〉，《中國現代文學》第13期（2008.06），頁211。

[113] 邱妙津，〈第十五書〉，《蒙馬特遺書》（臺北：印刻文學，2006），頁135-136。

原本為兩人同居生活而打造的同性戀空間中，因外來者（絮的母親）的侵入而被迫支解，絮與母親待在公寓中，母親在客廳，遂使絮必須躲進房間裡與拉子通電話。原本在這個專屬於兩人的公寓中，無處不是同性戀空間，並無公共客廳與私人房間的分別，然而因為絮的母親自臺灣來法國，這個原本逃出臺灣異性戀形構的異國同性戀空間即不復以往，絮無法完全割斷來自原鄉的召喚，全然隱身於兩人一手打造的異國同性戀家庭，遂窘迫折衝於異性戀形構的原鄉臺灣與同性戀形構的異鄉法國之間，無以承擔，背叛了拉子與他們曾經共有的婚姻理想，離開法國；拉子則再度被拋進幽閉且漂移的異鄉的單人房，搬出Clichy的家[114]，在原來滿懷嚮往的巴黎城市失卻全部對於愛情與婚姻的理想之後，飄飄何所似？拉子最終選擇自這個她始終無法安身立命的世界離開。

第四節　「荒謬的牆」[115]：菁英女同志與親密關係的糾纏

一、「荒謬的牆」：糾結對立的家庭關係

　　在《鱷魚手記》中，邱妙津便以拉子的身分敘述其混雜了同

---

[114] 「總算有著家，總算把自己安頓下來。算不清這是我第幾次搬家了，是我在法國的第五個家，卻是我人生的第十五次搬家，也許，也許，這是最困難的一次，也許不是，因為我是九命怪貓，受重傷，但我仍活著。再度（不知是第幾度）回到一個人的狀態，悲傷嗎？必須堅強，……」引自邱妙津，《邱妙津日記》下冊（臺北：印刻，2007.12），頁205。

[115] 「荒謬的牆」一語取自邱妙津的《鱷魚手記》。書中透過拉子與吞吞的對話，詳細描繪出從符合家人完美想像的優秀女孩，直到發現內在的同性情慾，其間的心理折衝：「不知道為什麼會變成這樣，突如其來的擋在前面，所以叫『荒謬的牆』。」此一比喻可謂相當具象地形繪出菁英女同志在發現內在的同性愛慾之

性情慾、文化菁英位置的憂鬱心靈，並進一步將家庭所代表的現實生活與內在的精神世界對立起來：

> 我驚訝地發現，只有她才是從我心裡長出的東西。那是一種對世界的新觀點，或許很早我就用這種觀點在抵擋外界，而我沒「發現」它罷了——原來，從我心裡長出來的東西，對我才有用。相對於其他，**我活在世間二十個年頭所攬到的關聯、名分、才賦、擁有和習性，在關鍵點上，被想死的惡勢力支配，它們統統加起來卻是無。**從小家人包圍在我身旁，再如何愛我也救不了我，我根本絲毫都不讓他們靠近我的心，用假的較接近他們想像的我丟給他們。**他們抱著我的偶身跳和諧的舞步，那是在人類平均想像半徑的準確圓心，經計算投影的假我虛相**（我是什麼很難聚焦，但什麼不是我卻一觸即知）；**而生之壁正被痛苦剝落的我，在無限遠處渙散開，遠離百分之九十的人類擁身其間，正常心靈的圓圈。**[116]（2006a：105-106）

對拉子而言，相對於世俗的價值等事，只有水伶才是「心裡長出的東西」，換句話說，同性情慾才是像拉子這樣的菁英女同志對於這個世界的真實觀點，而同時她也「用這個觀點在抵抗外界」，這裡原本呈顯了一種積極抵抗外界的異性戀世界的氣質；然而，由於這個極其私密的內在關鍵點，其他的世俗價值，甚至是最親密的家庭，對拉子而言皆變成了無，因之，無論她如何愛

後，在異性戀社會裡（尤其是家人面前）繼續維持「完美」假象或是肯認內在的同性愛慾實體的兩難，因而謂之「荒謬」。邱妙津，《鱷魚手記》（臺北，印刻，2006），頁85。
[116] 邱妙津，《鱷魚手記》（臺北，印刻，2006），頁105-106。

她的家人，以及她的家人如何愛她，終究因為這堵荒謬的牆，使他們被阻擋在拉子內在唯讀的心靈世界之外，而拉子對於家人的愛的回報，竟只能是打造一個偽裝過後的「我的偶身」，拉子因而面臨真實與虛構的拉鋸，然而同時也是親密與疏離的分裂，而這些對於當時缺乏出口的同性戀愛的拉子來說，便只能獨自承受內在痛苦的崩裂，同時也與她所謂「百分之九十的正常心靈」對立，漂流遠離[117]。

從《鱷魚手記》到《蒙馬特遺書》，從臺北到巴黎，Zoë無疑是拉子的延伸。在臺灣，現實世界與內在真實的種種對立關係，成了Zoë在蒙馬特的沉重行李。對照邱妙津在《鱷魚手記》、《蒙馬特遺書》與《邱妙津日記》中的敘述，可發現無論是拉子或是Zoë，在與家庭相關的敘事皆十分一致，且描繪得相當清楚直白，例如拉子談到她十六歲就搭中興號離家北上讀高中，這與邱妙津的生命資料完全相符[118]，邱妙津在她原生家庭部

---

[117] 對照國外的女同性戀者自述，亦有相當類似的心境：「由於我是女同性戀者，迫使我不得不過著無法讓人看見的生活，我只向世界展現我的一小部份，甚至連這小部份都還是個謊言。我不只與這個世界疏離，內在的自我疏離更是嚴重到危害我的心理健康。生命的過程中，我不斷詢問我自己：我是誰？為了要維護我認同的安全，我必須隨時警戒與說謊，通常（事實上是每一天的每一分鐘）是經由忽略，有時是經由投入。這個代價非常大。由於我不能談論我的生活，我不可能有真實的友誼。我不能和我的家人分享我的生活，導致我必然和他們維持膚淺的關係。為了維護認同安全而製造謊言，因此我要圓謊，這種高度警戒所帶來的壓力讓我無法放鬆。更嚴重的是，它損壞我的自我，我自我的完整性。」Pharr,S. "Homophobia: A weapon of sexism." Inverness CA: Chardon Press.轉引自畢恆達，〈彩虹的國度〉，《性別就是權力》（臺北：心靈工坊，2001）。

[118] 例如：「唉，想當年我十六歲就被騙離開家。那時候我老媽送我到車站，同鎮和我一起要到臺北唸高中的要一起搭中興號，……她在人潮間攙著，眼眶裡迅速湧滿淚。」；以及邱妙津對於回鄉之後的分別時刻的描述：「每次上中興號跟爸爸或姐姐揮手，心裡那種不忍，他們哪裡知道他們又要把他們的女兒妹妹送去過什麼樣地獄般的生活。」對照小說與日記的描寫，十分雷同。邱妙津，《鱷魚手記》（臺北，印刻，2006），頁172；邱妙津，《邱妙津日記》（臺北，印刻，2007），頁103。

第三章 經典「同」女：九〇年代女同志小說中的文化菁英位階與性／別邊緣想像

1
3
1

分的描寫幾乎要求一種完全對應、完全真實的生命書寫，換言之，在親密關係方面，邱妙津乃是有意地要塑造彷如紀實性的生命書寫，以力求其深刻與動人心魄處。

因此，拉子與Zoë所代表的文化菁英女同志，北上求學、出國留學，表面上看來是符應至親眼中所見的、她的優秀菁英氣質，然而只有拉子與Zoë獨自面對自己內在的性別煩惱，以及隨之而來那依違於菁英中心與性別邊陲的藝術家氣質，或甚至是以社會大眾對於「藝術」普遍的「逸出常軌」的聯想，來掩蓋同性情慾；文化菁英女同志一方面誠實面對自己內在精神的痛苦與創傷，一方面又必須為了尚未出櫃的情境，持續演出那個持續優秀的人偶，而她自己則獨自誠實地面對這種表象上的優秀與內在的痛苦，這種無法與至親家人坦承的孤寂；一路去鄉、離國以取得更加菁英頂尖位置的文化菁英女同志，一如在大眾眼光看來無疑絕對優秀的Zoë，在巴黎蒙馬特，因為至愛的絮的背叛致命崩毀的時刻，生命竟卻如此荒謬而悲傷：「爸爸媽媽剛打電話來，祝我生日快樂，我悲不可抑。」[119]邱妙津的描寫可謂深刻地提點出菁英女同志的迂迴與哀傷，也是她所謂「荒謬的牆」的具體呈現。較之西方七〇年代女同性戀者的處境，臺灣的菁英女同志所要面對協調的不只是外部的社會環境[120]，她還需要與家庭、與自己和解；臺灣社會因聯考制度而來的菁英崇拜，以及東方社會緊密關愛的家庭主義，使菁英女同志在面對性別麻煩的時候，變得

---

[119] 邱妙津，《蒙馬特遺書》（臺北，印刻，2006），頁119。

[120] 由基進女同性戀者（Radicalesbians）所合撰的〈女人認同女人〉（*The Woman Identified Woman*）中談到：「她是一個女人，從很小開始就想成為更自由、以自己為主體的、完整的人，那是她的心聲，卻為社會不容。她飽受痛苦，她的思考、感覺與行為都不合時宜，她和週遭環境陷入持續的苦戰，甚至和她自己。」張君玫摘譯，Radicalesbians著，〈女人認同女人〉，《婦女新知》158，（1995），頁2-4。

更加糾纏難解。

　　《鱷魚手記》和《蒙馬特遺書》的結尾都十分類似，拉子藉由賈曼的旁白說道：「我無話可說……祝你們幸福快樂！」[121]Zoë引用安哲羅浦洛斯的《鸛鳥踟躕》：「將我遺忘在海邊吧。我祝福您幸福健康。」[122]紀大偉認為這樣的結尾可能是退縮避戰的一句話[123]，邱妙津的確看來仿似與其時萌發初興的同志運動脈絡尚有一段距離；然而，面對外界異性戀世界的抵抗課題，對於邱妙津筆下型塑的菁英女同志而言，現實與性靈的對立，內在的心靈世界，即是致命的戰場。

二、「柏拉圖」式的菁英女同志愛慾

　　觀察邱妙津的歷來文本，再回望邱妙津的早期小說，則可發現，《鬼的狂歡》中的〈臨界點〉，不僅如朱偉誠所言，皆由於敘事者對於自己身為女同志（Ｔ）的難以接受[124]，其中也相當程度地暗示著敘事者的菁英位置，與前述拉子的心理狀態的變形：

　　　　這是我當時唯一想到可能會嫁給我的人選，**她小學畢業，我大學畢業，她還寫了幾封信叫我幫她修改錯字……然後我就像正常人一樣，接連著有了妻子、職業、房子、孩子，和一天天我不容許它們不平凡庸俗的日子。我不再想**

---

121 邱妙津，《鱷魚手記》（臺北，印刻，2006），頁223。
[122] 邱妙津，《蒙馬特遺書》（臺北，印刻，2006），頁187。
[123] 紀大偉，〈發現鱷魚——建構臺灣女同性戀論述〉，《晚安巴比倫》（臺北：探索，1998），頁148。
[124] 朱偉誠將《鬼的狂歡》中的小說皆視為敘事者對於自己身為女同志（Ｔ）的難以接受，且其認為雖僅有〈柏拉圖之髮〉明確表現為同性戀愛，然而其他故事皆是假托為異性戀的此種心理狀態的變形。朱偉誠編，《臺灣同志小說選》（臺北：二魚文化，2005），頁27。

起我的嘴和我的腳，還有那個帶著那張嘴和那隻腳的特殊
的自己，知道有一些特殊的感覺被存在我的記憶庫裡，但
我很堅持「那是別人的，不可以亂用」。[125]

在〈臨界點〉中，敘事者「我」大學畢業，與「她」顯然有巨大
的學歷落差，

　　然而「我」與「她」結婚，過起正常而平凡、「我不容許
它們不平凡庸俗的日子」，這種刻意標示的階層落差，與著意強
調的「不容許不平凡」的庸俗日子，正反喻出自己原來並不平凡
庸俗的菁英位置；因之，文中接續描述的歪嘴與香港腳等缺陷，
導致「我」深具被愛的恐懼，對照「帶著那張嘴與那隻腳的特殊
的自己」等描述，則可發現，文中雖將「我」假托為異性戀，然
而歪嘴與香港腳竟莫名的讓「我」無法愛人。邱妙津透過歪嘴與
香港腳隱喻同性情慾，且經由刻意平凡庸俗的描寫，讓〈臨界
點〉這篇小說呈現與《鱷魚手記》中的文化菁英完全對應式的相
反敘述：假托為異性戀，刻意變得平凡庸俗，好埋藏同性情慾，
將「一些特殊的感覺存在記憶庫裡」，存放菁英拉子的憂鬱，以
便迴避那個真實的同性戀、以及一點都不平凡庸俗的自己，乃
至故事最終以欲愛又不能愛的臨界崩潰作結。文中的歪嘴、香
港腳，被敘事者一再地放大為一種殘疾，然又於一開始描繪平
靜的家居日常風景之時談道「我不再想起我的嘴和我的腳」，
因之，這「殘疾」所指涉的，是一種菁英拉子的憂鬱，敘事者
「我」說道：

---

[125] 邱妙津，〈臨界點〉，《鬼的狂歡》（臺北：聯合文學，1991），頁3。

> 只有我的歪嘴才是我，二十多年了，每個日子都是為了告
> 訴我這件事……我想加入快樂自在的人群時，歪嘴會告訴
> 我，它不喜歡被看到：別人因太快樂自在而忘了我的歪嘴
> 時，我沒辦法從他眼裡看到我……。[126]

對於敘事者來說，只有「我的歪嘴」才能構成「我」，而且，只有「我」獨有的歪嘴和快樂的群眾竟是對立的，歪嘴使得「我」沒有辦法成為快樂人群中的一員，而別人的過於快樂，也會使得「我」自覺從別人的眼中消失；在此，歪嘴隱喻內在的文化菁英氣質，且與快樂相對立，但又只有此內在氣質才足以成為我，遂使「我」與眾人的快樂產生區隔。

　　有趣的是，文中的「我」既自豪於內在的文化菁英氣質，又自慚於「歪嘴」的外在形穢，待「我」終於遇見無視於「我」的歪嘴、甚至勇於親吻愛慾「我」的歪嘴的女孩，竟臨陣脫逃乃至於恥痛交加，指涉的其實是菁英女同志在面對邊緣同志身分的愛慾無能，後來在《鱷魚手記》裡拉子寫給水伶的信中，就將這種心理描繪得更加清楚：「在那短短半年讓我們發展愛情的歷史裡，我是個『怪物』，這個怪物用牠的手撫摸擁抱你，用牠的嘴親吻你，用牠怪物的慾望熱烈渴望著你的身體，然後承受你眼中毫無怪物陰影的完整愛慕與審美，這一切都殘酷地磨蝕著我。」[127]菁英女同志對於菁英階序外的T吧中的T／婆文化缺乏想像，因而將非男非女的T氣質與同性戀情慾，視為無以名狀的「怪物」般的「我」終將獨自背負的悲劇。無獨有偶的，張亦絢後來在〈性愛故事〉這篇小說中，描述純青與黃鳳的戀情也與此

[126] 邱妙津，〈臨界點〉，《鬼的狂歡》（臺北：聯合文學，1991），頁4。
[127] 邱妙津，《鱷魚手記》（臺北：印刻，2006），頁118。

相類，純青與黃鳳確實相愛，但小說中卻充滿了強烈的抵抗愛慾的情緒：

> 可是就是黃鳳跟她兩人身無長物的走在路上，她仍覺不能置信，沒什麼原因就要對黃鳳說：我們不要在一起。——她根本實實在在的對黃鳳對分手的反應有癮。因為只有在那種時刻她才能確定——黃鳳真的要她、要過她。[128]

> 恍惚中好強的衝動想痛哭，發現有了愛情的生命是多麼可悲——再也沒有所謂輕鬆一下的娛樂了，也再也沒有那種有點無聊看電視吧的心情了。……對黃鳳說，她們之間千難萬難恐怕不是她能懂。左寫右寫只要黃鳳莫再來找她。只因這樣下去總有一天她會受不了。句句反寫黃鳳對她她對黃鳳欲望多麼強烈又深邃。[129]

對純青而言，遇見了黃鳳，深入女同志愛慾以後，就等於遠離了異性戀群眾的路徑，也就再也沒有「輕鬆一下的娛樂」了，意味著將從此進入另一個艱難的生命情境，因而只能拼了命地逃離已經屆臨的女同愛慾。而這種愛慾無能，或說克制愛慾的情節，可說是延續八〇年代的女女小說以來，到了九〇年代仍重複出現的主題，不僅在前述邱妙津的小說中俯拾即是，在張亦絢、曹麗娟的幾部作品中也有類似情節，就連在女同志的自述中也不難見到：「國中時暗戀班上女生，覺得自己很變態，後來只

---

[128] 張亦絢，〈性愛故事〉，《壞掉時候》（臺北：麥田，2001），頁106。
[129] 張亦絢，〈性愛故事〉，《壞掉時候》（臺北：麥田，2001），頁120。

敢談柏拉圖式的戀愛，如果對方進一步要求就會『落跑』。」[130]
可見在父權體制與異性戀體制下，女同志對於愛慾、身體的認同
之曲折艱難。

小結

　　臺灣同志運動由九〇年代初以前的沉潛醞釀，到九〇年代中
爆發式的大力開拓，在短短幾年間累積了論述集結、命名、乃至
於差異認同的女同志文化能量；而以另一脈運動形式的同志文學
發展而言，也回應了社會風潮的積累與轉變[131]。到了九〇年代以
後，隨著大學菁英女同志在九〇年代前後逐漸浮出地表，以及解
嚴後臺灣社會氛圍的鬆綁，女同志則企圖進一步以菁英位置博取
主流社會的認同空間，由原來躲藏在女性主義中的女女情誼漸次
推至女同志認同，深入純女性空間的女同志情愛書寫；例如林黛
嫚與邱妙津在1988年發表的短篇女同志小說中，即以菁英女同志
T的潛藏愛慾大膽現身，其中流露出來的菁英價值認同以及身為
女同志T的邊緣愛慾，彷彿已具有革命前期「現身即犧牲」的悲
烈氣氛。

　　爬梳臺灣九〇年代的女同志小說，可發現除了明顯延續第

---

[130] 魚玄阿璣採訪、撰稿，〈路變得好寬好寬〉，《女朋友》8（1995.12.15），頁6。

[131] 朱偉誠在論述臺灣同志文學發展時，即以1993年作為「問題期」與「狂飆期」的
斷代，所謂的「問題期」包含1983年至1993年間的同志文學作品，「問題期」乃
意指此時期作品內的疾病隱喻與自我罪惡；「狂飆期」則包括1993年至2000年間
的同志文學，所謂狂飆，乃因朱偉誠認為在解嚴之後的政治民主化與女權運動影
響之下，臺灣同志處境在九〇年代初已有逐漸改變的趨向，且以同志為主題的
文學作品在此時期內大為增加，並以朱天文描寫男同志的《荒人手記》與邱妙
津書寫女同志的《鱷魚手記》為「狂飆期」的開創性代表作品。朱偉誠，〈另
類經典：臺灣同志文學（小說）史論〉，《臺灣同志小說選》（臺北：二魚，
2005），頁9-35。

二章所論述的婦運脈絡與女校敘事下的菁英女性觀點，在九〇年代主要的女同志小說作家邱妙津、張亦絢、曹麗娟等人的作品中，都可以看到這種菁英主義的呈顯，且又進一步地推展至女女愛慾與同志認同，其中，邱妙津的作品可說拓深了女同志文學的內涵，將女同志文學帶至一個超越當代的高度；與張亦絢、曹麗娟的作品相較，邱妙津並不認真談論女同志認同或女同志文化圈的氣氛等等，而是直接展示了菁英女同志幽深複雜的愛慾心靈與文化位階的辯證，而這種極具渲染力又富對號入座可能的書寫方式，遂使邱妙津筆下的菁英女同志「拉子」成為臺灣女同志的集體認同。

　　邱妙津藉由書寫菁英女同志的性／別氣質、文化位階與空間感覺，呈顯出既是社會性／別位階的邊緣，又為文化階層的中心位置，疊合出一種特殊而又憂傷的菁英女同志氣質，現實中的異性戀社會於是與內在的菁英女同志氣質更形隔閡分立，使菁英女同志在與所謂的「庸俗」群眾並立的同時，也對比出自己的孤寂；此外，為了維持表面上的「優秀」，在華人社會普遍的緊密關愛的家庭主義下，菁英女同志更難以坦露可能推使自己趨於邊緣的同志性向，遂與至親的家人荒謬隔離，乃至於將全部的情感獻身給同性情人，然而又在困頓的同志愛慾與菁英主義的伴隨下，拒絕愛慾的進一步發展與可能，遂使全然的愛與絕對的孤寂相伴而生，成為臺灣當代女同志文學中，盤桓不去的深沉早慧、脫俗而又悲情的「典型」菁英女同志形象，而此一文化脈絡，事實上仍持續豐富著後續臺灣女同志文學與文化的生產。

第四章

同女漫遊：兩千年網路世代中女同志文學的愛慾書寫與大眾化轉折

　　第三章中論述以邱妙津《鱷魚手記》中的「拉子」為中心的菁英女同志文本，其形塑出依違於菁英與邊緣之間的菁英女同志形象，成為後續純文學場域與菁英女同志文化中所肯認標舉的「典型」女同志；那麼，在此一認同脈絡之下，歷經婦女運動、同志運動，以及提倡後現代多元價值的時代變遷之後，兩千年後的女同志文學與文化的走向，究竟呈現出怎樣的後續發展與可能？在九○年代同志運動與同志文學的高峰期過後，臺灣的女同志文學與文化究竟是沉寂或是轉向[1]？的確轉趨沉寂了嗎？若非沉寂，則又轉向哪裡？在八、九○年代以來的優秀／年輕／含蓄的女同志敘事之下，兩千年後的臺灣女同志文學究竟如何在風潮漸歇之後開拓新局？

　　以下，本章將嘗試由此切入，提出幾項值得繼續追索探問的兩千年後的女同志文學與文化現象。首先，本章將論析在九○年代以來已自成脈絡的菁英女同志文學，後續呈顯出怎樣的女同志文化再現，及其如何進行承繼與反思；二則是進一步論述在兩千年前後網路逐漸普及之下，新一代的女同志如何以網路為其同志認同與社群集結的場域，進而逐步轉化、演繹出不同以往的女同

---

[1]　在此套用朱偉誠的用語。朱偉誠在論及兩千年後的同志文學景況時，曾提到：「時至二十一世紀臺灣九○年代風起雲湧的同志熱潮已漸趨沉寂（或者應該說是有所轉向）。」朱偉誠，〈另類經典：臺灣同志文學（小說）史論〉，《臺灣同志小說選》（臺北：二魚文化，2005），頁31。

志文學與文化。本章所要持續思考的是，在九〇年代推至極致的菁英女同志文學的風潮過後，兩千年後臺灣女同志文學所呈現出的慾望再現，與多元紛呈的大眾化、網路文化特色，其於削弱了女同志文學原來的菁英化色彩之餘，是否也呈現出另一種轉折與再生的意涵？

第一節　現身與超越？：菁英女同志文學中的積極現身與運動書寫

一、女校情愛的指認與回返

　　邱妙津以肉身自剖的姿態描繪出菁英女同志的幽微索寞之處，雖未標舉認同，也並未直白批判體制，但邱妙津作品極富文學感染力，其所刻劃出的菁英女同志在體制下艱難自抑的生存情境，卻提供了文化菁英女同志對號入座的悲情空間，更使得「拉子」成為畫時代的集體認同；但隨著邱妙津在1995年悲劇性的自殞之後，在從此被高舉為女同志文學經典的同時，邱妙津其人、其文，彷彿也從此浸染著臺灣文化菁英女同志族群的敏感心靈，帶來盤桓不散的憂鬱與翳影；然而，正當《鱷魚手記》隨著邱妙津的自殞，一時間成為文化菁英女同志集體肯認目標的同時，曹麗娟與張亦絢其實正積極在純文學場域的創作中另闢方向，批判體制也回應同運，所關注的面向及呈現的題材等，已與前此的悲情女同志文學有所差異。

　　例如曹麗娟在早年的〈童女之舞〉之後，1996年獲獎的女

同志中篇小說〈關於她的白髮及其他〉[2]就相當具有「運動」氣息，也積極回應當代性／別事件，1996年張亦絢也甫以〈淫人妻女〉短篇小說於純文學場域出道[3]，後來在前後兩本書《壞掉時候》、《最好的時光》中也都有深具運動氛圍的書寫段落。以女校中的女同志情節來說，張亦絢就以對於八〇年代《擊壤歌》、〈浪淘沙〉的菁英女校中的女女情愛的承繼與回溯[4]，來進一步「指認」出過往隱遁於女校敘事中的女同志情感：

> 第二天，我帶書到教養學校裡。「妳看這裡，有沒有，寫這的女生非常喜歡這個喬，她寫，我真的愛她，真的愛，可是愛得不像……這裡，但是喬只是喬，她是眾人的，稍縱即逝。這篇，張雁和龍雲，也好像喬的化身，開頭我都會背，她寫，我的生命中有兩個人，不要看小說都用人字旁的他，裡面其實全是女孩！我以前看多少次才確定這！妳現在省力多了！確定……因為有說到……月經！……」[5]

此外，進入九〇年代下半，女同志陣營也藉由積極批判回應主流異性戀體制中的種種恐同事件，以此爭取平權的空間。例如在

---

[2] 曹麗娟以〈關於她的白髮及其他〉獲得1996年的聯合文學中篇小說推薦獎，後收錄於《童女之舞》。曹麗娟，《童女之舞》（臺北：大田，1999）。

[3] 張亦絢於1996年以〈淫人妻女〉獲聯合文學小說新人獎推薦，並入選當時前衛出版社編選的《臺灣文學選：一九九五－一九九六》；以臺灣的純文學場域而言，獲得三大報舉辦的文學獎項，向來是擠身文壇的叩門磚。

[4] 在張喬婷針對北一女中、臺灣大學的女同志所做的研究中也提到：「受訪者朱庭、靖文、小精靈及小牛都有提到過朱天心的小說對她們的同志認同影響極大。」張喬婷，《異質空間vs.全視空間：臺灣校園女同志的記憶、認同與主體性浮現》（臺北：臺大建築與城鄉研究所碩士論文，1999），頁114。

[5] 張亦絢，〈家族之始〉，《壞掉時候》（臺北：麥田，2001），頁40。

1994年發生的北一女資優生自殺事件，可說正面燃起異性戀社會與女同志陣營之間的煙硝，不僅張娟芬、張喬婷與臺大女同性戀文化研究社所代表的菁英女同志陣營對此都有相關批判[6]，曹麗娟也在1999年的《女朋友》雜誌[7]中發表小說〈溜直排輪的女人〉[8]，直接以此事件為題材，敘述了一個隱藏在官方表述下，貨真價實的女同性戀自殺故事，曹麗娟在小說中試圖以文字想像兩位資優女高中生的同性戀情，並以其中一位女生的鬼魂向陌生人「我」借軀與另一個女生的鬼魂做愛的故事，還原兩位女高中生已被校方去性化的女同性戀身體[9]。

然而，值得注意的是，表面上看來，解嚴後的多元化價值應已讓教育體制與主流價值具備反省思考的能量，但北一女中校方在此事件之後，顯然對於校內盛行的女同性戀情愛更形嚴加防範[10]，甚至在後來2003年由北一女校方編撰的《典藏北一女》百

6　詳參張娟芬，《姐妹「戲」牆：女同志運動學》（臺北：聯合，1998）；張喬婷，《馴服與抵抗：十位校園女菁英拉子的情慾壓抑》（臺北：唐山，2000）；臺大女同性戀文化研究社，《我們是女同性戀》（臺北：碩人，1995）。

7　《女朋友》雜誌為1990成立的女同志團體「我們之間」於1994年創刊發行的雙月刊雜誌。《女朋友》主要以編寫女同志的日常生活、女同志關切的議題為主，據簡家欣的分析，《女朋友》的接受族群主要仍以臺北都會區的女學生為主；曹麗娟在《女朋友》雜誌發表的這篇小說，應可視為菁英女同志族群對於官方異性戀表述下的女同性戀自殺事件的回應。

8　詳見曹麗娟，〈溜直排輪的女人〉，出自《女朋友》29（1999.07.30），頁15-20。

9　根據自殺的兩位北一女學生留下的遺書，以及事件剛發生時該班同學發表的意見，兩位女學生極可能是一對情侶，然而當時校方與教育界卻瀰漫著恐同氣氛，紛紛出言聲明兩位女學生絕對不是同性戀。詳細的事件報導可參考張娟芬，〈訂做一個衣櫃〉，《姐妹「戲」牆：女同志運動學》（臺北：聯合，1998）；張喬婷，《馴服與抵抗：十位校園女菁英拉子的情慾壓抑》（臺北：唐山，2000）。

10　在張喬婷以北一女中、臺灣大學的菁英女同志為主要訪談對象的研究，以及臺大女同性戀社所編寫的書中皆可見一斑；此外，在由臺大男同性戀社編寫的《同性戀邦聯》一書中，也可見到類似的說法：「據了解，臺灣數所知名的男校女校都是知名的同志集散地。……不過，近來自從某女中傳出新聞之後，風聲頓時緊了許多，大家紛紛收斂言行，深恐遭到株連，而被學校的輔導老師約談。」張喬婷，《馴服與抵抗：十位校園女菁英拉子的情慾壓抑》（臺北：唐山，2000）；

年特刊中，不僅對於1994年震驚社會的北一女中兩位資優生相偕自殺事件隱諱始末，僅提到：「民國83年暑期，資優班學生燒炭自殺，⋯⋯她（指丁亞雯校長）承擔所有責任，了解真相，處理善後。」[11]更早以前的碧潭自殺事件[12]，亦僅餘校友回憶，事件始末也已全然消逝隱去，甚且，在北一女兩千年後編輯的厚達兩本的《典藏北一女》百年特刊中，也全然未見對於校友邱妙津的隻字片語，僅提及較為「無傷大雅」、青春敘事的朱天心的《擊壤歌》，然而邱妙津其實正是除了朱天心以外，少數於當代純文學場域中曾以北一女為書寫背景的校友兼成名作家。

由此可發現，在女校中的女女情愛方面，兩千年前後的女同志文學除了描繪女校中的女女情愛以外，也開始戮力於父權體制與校園規訓的反思，例如在長久浸淫於女性主義脈絡的創作者張亦絢的小說〈家族之始〉中，即對於教育體制有許多批判與嘲諷，藉由「家族」喻指女同志圈，「教養院」喻指學校，描寫校園對於女同志的視而不見，並以「考生」與「爸媽的女兒」所代表的父權體制與升學制度規訓、壓抑已萌發的女女情愛：

> 我們雖對家族的歷史與未來一無所知，但知有人活著就有希望。⋯⋯然而不知幸或不幸，微僑那家教養院對外界斷言：同性戀，那是絕不可能的事。聽，都沒聽過。[13]

臺大女同性戀文化研究社，《我們是女同性戀》（臺北：碩人，1995）；臺大男同性戀研究社，《同性戀邦聯》（臺北：號角，1994）。

[11] 北一女百年特刊編輯委員會編輯會，〈推開第一　追求卓越——丁亞雯〉，北一女百年特刊編輯委員會編纂，《典藏北一女》下冊（臺北：正中，2003），頁19。

[12] 「僅聽說有對同學跳碧潭自殺，這才傳出同性戀緋聞，校長江學珠被記了大過。」引自陳若曦〈最溫馨的一段歲月〉，北一女百年特刊編輯委員會編纂，《典藏北一女》下冊（臺北：正中，2003），頁164。

[13] 張亦絢，〈家族之始〉，《壞掉時候》（臺北：麥田，2001），頁34。

人們明明知道我們是一家，卻想盡辦法不讓我們交談與相見。他們叫我們：「假性同性戀」、「被帶壞的」、「考生」、「爸媽的女兒」。[14]

　　由教育體制對於女同性戀的愈加防範，可看出在主流社會氛圍中，對於女女情愛逐漸由原本的看不見，轉為對於「同性戀」愈見尖銳的辨識與逼視；因此，這原本對於許多女性而言，猶如充滿女子馨香的單性女校樂園，同時也成為一受到規訓與監控的校園空間[15]；以校方立場來說，為了避免女校中的女女情愫繼續發展，帶來所謂的「麻煩」[16]，校方往往藉由輔導名義予以阻絕，視女女情慾為過渡時期的「情境式同性戀」或「假性同性戀」。值得思索的是，所謂「情境式」、「過渡時期」的假設，其實便是假定人人都是異性戀，由於進入一個沒有異性的單性空間，因而產生過渡時期的「情境式同性戀」，以此壓制同性情慾滋長的後續可能，這樣異性戀預設的推定說法，卻盛行於中學教育中甚久[17]。對於九〇年代的校園女同志氣氛，張亦絢後來在〈幸福鬼屋〉中的描寫則顯得相當準確，她以「鬼屋」的意象，具象化年輕時候那些虛無飄渺、稍縱即逝，被主流異性戀社會規訓為「過渡時期」的女女情愛時光：

---

[14] 張亦絢，〈家族之始〉，《壞掉時候》（臺北：麥田，2001），頁34。

[15] 張喬婷，《馴服與抵抗：十位校園女菁英拉子的情慾壓抑》（臺北：唐山，2000）。

[16] 例如上文提到的1994年北一女中資優生自殺事件，校長丁亞雯便需出面「處理善後」；以及稍早的碧潭自殺事件，校長江學珠也被記了大過。

[17] 參見鄭杏元、黃玉、趙淑員，〈當性別遇見同志：女同志性取向認同發展相關理論探討〉，《長庚科技學刊》10（2009），頁138。以及劉安真、程小蘋、劉淑慧，〈我是雙性戀，但選擇做女同志！〉——兩位非異性戀女性的性認同形成歷程〉，《中華輔導學報》12（2002），頁154。

親愛的妳，妳都對哪些事物不滿呢？妳想過，不滿之後，又要以什麼支撐生命嗎？此刻，我想著鬼屋，想到我這輩子所有的不滿。在所有的不滿中，果真是以對鬼屋的不滿最為不滿啊。那些「就到這裡就好」的潦草氣氛、那些「我沒有想像力」的無奈告白。我被敷衍得多麼傷心啊。[18]

張亦絢以「鬼屋」類比青春時代中的女女情愛空間，女女之間的同性情感向來被視為僅是女校中的「情境式」、「過渡時期」所致，然而張亦絢卻以長懷「鬼屋」的女子，幻想模糊異性戀與同性戀的時光界限，她說：「如果我有一間鬼屋，我一定不讓人們能夠確定她／他們是進了或出了。但是她／他們可以永遠保持希望，但是她／他們可以永遠改變說詞。」[19]「鬼屋總能閃爍所有「別的有」的光。為什麼不留它下來呢？為什麼不用盡一生的力量把它留下來呢？生命寂寞，無法避免，以之換鬼屋，我便不怕。」[20]在這裡，敘事者所徘徊憑弔、憾恨不已的，無非是過往的女女同性戀愛時光，張亦絢藉「鬼屋」以具象化女女情感，書寫的態度顯然要比八、九〇年代的女女情愛小說更為基進，更具女同志主體意識，但又更顯傷感：

妳這一生，有多麼寂寞呢？——而我、我能想這問題嗎？鬼屋廣闊，我們未必不曾牽手。在千嬌百媚的意念之間，我一再看到的是妳，……碧綠的青草葉紛飛如舞，一飛再

---

[18] 張亦絢，〈幸福鬼屋〉，《壞掉時候》（臺北：麥田，2001），頁51。
[19] 張亦絢，〈幸福鬼屋〉，《壞掉時候》（臺北：麥田，2001），頁53。
[20] 張亦絢，〈幸福鬼屋〉，《壞掉時候》（臺北：麥田，2001），頁71-72。

飛，飛滿我們錯過的時空。久違了，我的鬼，⋯⋯[21]

張亦絢以「鬼」、「鬼屋」的意象來描繪青春時代的女女情愛時光，可謂相當精確，過往的女女情愛在父權體制與異性戀體制中，無疑為似有若無、鬼魅般的[22]，然而又是如此真實的存在，以至於即使踏入異性戀婚姻體制內，仍可能長久的召喚與迴返，例如朱天心於1992年發表的〈春風蝴蝶之事〉[23]，就描繪了一段細密隱藏於婚姻體制內長久迴返、難忘的年輕時代的女同志戀情，又或是如同曹麗娟在〈童女之舞〉[24]中所敘述的，童素心最後雖與守候自己多年的學長姚季平結婚，但整篇小說中所不斷迴返召喚、難以釋懷的，都是從前高中時代的同性戀愛對象鍾沅，而張亦絢在〈在灰燼的夏天裡〉中，逕以更基進反諷的態度描繪異性戀婚姻體制：

> 師專那些年，秦玉琳耳濡目染太多這種同性戀的戀情，只是結了婚又生了女兒，中間那段自己牽連進戀情的記憶暫時清洗掉了，自己是正牌異性戀的新銳身分像個敦品勵學的獎牌抱在懷裡，感覺很貴重。[25]

這裡所謂的「正牌異性戀的新銳身分像個敦品勵學的獎牌」，無非是頗具象徵意義的回應了異性戀／同性戀的中心／邊緣位階，

[21] 張亦絢，〈幸福鬼屋〉，《壞掉時候》（臺北：麥田，2001），頁77。
[22] 張娟芬也針對九〇年代臺灣的女同志處境談到：「女同志在社會中那種若有似無的存在，像極了女鬼的處境。」張娟芬，《姊妹「戲」牆：女同志運動學》（臺北：聯合，1998），頁170。
[23] 朱天心，〈春風蝴蝶之事〉，《想我眷村的兄弟們》（臺北：聯合，1992）。
[24] 曹麗娟，〈童女之舞〉，《童女之舞》（臺北：大田，1999）。
[25] 張亦絢，〈在灰燼的夏天裡〉，《最好的時光》（臺北：麥田，2003），頁179。

或有同女結婚生子進入體制去，彷彿意味著由性／別上的邊緣位階回返異性戀生殖家庭的中心位置，但其心中對於過往的女女情愛的逃避或是回返，則成為永遠的秘密。

二、菁英女同志愛慾與女同志圈書寫

張亦絢挾著九〇年代時期婦女運動的基礎與女性主義思考的脈絡[26]，持續書寫女同志小說，在兩千年前後出版的小說集中，處處充滿基進、菁英的大學女同志圈的運動氛圍，例如她在《最好的時光》中就以大學女研社為背景，勾畫出在運動氛圍與學術理想下的女同志認同與女同志戀情；《最好的時光》的頁首就有這樣的兩段話：「這哪有什麼問題！我們當然是女同性戀。但是看看我們是什麼樣的女同性戀吧！」「這麼多人！這麼多人愛著這麼多人！」[27]以及像是以下的這段小說中的敘述，也充滿了一望即知的運動氣氛：

> 兩年前，當我得到妳消息，得知妳仍在化外以最原始的方式經營感情，一再不敢情人們對幸福的唾棄——我因此找到妳，給妳幾個具有妳我性質的「革命」團體的電話與刊物。妳首先是，幾乎非常孩子氣的立刻捐了一筆錢給其中一個團體，而後很快的成為其中一員：讀書、戀愛、寫東西與上街頭。[28]

---

[26] 張亦絢於大學時代曾任政治大學女性研究社社長，本身也著有論述女性主義思考的雜文集《身為女性主義嫌疑犯》。參見張亦絢，《身為女性主義嫌疑犯》（臺北：探索，1995）。

[27] 張亦絢，〈最好的時光〉，《最好的時光》（臺北：麥田，2003），頁179。

[28] 張亦絢，〈幸福鬼屋〉，《壞掉時候》（臺北：麥田，2001），頁68。

張亦絢的小說頗有與1995年臺大女同性戀研究社現身書寫的《我們是女同性戀》[29]一書對照參考的意味，強調的是「看看我們是什麼樣的女同性戀」，也是指明這種由大學女研社出發、以女性主義為運動背景的菁英女同志族群，也兼告知社會大眾「我們有這麼多人」，當然還有最重要的、但沒說出來的是「我們其實很優秀」。張亦絢小說中的運動氛圍十分濃厚，許多作品幾乎都可說是「運動」意念先行的小說。

除了以上所說的，積極批判異性戀體制、回應當代的性／別事件、菁英現身以外，曹麗娟在〈關於她的白髮及其他〉中，也以相當少見的「後」青春時代的女同志為書寫背景，描繪中年女同志圈，開闢少見的新題材，其所辯證的主題是在〈童女之舞〉中未及深入的女同志愛慾命題，透過主角費文（T）與宛如救贖圈內眾T的潔西（婆）的感情發展，旁及圈內其他眾T婆的糾纏故事[30]，其中對於愛慾的描寫仍然相當抽象，費文從一開始的無性生活，一路發展到小說終了，也只是一段調情話語：「『有空教我做菜吧。』『要不要順便教你做愛？』『好啊』」[31]除此之外，也穿插當代臺灣女同志T／婆／不分認同議題、孔二小姐的新聞事件[32]，以形塑出九〇年代的女同志文化圈。

---

[29] 臺大女同性戀文化研究社，《我們是女同性戀》（臺北：碩人，1995）。

[30] 小說中的潔西幾乎與圈內的眾T都上過床，對於女同志間的愛慾身體再坦然不過，費文則是一個從未有過性愛經驗，連自己的身體都不熟悉的T；有趣的是，小說中眾T、婆間的關係網絡也同樣交錯複雜，誰跟誰都有可能，指向女同志身體、情慾的開放性的可能，也呈現出女同志文化圈的某個真實剖面。曹麗娟，〈關於她的白髮及其他〉，《童女之舞》（臺北：大田，1999）。

[31] 曹麗娟，〈關於她的白髮及其他〉，《童女之舞》（臺北：大田，1999），頁174。

[32] 文中談到自殺的蓋子的遺容之時，以1994年病逝的T（也可能是跨性別者FTM）孔二小姐的真實新聞消息做為類比：「費文忽然想起蓋子的遺容，還有不久前在報紙上看到的孔二小姐消息，可憐老湯包一生男裝，死後卻讓人換上旗袍梳包頭（說不定還戴粉紅色珍珠耳環項鍊手鐲），打扮成慈祥老太太模樣，真是情

在女同志愛慾認同的書寫上，張亦絢則寫就描繪中學女同志之間的女女性愛的作品〈性愛故事〉，並且也在其他作品中述及女同志性愛情節，企圖走出過往菁英脈絡下的女校小說中的純情敘事框架，以更具運動氣質的、十分罕見的純文學場域中的女同志性愛書寫，來形塑女同志認同，文中也隱隱約約提及女同志的做愛方式：

> 薇薇坐回椅上，也笑，居高臨下抬一隻腳伸進她兩腿間，腳尖腳背的隔著內褲踩壓她陰部，**腳不比手**，果然魯鈍粗略。但冒失自有冒失好處——純青初還輕輕靠著那牆，薇薇在她內褲外弄兩下，就像地心引力改了向般，令她禁不住用身上的氣力一點一點往上抬起自己，自己拿其中果核般的確實處去摩擦——結果，雖是乍想之下有些難度的做法，**倒比平常愛用的姿勢快而大幅度的到了高潮**。[33]
>
> 淫人妻女。性的高潮親臨時，她完全像一隻樹獺，一躍抱住她的樹，兩腿攀上芳美背，嘻嘻哈哈，離地剎那，空前歡喜。……她又應她屋宇呼喚，去屋宇褶縫如百花的密道中玩耍，戲弄她屋，她的屋雀躍如白兔，蹦跳，她不叫她屋停，因她不怕她屋倒。塌下的屋抱住她如最結實柔軟的被。[34]
>
> 感官的快樂來得那麼尖銳深邃。讓她來不及為不交歡時的肉體留一點退路。鋪天蓋地的悲哀像飛來的魔毯包裹

何以堪！」曹麗娟，〈關於她的白髮及其他〉，《童女之舞》（臺北：大田，1999），頁165。

[33] 張亦絢，〈性愛故事〉，《壞掉時候》（臺北：麥田，2001），頁94。

[34] 張亦絢，〈淫人妻女〉，《壞掉時候》（臺北：麥田，2001），頁184。

住她，感覺開始施行它的法力。──感覺，感覺的另一個名字叫做：從前一切都不算。……。她突然懂得為什麼賈心媛總在追尋更多慾望的經驗。──其實這裡什麼都沒有。[35]

然而，值得注意的是，綜觀張亦絢與曹麗娟在較富女同志情慾表現、運動氛圍的作品方面，如上文所提到的張亦絢的作品以及曹麗娟的〈關於她的白髮及其他〉，幾乎都是在純文學場域與大眾讀者反應中皆不太受到關注的作品；易言之，在邱妙津自殉後，無論是純文學場域、學院論述、文化菁英女同志讀者，邱妙津幾乎是長此以往最明晰的焦點，也因此造就了普遍認為在邱妙津之後，臺灣女同志文學便趨於沉寂的表象。因之，在純文學創作／學院論述／文化菁英女同志三者之間自成體系，環繞著邱妙津情境的文化生產之外，隨著九〇年代中後期網路世代的演進，兩千年前後網路逐漸改變生活，進而影響臺灣同志族群的認同與集結方式之後，邱妙津影響下的憂鬱女同志系譜，彷彿也有著進一步延續與轉化、過渡的契機。

第二節　延續或轉向？：網路世代後的新世代女同志文學與文化

一、從刊物集結、社團運動到網路交友

過往九〇年代的菁英女同志族群主要以運動氛圍濃厚的刊

---

[35] 張亦絢，〈在灰燼的夏天裡〉，《最好的時光》（臺北：麥田，2003），頁202。

物以及大學同志社團集結，進行公領域中的運動、發聲與網絡交誼，例如前述張亦絢的小說《最好的時光》便可說是這種菁英女同志文化的文學再現，往往是集體現身，正面訴求，積極回應體制；在社會學研究中，簡家欣曾在1997年間以代表北部大學菁英女同志族群生態的「我們之間」團體與《愛報》、《女朋友》的女同志雜誌，進行九〇年代臺灣女同志的刊物運動集結研究[36]，則是這種菁英女同志文化的現實版本。

然而，在簡家欣方析理出九〇年代豐碩有成的運動成果之後，堪稱臺灣女同志刊物史上最長壽的《女朋友》雜誌，卻在2001年間畫下了休止符[37]。究其原因，除了《女朋友》雜誌中屢屢提及的編務、經費的繁雜與短缺之外，從停刊之前末代的《女朋友》雜誌中的編輯室報告亦可窺知端倪：「網路這麼發達，女同志刊物怎麼辦？」[38]除此之外，兩千年後，《女朋友》後期的雜誌中也出現了許多關於女同志網站的側寫，例如有學生女同志提到參加網聚的感動，更有中年女同志提及網路對於自己的女同志生活的重大改變，甚至說道：「沒有網路，我的人生是黑白的，有了網路，我的人生色彩繽紛。」[39]「網路指引我們走向一個奇幻的花花世界，原來有一大群人，擁有和我們一樣難以啟齒的愛情、相仿的困境。」[40]鄭敏慧在1999年發表的研究中，也已

---

[36] 可參考簡家欣，《喚出女同志：九〇年代臺灣女同志的論述形構與運動集結》（臺北：臺大社會所碩士論文，1997年）；簡家欣，〈九〇年代臺灣女同志的認同建構與運動集結：在刊物網路上形成的女同志新社群〉，《臺灣社會研究季刊》30（1996.06），頁63-115。

[37] 《女朋友》由1994年8月發行試刊本，至2001年7月第34期停刊，2003年4月曾復刊第35期，但僅此一期又旋即消失。

[38] Tree，〈第一道彩虹〉，《女朋友》35（2003.04），頁2。

[39] 前者見文魚，〈一個人和網站〉，《女朋友》34（2001.07），頁44；Sidney，〈我的網路人生〉，《女朋友》35（2003.04），頁7。

[40] 杏樂，〈走出孤島樂園：「借鏡」得觀「完整」〉，《女朋友》35（2003.04），

察覺到女同志BBS網路看板已迅速成為臺灣女同志族群聚集、分享的新空間，甚至進而成為重要的支持網絡管道[41]。

九〇年代後期，臺灣社會逐漸進入網路時代，不僅對於臺灣的社會、文化、經濟各層面造成莫大的衝擊與影響，其中，網路所特有的匿名性提供同志族群更加便捷的互動空間，也使得同志文化生態與過往的習態迥然不同[42]。而在女同志族群文化方面，隨著九〇年代中後期大學院校的網路電子佈告欄（Bulletin Board System，BBS）[43]中同志看版乃至女同志專屬看版、女同志專屬BBS站臺的漸次誕生，從最早成立的、不分女／男同志的中央資管BBS中的「同性之愛」版，到第一個專屬女同志的看版淡江大學蛋捲廣場BBS站中的「拉子天堂」的成立，再到第一個專屬女同志的BBS站臺清華大學「壞女兒」，以及同時間成立的臺大批踢踢BBS站中的lesbian看版，KKCITY中的「5466我是拉拉」小站等等[44]，可說悄悄地改變了臺灣女同志網絡集結的

頁38-39。

[41] 鄭敏慧，《在虛擬中遇見真實——臺灣學術網路BBS站中的女同志實踐》（臺北：臺大城鄉所碩士論文，1999年）。

[42] 除了前述的鄭敏慧在1999年發表的研究中已快速地捕捉到網路對於臺灣女同志文化的影響，陳錦華在2001年的研究中也認為網路作為本土同志運動的集結路徑，顯現了網路社運值得期待的前景，不過較之鄭敏慧的研究，陳錦華的研究群體較以男同志為主。見鄭敏慧，《在虛擬中遇見真實——臺灣學術網路BBS站中的女同志實踐》（臺北：臺大城鄉所碩士論文，1999年）；陳錦華，《網路社會運動：以本土同志運動在網上的集結與動員為例》（臺北：政治大學新聞學系碩士論文，2001）。

[43] 臺灣早期的同志網絡空間多架設於BBS空間，鄭敏慧在觀察臺灣女同志網路空間時也認為：「在臺灣，最受青睞的網路功能，非電子佈告欄（BBS）莫屬。」鄭敏慧，〈從國內外女同志網站看跨地域認同〉5／6（1998.09），頁203。

[44] 1992年臺灣最早的BBS站臺由中山大學成立，往後各大院校的BBS逐漸普及之後，1994年BBS站中的同志看版才漸次成立，如1996年4月淡江蛋捲廣場的motss版成立，1996年12月間該站才又另立專為女同志族群設立的「拉子天堂」版；1997年，臺灣第一個女同志專屬的BBS站「清華大學壞女兒站」成立，成為更具私密性的網域拉子據點，後於2005年間關站，漸由KKCITY中的「5466我是拉拉BBS站」代替，然「5466」亦於2011年初關站。現今，專屬於女同志的BBS站僅

路徑，其中，清華壞女兒站與臺大批踢踢中的lesbian版分別於1997年、1998年開設，更是明顯匯集了以北部大學生為主的學生女同志族群。

以虛擬網絡為集結路徑，以個人出發的網絡交友，遂成為兩千年前後開始，不可忽視的臺灣女同志次文化現象，而普遍設立於大學電子佈告欄的女同志看版，更使大學女同志得以直接地進入女同志社群網絡，成為新世代菁英女同志在過往的運動場域之外，另一條更形重要的集結路徑。與過往的運動、社團、刊物集結方式相較，網路提供了更強大、即時的交友空間，在各大BBS網路看版中，透過即時回覆的信箱功能與即時交談的傳訊功能，大大提升了同志交友的便捷與效率，同時又能適度地保有匿名的隱私空間，因此，交友向來是女同志看版中最熱門的選項，無論是曾在女同志圈最富盛名的壞女兒站，或是後來居上的5466，以及歷經十數年屹立不搖的臺大批踢踢lesbian版皆然，自我介紹與交友是最為常見的發言；在這樣的景況之下，過往《女朋友》雜誌除卻捐款以外的生財方式「筆友欄」轉信服務自然可能有相當程度的消退，較之網路交談與網路信箱往來，筆友在交友效率上大大不如，且需付費，顯得耗時耗財。

因此，網路女同志BBS看版的出現，可說接收了部分原本於女同志刊物、大學社團活動的大學女同志，在如鄭敏慧所說的在T吧、同志社團之外「開展了一片更寬廣的天空」[45]的同時，其實也意味著原本活躍於刊物、大學社團的大學菁英女同志陣地的轉移。例如在張喬婷2000年出版的以北一女、臺灣大學女同志為

存「愛女生2 girl」，然而「愛女生2 girl」站臺人數稀少，目前最多女同志網友聚集的女同志看版為臺大批踢踢中的lesbian版。

[45] 鄭敏慧，《在虛擬中遇見真實——臺灣學術網路BBS站中的女同志實踐》（臺北：臺大城鄉所碩士論文，1999年），頁139。

研究對象的論文中，便已初步提及這種集結路徑的改變，文中菁英女同志除了刊物、團體參與的聯結之外，也已經由網際網路的同志版與女性主義版作為認同的媒介[46]，鄭敏慧則藉由觀察與訪談九〇年代臺灣女同志BBS中的女同志，認為網路這樣的虛擬女同志公共空間也具有另類的能動性[47]。

由於九〇年代中後期剛開始出現的女同志網路看版往往直接架設於大學電子佈告欄中，因而在初期的女同志網路看版裡的女同志族群，其實具有明顯的文化菁英、中產階級特色：「不論是同志、非同志，能使用網路者其實已握有一定的資源，例如操作電腦的技術、知識，購置電腦的資本等。就拉子天堂的使用族群來講，大多集中於目前就讀大學、研究所、並擁有臺灣學術網路近便性的女同志們。」[48]基本上與前此簡家欣、張喬婷研究[49]中的大學菁英女同志族群有相當程度的重疊，在鄭敏慧1999年所做的研究中，附錄的BBS女同志受訪者列表亦多為大學生、研究生[50]，由此看來，在大學BBS看版大大拓寬菁英女同志的集結、交友空間的同時，也彷彿部分保留了簡家欣、張喬婷研究中那種九〇年代的菁英女同志氣氛，因為架設於大學學術網路BBS的路徑本身就代表著一定程度的進入門檻與篩選機制，因而造成了在網路興盛之後，刊物與社團的集結路徑反而削減能量，此消彼長。

[46] 張喬婷，《馴服與抵抗：十位校園女菁英拉子的情慾壓抑》（臺北：唐山，2000），頁6-4。

[47] 見鄭敏慧前揭文。

[48] 見鄭敏慧前揭文，頁135。

[49] 簡家欣，《喚出女同志：九〇年代臺灣女同志的論述形構與運動集結》（臺北：臺大社會所碩士論文，1997）；張喬婷，《馴服與抵抗：十位校園女菁英拉子的情慾壓抑》（臺北：唐山，2000）。

[50] 見鄭敏慧前揭文，頁149-150。

二、拉子離開以後：飄移網路（網絡）中的憂鬱女同志系譜

自九〇年代以來，在邱妙津被標舉為當代女同志經典文學的過程中，也彷彿隨之帶來臺灣女同志文化中長久的憂鬱與低潮[51]，邱妙津慣以肉身自剖的姿態描繪出菁英女同志的幽微心靈，且其多以第一人稱觀點且極富渲染力的方式寫作，後又戲劇性的自殞於《蒙馬特遺書》完成之後，也於無形中具體提供了後續女同志族群對號入座的悲情想像空間，因之，邱妙津對於當代臺灣女同志文化的影響不僅表現於九〇年代，直至兩千年的女同志刊物場域、劇場[52]，甚至是網際網路空間[53]中都仍餘音繚繞。

由兩千年前後剛剛興起的大學BBS網路女同志集結看來，仍然主要以高學歷、中產階級的菁英女同志族群，與九〇年代以大學社團、刊物、運動為主要集結路徑的菁英女同志族群，其實有某部分的重疊，而藉由兩千年後蓬勃發展的大學BBS網絡，無形中也傳承了九〇年代經典女同志文學的菁英品味，也讓以邱妙津

[51] 例如劉亮雅早年在詮釋邱妙津小說中的愛情悲劇的時候，就認為這種悲劇的生成乃是肇因於體制的壓制與複製異性戀男性的沙豬心態所致，並且以為：「其T之陰鬱怪異和自虐自殘以及T－婆的悲戀不免易於造成負面印象，而使主流社會可能以偏概全地指稱她筆下的T和T－婆關係即可代表現實世界所有的T和T－婆關係，甚至所有的女同性戀和女同性愛戀關係。」劉亮雅的說法可謂點出主流社會閱讀邱妙津的一種可能面向，也由側面呈現出邱妙津身故後，當時臺灣社會中低迷陰鬱的女同志文化氣氛。劉亮雅，〈愛慾、性別與書寫：邱妙津的女同性戀小說〉，梅家玲編，《性別論述與臺灣小說》（臺北，麥田，2000），頁302。

[52] 例如2000年的《女朋友》雜誌在企劃千禧年的「優質彩虹同世紀」專題中，仍以邱妙津《蒙馬特遺書》中對於生養下一代的懺情字句作為召喚，2001年的雜誌中也針對魏瑛娟改編自邱妙津作品的現代戲劇《蒙馬特遺書——女朋友作品2號》進行回述與評論。參見fishbian，〈我想要一個人類〉，《女朋友》31（2000.02），頁8-9；小虎牙子，〈再談蒙馬特遺書〉，《女朋友》34（2001.07），頁35-37。

[53] 在女同志BBS看版中，如喜大批踢踢、壞女兒站、5466等的女同看有版中，邱妙津的《鱷魚手記》與《蒙馬特遺書》都是最常被網友討論的女同志文學作品。

為主的「拉子」式的憂鬱女同志生存情境，從純文學場域持續延燒至兩千年前後以網路世代為主的大學女同志文化。

觀察至今仍存在的臺大批踢踢的lesbian看版歷史可發現，1998年開版至2004年間，該版版主皆為臺大浪達社社員或臺大、師大學生，版友也多為臺大、師大及北部大學學生，早年的經營走向也因而相當具有濃厚的菁英學術氣質，與簡家欣論述、張亦絢小說、邱妙津文本中的菁英女同志族群背景極為相似；此外，早年的lesbian版名一直維持為「嬌傲拉拉女兒國」，不僅首任版主在開版之時便提到版的功用為：「分享一些女同志的電影的感想，如釣魚的十種方法、自梳、雙鐲、失聲畫眉、夜幕低垂、愛情妳我她……或者相約去看戲咩，分享文學上的邱妙津、洪凌、陳雪……。」[54]數位後來接手的版主也都頗有自覺地極力維持所謂優質高水準的「嬌傲」的女同志看版，甚至連同志學術會議心得、研究論述都是2004年以前版上的常見議題[55]，呈現文藝氣質與學術氛圍皆相當濃厚的特質，可見當時大學BBS網站中的女同志文化氛圍彷彿延續了過往「優秀女同志」的自我要求，且由版上隨處可見的「邱妙津符碼」，如「鱷魚」、「至柔」等自我命名[56]，以及早年淡江蛋捲廣場BBS中遲以「拉子」為版名看來，

---

[54] 臺大批踢踢lesbian版精華區，網址：bbs://ptt.cc.[網路資料]查詢日期：2011.06.29。

[55] 1998年4月臺大PTT（批踢踢）BBS站開設lesbian看版，雖僅是BBS站臺中的看版，未如壞女兒站、5466等較具私密性，但卻歷經十數年，至今仍為最重要、人數最多的臺灣學生女同志族群BBS看版。相關資料搜尋自臺大批踢踢lesbian版精華區，網址：bbs://ptt.cc.[網路資料]查詢日期：2011.06.29。

[56] 臺大PTT（批踢踢）BBS站中的lesbian看版於1998年的首任開版版主為「lesbian」，其網路暱稱即為「堅強鱷魚」，無獨有偶，1999年的第二任副版主的網路簽名也寫著「而至柔在臺北的角落裡每日努力11:00入睡。」由早期lesbian版所呈現出的對於邱妙津的緬懷，可看出九〇年代菁英女同志文學的後續影響力。相關資料搜尋自臺大批踢踢lesbian版精華區，網址：bbs://ptt.cc.[網路資料]查詢日期：2011.06.29。

九〇年代的菁英女同志文學仍對於兩千年前後的大學女同志族群持續發生影響。

此外，值得注意的是，隨著九〇年代中後期網路的逐漸流行之後，「拉子」成為許多女同志虛擬網路空間的命名，甚至衍生出「姐妹品」——「拉拉」[57]，例如前段所述的淡江大學女同志網路看板「拉子天堂」或是「5466我是拉拉」站臺等等[58]，可見邱妙津筆下的「拉子」不僅成為文化菁英女同志族群憂傷氣質的集結點，也在網路世代的演進中，成為廣泛的網路女同志族群的認同標的。亦即，在邱妙津離世後，隨著「拉子」一詞指涉意涵的不斷擴大，「拉子」已經不只是《鱷魚手記》中的「我」，或是作者邱妙津，而成為九〇年代中後期至今，臺灣女同志自我命名的普遍代稱，而隨著邱妙津的逝去，其為女同戀情在體制下壯烈犧牲的形象，也隨著大眾媒體以及網路的流播言傳，繼續擴散深化，推使邱妙津成為劃時代的、遠遠勝過其他女同志作家知名度的、臺灣女同志文化圈中的經典人物，其人與其作皆成為女同志族群的鬼魅存在、內在憂傷的代名詞。

有趣的是，誠如前一章所論述的，「拉子」在文本敘述中本來就具有強烈的文化階層優位氣質，於此，更進一步來說，「拉子」代表的其實是兩種少數，一是性向上的女同志少數，另一是文化階層上的菁英少數，因此，「拉子」既與被邊緣化的「鱷

---

[57] 早在1997年2月成立的第一個以推廣、教育女同志上網為宗旨的義工團體，即命名為「拉拉資訊推廣工作室」，2004年成立的專為女同志族群服務的團體名為「臺灣女同志拉拉手協會」；另外，網路上至今仍相當知名的女同志網站亦名為「2girl女子拉拉學園」（http://www.2girl.net）。

[58] 除了在大學女同志社群內相當知名的臺大BBS批踢踢（bbs://ptt.cc）的「拉版」以外，臺灣目前唯一的女同志網路廣播節目也名為「拉子三缺一」；網路空間方面更是不勝枚舉，諸如「拉子聚點聊天館」（http://w2.mychat.to/go/ice）、「給妳最貼心的拉子小鎮」（http://www.miss330.com/）。

魚」片段對照呼應，另一方面又是書中菁英女同志的名字，形塑出菁英但飄浪的邊緣氣質。由此，「拉子」所代表的女同志文化脈絡，自一開始便與過往較不具文化資本的T吧文化[59]分立，陳鈺欣亦認為須將《鱷魚手記》準確地定位為文化女菁英校園文本[60]；因之，邱妙津的憂傷所召喚的女同志主體，那些廣泛以憂傷的「拉子」自我命名的女同志族群，其實也是如同「拉子」那般的文化菁英女同志。

但在這樣的網絡傳承中，九〇年代的菁英女同志文學中的憂鬱氣氛無形中亦蔓衍至下一個世代的女同志文化，BBS女同志網路看版中言必稱「拉子」，討論中時見「妙津」與「鱷魚」，無形中讓兩千年後的新世代亦持續沉浸於九〇年代的憂鬱女同志氛圍中。由此，從九〇年代以來經歷艱困認同的菁英女同志文學中，仍然懸而未解的愛慾難題與憂鬱心境，反而成為新世代女同志文學與文化中亟欲辯證思索的標的。觀察兩千年後主要集結路徑的BBS女同志文化方面，由於女同志網路站臺的保密特性、不易曝光[61]，從八、九〇年代以來在父權體制與菁英價值認同下，被層層消音監控以及自我壓抑遏止的女同志情慾，於是經由虛擬的網路空間盛大開展。

---

[59] 臺灣從六、七〇年代的「美軍文化」脈絡裡的gay吧文化圈分衍而來的T吧女同志，與邱妙津及其所召喚的「拉子」女同志相較之下，較不具文化資本。關於六、七〇年代的T吧女同志研究，可參看趙彥寧，〈往生送死、親屬倫理與同志友誼：老T搬家續探〉，《文化研究》6（2008）。

[60] 陳鈺欣，〈透過小凡看到的風景：讀《鱷魚手記》中一段遺落的同性愛慾關係〉，《文化研究月報》第49期，（online）查詢日：2010/11/29，網址：http://hermes.hrc.ntu.edu.tw/csa/journal/49/journal_park375.htm

[61] 例如壞女兒站的經營目標便是創造一個女同志友善的空間，壞女兒站自成一套不同於其他BBS站臺的規則，積極把關，除了不接受暫時的匿名使用者（guest）入站以外，申請使用者尚需自我介紹，經站長核可後才能開放使用權限。李玉婷，《臺灣網路文學產製與消費因素之研究——以女同志出版社及其讀者為例》（臺北：世新大學廣播電視電影學系碩士論文，2009），頁22-23。

以臺大批踢踢的lesbian看版為例，儘管2004年以前的版主多為臺大浪達社的成員或臺大學生，在經營走向上有意使網路空間兼負積極運動、體制批判的另類公共空間，有意延續過往刊物社團中的菁英女同志文化，然而，實際上而言，在大學女同志逐漸以網路為主要活動空間以後，交友、尋找伴侶此類的「私」人慾望成為上網現身的主要目的，過往在九〇年代中對外發聲、集結現身的「公」領域能量卻反而可能是相形削弱的[62]。回顧女同志BBS網站歷史可發現，相較於過往刊物社團女同志的公領域集結與運動，網路空間中的女同志更注意的是私人慾求，不僅在各時期的重要女同志BBS站臺中皆設有性愛與憂鬱症討論看版，在2005年以前壞女兒BBS站尚未關站以前，性愛與憂鬱症看版都是站臺中相當具有人氣的空間，此外，在2005年壞女兒站關閉之後，人潮主要移居至KKCITY中的「5466我是拉拉」小站，該站臺也設有主要供以女同志性邀約的「paramour」（姦情）看版，以及討論憂鬱症及相關用藥資訊的「prozac」（超越百憂解）看版，其中的「paramour」一直都是該站臺中人潮最多的看版。

值得注意的是，在這種原本就深具飄泊氣質、不安定的匿名網路空間中，女同志BBS據點卻又屢屢搬家位移：「熟悉BBS的朋友可能還記得，純拉的壞女兒在全盛時期倏地沉寂了，取而代之是現在KKcity沸沸揚揚的5466。信件遺失、熟悉的ID全換了新

---

[62] 簡家欣在1998年的論文中便觀察到，在T吧族、刊物族之外，女同志集結模式出現第三種「網路族」，但她認為網路族的特色是「個人在社群中以完全匿名為主，但也有可能局部現身，消極性地對外集體現身」，鄭敏慧則認為，網路作為女同志活動公共場域也可能有些潛藏的危機，女同志可能一頭栽進網路世界以逃避周遭的壓力，「網路世界與現實生活斷裂，虛幻的幸福感使同志們容易陷入錯亂的情境」。簡家欣，〈九〇年代臺灣女同志的認同建構與運動集結：在刊物網絡上形成的女同志新社群〉，《臺灣社會研究季刊》30（1998.06），頁88；鄭敏慧，〈網路（網絡）作為女同志活動的公共場域〉，《城市與設計學報》2/3（1997.12），頁269。

身分，那麼多的風起雲湧，也只是……『一轉眼』。」[63]而這彷彿成為女同志網友共同緬懷的綠洲記憶：「壞女兒的使用者大多是大學生，或是歐蕾（old lady），在文章深度及資訊的完整性上，確實給當時的文青帶來許多交流的機會與園地。」[64]在女同志的BBS網路空間中，**虛擬ID**所代表的卻是在現實日常生活中難以集結的**真實**認同，原不相識、距離遙遠的網友可能經此媒介而成為親密伴侶，或者如上文所述的一夜情對象，從全然陌生到極致親密之間，所依靠的便是虛擬空間中的虛擬ID，原已極具虛幻意味，然這些作為重要集結路徑的女同志BBS據點又不斷經歷設站關站、搬家位移，原本建立的聯繫網絡或親密感覺，可能因此瞬間化歸為無，則在這種虛擬空間中的飄泊離散之感，則又更加強烈。

兩千年間，隨即出現兩本具有明顯的邱妙津續衍特色的著作《八王子遺書》與《一則必要的告解》，唯與以往純文學領域的文學創作較為不同的是，兩千年後出版的《八王子遺書》、《一則必要的告解》受到網路時代的影響，分別展現了與以往不同的書寫形式與發表路徑，也體現了上述飄泊離散、親密與虛幻交錯的特質。在書寫形式上，八王子所著的《八王子遺書》無論在文句的寫作慣性或版面的編排上都同時表現出網路世代的特色，例如直接摘錄的電子郵件內容，以及逕以空格斷句、不標示標點符號的書寫形式，或是篇幅極短、非散文也非小說，跨出文體界限的自白囈語，都呈現出網路介面影響下的書寫特色；在發表路徑方面，柴的《一則必要的告解》則呈現出網路世代的特質：「文

---

[63] Zoetic，〈我可以啃著爆米花看好戲〉，收於紅豆、落葉合著《我的BBS壞情人》（臺北：集合，2008），頁5。

[64] 紅豆，〈我的最初，那個最美好的年代〉，收於紅豆、落葉合著《我的BBS壞情人》（臺北：集合，2008），頁14。

學與愛情的經驗都從邱妙津啟程，十五歲開始在各大女同志網站上書寫。」[65]

這兩本書的出現，除了凸顯出邱妙津現象的驚人後續影響力以外，也呈現出兩千年間，有別以往的網路世代後的憂鬱女同志氛圍。網路女同志空間中的虛幻飄泊感覺，極致親密與陌生疏離，竟與邱妙津《蒙馬特遺書》以來的異國飄泊與憂鬱情慾，形成一種巧妙的對照與疊合。在邱妙津隨著《蒙馬特遺書》逝去之後，在異國空間留下的懸而未解的、仍要繼續進行的女同志愛情與慾望的辯證，以及在父權體制與異性戀社會機制的雙重籠罩作用下，八、九〇年代長期以來女性／女同志被層層消音把關的身體監控與愛慾難題，和隨著女同志認同俱來的愛慾身體與憂鬱心靈的牽扯，《八王子遺書》與《一則必要的告解》則分別藉由在日本、美國飄泊離散的感覺抒發出來，且在情慾與憂鬱、暴亂的呈現上，皆有別以往，更形袒露直截。

兩千年出版的八王子所著的《八王子遺書》，從書名到內容都充滿著邱妙津密碼，邱妙津在巴黎蒙馬特寫下被女朋友拋棄之後的自白遺書《蒙馬特遺書》，八王子則是以拋棄自己的女朋友留學所在地的日本八王子市為名，寫下更加暴烈狂亂的書信體白白書《八王子遺書》，此外，2006年出版的柴的《一則必要的告解》，也以相似脈絡的「告解」為名，書寫同樣發生於被唯一摯愛的女友拋棄後的，更形赤裸、頹廢的西雅圖女同志圈生活。《八王子遺書》與《一則必要的告解》的作者都直接以邱妙津以及邱妙津書中所經常提及的日本文學作家三島由紀夫、村上春樹

---

65 引自女書店網站的文章「【同志文學沙龍】詩性的女同志文學——《一則必要的告解》」。網址：http://blog.roodo.com/fembooks/archives/2075055.html.[網路資料] 查詢日期：2011.07.05

為文學導師與精神號召，甚至如同邱妙津般學習心理學與女性主義，這種不斷向內挖掘的憂鬱心靈，直接指向死去的邱妙津，儼然已自成後來的文化菁英女同志的共同精神系譜：

> 邱妙津死了　以刀刺向心臟的動作姿態——我還活
> 著　而且傷痛已轉成思念　思念也不再難耐　不再全天
> 候　就像坐在漸漸駛離月臺的火車　我看著月臺上的傷
> 痛　悲淒　狂嚎　想念　漸漸遠離——我看著活著以著全
> 然的生命力醒著　我不太說話　一天天　時間一直和我在
> 一起　四面八方過去未來　這個世界和我　我愛你　永遠
> 不變　而我也活著　這是我對**邱妙津的　川端康成的　三
> 島由紀夫的　三毛的　超薦**[66]
>
> 　十五歲用「寒」這個名字開始寫字，因為邱妙津的
> 緣故，迷戀她柏拉圖長髮的悲劇戀情。……十六歲第一次
> 遇見了村上暴風式的戀愛。……冬天結束的時候我殺死了
> 寒，喝大量的酒，醒來寫詩。**讀心理，讀女性主義。**[67]

　　在二書內容的呈現上，與邱妙津最後一本著作《蒙馬特遺書》中的場景、書寫形式、情節都有驚人的相似度。在場景而言，《八王子遺書》中的「我」也徘徊於邱妙津書中慣常出現的，學院氛圍與文藝氣息俱盛的臺北市師大路、臺大一帶，只是《八王子遺書》中穿插的跨國場景改換為女友留學所在地的日本

---

[66] 另外提及川端康成與三毛，顯然是因為同為自殺結束生命的作家之故，八王子之為邱妙津的續尾，更顯得陰暗而鬼氣森森。八王子，〈恨〉，《八王子遺書》（臺北：唐山，2000），頁56。

[67] 柴，〈跋。醒來寫詩〉，《一則必要的告解》（臺北：聯合文學，2006），頁181。

八王子；在形式上，八王子仿效邱妙津書寫《蒙馬特遺書》的書信體，也偶有女朋友的信件交錯，亦如同邱妙津般不斷地自白訴說對於女友狂暴而未能宣洩的愛與慾望，致使作者不停揣度各種愛與不愛的理由，並不時扣連以自殺的慾望，頹廢病態的意象紛呈，死、抗焦慮、安眠藥等等字眼不斷重複出現[68]，其中也夾雜許多文化菁英的象徵，例如地下社會、圖書館、樂團等等，但因作者情緒的全然崩潰，失卻了過往在菁英女同志文學中性／別位階與邊緣想像的繁複辯證空間，而是在失序、破碎的情節下，僅存邊緣心靈的殘破囈語。

《一則必要的告解》則將場景拉至美國西雅圖，在〈那些清醒的日子都在給愛錯的女孩們寫詩〉這篇短篇小說中，作者儼然勾畫了一個如同邱妙津在蒙馬特般的女同志圈，只是將場景改換至西雅圖，且女同志圈的形構更為明確：「她說她常常覺得自己無法再找到一個女孩交往，因為所有的女同志不是她的朋友就是和她的朋友睡過」[69]，同樣地，邱妙津在《蒙馬特遺書》中也曾經描寫巴黎女同志朋友Catherine原先因為壓抑對另一個女人Laurence的慾求，而過著夜夜與不同女人睡覺的性生活，但最後仍然因為兩人的感情問題而自殺[70]。柴在其書中所形塑的西雅圖女同志圈其實相當具有代表性意義，由於在同一個空間網絡中的女同志往往人數不多，容易互相牽涉形成一個重覆交錯的人際網絡，與異性戀社會中擴大無邊的人際網絡相形之下，便顯得相對

---

[68] 例如書中第二章即為「睡不著吃不下臺大精神科」，文中也不斷提到「prozac三十顆、安眠藥三十顆」等精神科藥單。八王子，《八王子遺書》（臺北：唐山，2000），頁81。

[69] 柴，〈那些清醒的日子都在給愛錯的女孩們寫詩〉，《一則必要的告解》（臺北：聯合文學，2006），頁33。

[70] 邱妙津，《蒙馬特遺書》（臺北：印刻，2006），頁141。

封閉且狹小。

不僅在邱妙津《蒙馬特遺書》中所形塑的巴黎女同志圈如此，在上一章張亦絢的《最好的時光》與曹麗娟的〈關於她的白髮及其他〉中所形塑的女同志圈也與之相仿[71]，趙彥寧的老T研究中也稍稍提及類似的狀況[72]，而在近年所出版的美國學者論著 *Lesbian ex-lovers: the really long-term relationships*[73]書中，封面複雜交錯的女同志圈內的親密關係聯結，便很能說明這種特殊的女同志文化現象（如圖示，圈圈內為人名）。有趣的是，在前述的臺灣女同志BBS網路文化中亦有相似的情形，譬如在前述曾經最熱門的KKCITY中的5466站臺裡的「paramour」版（中文版名「姦情」），便常有女同志網友在性邀約之時迴避留下本人ID的情形，因為擔心在狹小而封閉的女同志人數網絡中與自己原先就認識的對象「狹路相逢」，一夜情不成，反而身份畢露、興味盡失[74]。

---

[71] 張亦絢所形塑的女研社中的女同志圈雖然也是交錯的交往關係，但走的是婦女運動脈絡下，健康正面的菁英、運動路線；曹麗娟所刻劃的女同志圈中的氛圍則與此較為接近，像是以下有如洗牌般的情侶關係：「開國元老，蓋子，椒椒、詠琳、曼卿。那時蓋子跟張明真，椒椒賈仙，詠琳潔西，愛瑪阿寶，費文沒人，之前歸曼卿。」「一副牌洗了又洗，現在賈仙跟小青一對，愛瑪跟詠琳，費文跟椒椒。」以及非常相似的劇情：「她跟她們都上過了，每一個，都・上・過・了！」曹麗娟這篇小說對於女同志圈的觀察非常入微，但關於愛慾的辯證則點到如此。張亦絢，《最好的時光》（臺北：麥田，2003）；曹麗娟，〈關於她的白髮及其他〉，《童女之舞》（臺北：大田，1998），頁105、112、141。

[72] 「除了達力，本研究所有的老T受訪者都曾『做過阿芬的老公』。」文中的阿芬是趙彥寧論文田野中的其中一個年長的女同志婆。趙彥寧，〈往生送死、親屬倫理與同志友誼：老T搬家續探〉，《文化研究》6（2008年春季），頁180。

[73] Jacqueline S. Weinstock, Esther D. Rothblum. (ed) *Lesbian Ex-Lovers: The Really Long-Term Relationships*. NY: Harrington Park Press, 2004.

[74] 譬如這篇網路文章「paramour怪現象」所述：
你在哪？在臺南嗎？市區？
對，市區。
你是T/P/N？
不分，方便留聯絡方式嗎？

由此，則可發現，原本在九〇年代的菁英女同志文學中頻頻以邊緣意象喻示的愛慾不能的心靈風暴，到了兩千年後，則已落實為更顯袒露明白，但也更形邊緣暴亂的女同志愛慾書寫。邱妙津在九〇年代的《鱷魚手記》中將女同志的愛慾比喻為毒物：「順任自己的愛慾，吃下女人這個『食物』，我體內會中毒。」[75]兩千年後，八王子與柴則分別在《八王子遺書》和《一則必要的告解》中表演這種「順任愛慾」、「吃下女人」後，果然「中毒」的瀕死過程。

　　八王子不停呼喊自己對於已分手女友的愛慾想像，然而卻頻頻出現想死、憂鬱的雜訊；柴也帶著一份對於已分手女友的愛慾，更深陷於與不同對象之間的女同志情慾中，書中被女友拋棄的「我」獨自遠至西雅圖，夜夜沉溺在與不同對象間的一夜情，但卻也同時陷入愛慾與躁鬱的泥淖，且文中不時間雜女同志圈內自殺事件的死亡陰影[76]。而這種落實九〇年代未完的女同志「愛慾－中毒」機制與跨國飄浪模式的書寫方式，雖然展示了過往菁英女同志筆下不敢也不能的、未盡的愛慾形狀，但卻也同時直截袒露地指向一個宛如意欲奔赴邱妙津在蒙馬特般的，彷彿到了愛慾的極致即非死不可的絕境，使得兩本書皆顯得更加陰鬱、絕望

你方便留嗎？

我不方便。你方便留暱稱嗎？……這種文章洗了一整個版面之後還—是—沒—有—人—留—下—I—D—

引自http://teri.pixnet.net/blog/post/25462247.[網路資料]查詢日期：2011.07.05.

[75] 邱妙津，《鱷魚手記》（臺北：印刻，2006），頁117。

[76] 例如文中描寫「我」在西雅圖的女同志圈內的詩人朋友Iris，Iris曾與「我」有過一同擁抱入睡的親密關係，但在往後卻傳來Iris自殺的消息，有趣的是，文中的Iris的身分是詩人兼妓女，這也隱約可見九〇年代菁英女同志文學的脈絡延續，總以文化菁英兼為社會上的性底層的妓女來隱喻女同志愛慾。柴，〈那些清醒的日子都在給愛錯的女孩們寫詩〉，《一則必要的告解》（臺北：聯合文學，2006），頁40-41。

而沒有出路。

從純文學場域的邱妙津啟蒙，再以女同志網站為發表媒介，憑藉兩千年後對於邱妙津的追悼氣氛，以相仿的情節與精神系譜召喚邱妙津現象下的女同志讀者，而後由女同志網路跨界到純文學出版空間，另一方面，則在菁英象徵的純文學場域與大眾象徵的網路場域的跨界中，彷彿也暗示了後續女同志文學與文化中，菁英與大眾化路線逐步交混合流的走向。

三、告別憂傷：網路世代後女同志文學與文化的大眾化轉向

在過往關於臺灣女同志文化的研究中，可發現以往多描繪出截然二分的兩種族群：一為自七、八〇年代婦運觀點以及女性主義脈絡發展而來的學生女同志[77]，大多為中產階級色彩濃厚，且經由較具文化資本的大學社團、刊物場域集結而來的菁英女同志；其二則是自六、七〇年代的「美軍文化」脈絡裡的gay吧文化圈分衍而來的T吧女同志[78]，與前者相較之下顯然較不具文化資本。此二者之間，無論是集結方式或自我認同，都彷彿截然二分，諭示著階級、空間的疆界[79]。到了兩千年後，大學BBS相當

---

[77] 見本文第二章。

[78] 據研究文獻看來，九〇年代以前的T吧女同志不見得必然是中下階層，亦不乏具有相當經濟能力的女同志，但相較於簡家欣、張喬婷研究中的刊物、學院、社團集結的女同志族群而言，則較不具有文化資本。關於臺灣的T吧女同志研究，參考趙彥寧，〈往生送死、親屬倫理與同志友誼：老T搬家續探〉，《文化研究》6（2008）；呂錦媛，《金錢與探戈：臺灣女同志酒吧之研究》（臺北：臺大社會所碩士論文，2003）。

[79] 如同簡家欣訪談中所呈顯的，大學女同志所編撰的女同志刊物拿到T吧去寄賣的過程並不順利，訪談中更以臺語「妳們這種學生弄的沒人要看」來形容T吧女同志族群的「典型」反應，以強調出當時在文化資本的差異下幾乎完全迥異的兩種女同志族群。簡家欣，《喚出女同志：九〇年代臺灣女同志的論述形構與運動集結》（臺北：臺大社會所碩士論文，1997），頁38。

程度地取代了刊物、社團集結的路徑，大學女（同志）研社與大學BBS間的族群亦相當程度地重疊合流，成為新世代學生女同志族群的主要集結路徑。值得注意的是，網路之所以能迅速取代女同志雜誌的集結認同效用，乃因它所能發揮的集結力量更為即時、廣大；也就是說，除了過去集結運動、面對體制的積極面以外，女同志確實需要更多除了參加社團、走進T吧以外的交友空間。

　　簡家欣的研究中也提到，女同志在空間中的參考座標向來顯得比較隱微，而造成此一差異的原因有以下幾點可能：女性身份對形成公領域的不便，女同志的社交更常透過私領域的人際網路牽連來進行[80]；另外，同志由於要在日常環境中發掘「同志」實屬不易，往往必須透過特意營造出來的同志空間尋找其他同志朋友，例如前述的大學菁英女同志便須藉由刊物與社團運動集結，非文化菁英的女同志過往則習慣經由口耳相傳、人脈網絡進入隱密的T吧認識其他女同志。然而，編輯女同志刊物以及參加女同志社團是有門檻的，從過往的研究中可看到，因集結方式與地域限制，成員幾乎皆為北部少數幾所大學的女同志；但另一方面，在九〇年代以前的T吧同樣也有門檻，為了避免「非我族類」混進T吧或公權力的不當入侵等等，往往相當隱密，必須先認識內行人，藉由人際網絡才可能得其門而入[81]。但在網路時代之後，年輕世代的同志則大多通過網路，便能快速群聚同類、形塑同志空間，使得原本不在相關人際網絡之中的兩人經由網路而認識、

---

[80] 簡家欣，《喚出女同志：九〇年代臺灣女同志的論述形構與運動集結》（臺北：臺大社會所碩士論文，1997年），頁5。

[81] 呂錦媛，《金錢與探戈：臺灣女同志酒吧之研究》（臺北：臺大社會所碩士論文，2003年），頁25-26。

群聚，甚至進一步有發展情感關係的可能[82]，相較於前述的刊物、社團、T吧等，都顯然更具時效性，而網路的匿名特質又提供了相對的隱密性與安全感。

然而，隨著網路世代的演進，卻可以發現一些改變的契機與跨界交會的端倪。兩千年後，逐漸有越來越多的女同志以網路為主要認同管道與交友空間，簡家欣在1998年改寫碩論發表的期刊論文中便提到，在臺灣女同志的幾種社群集結模式中，在「T bar族」、「刊物族」之外又有「網路族」的新出現[83]。雖然，在1999年的訪談中，談及網路女同志初次接觸T吧的經驗，仍然凸顯的是兩者之間文化位階上的差異[84]，與簡家欣研究中的菁英女同志接觸T吧文化時的格格不入狀況幾乎如出一轍[85]，但在前揭的研究中顯示，兩千年後有許多原本不在T吧文化場域的學生女

---

[82] 以林信亨的碩士論文〈同志網路性活動之研究〉的研究結果為例，顯現網路資訊或網路社群所賦予的知識，對於大部分同志的自我認同有正面幫助，且往往透過不同面向的網路活動，帶來與原有生活型態迥異的人際關係和情感活動。見林信亨，〈同志網路性活動之研究〉（高雄：樹德科大人類性學研究所，2007年）。

[83] 簡家欣，〈九〇年代臺灣女同志的認同建構與運動集結：在刊物網絡上形成的女同志新社群〉，《臺灣社會研究季刊》30（1998.06），頁88。

[84] 例如以下這段訪談內容：「我有去過T吧幾次嘛！然後認識一些朋友、比較屬於勞力階級的，然後有一個人她一直想接觸網路，她常常來找我嘛！要接觸網路，然後我也樂意教，可是我直覺就會覺得說，她在這邊也不會很久，因為太格格不入……那個文化跟她差太多！」這裡所謂的「那個文化」，無疑所指的就是在當時已有一定的經濟能力購置電腦，有使用電腦的知識、技術的中產階級，以大學學生為主的菁英女同志文化。鄭敏慧，《在虛擬中遇見真實——臺灣學術網路BBS站中的女同志實踐》（臺北：臺大城鄉所碩士論文，1999年），頁136。

[85] 在簡家欣的文章中就有T吧女同志與女研社、刊物女同志的對照，文中已明確地認識到：「透過刊物的編、寫、讀、應網絡這種新的集結方式所集結到的女同志成員，和以往T吧族所吸引到的女同志成員，兩者之間存在著特定的區隔。」文中也以刊物集結族群的女同志到T吧進行刊物寄賣的反挫，來呈顯這種文化位階上的分立：「《愛報》出來以後，也拿到T吧去寄賣，但是不太受歡迎。」此外，文中也觀察到T吧是一種T婆角色涇渭分明的女同志文化，但在文中以大學女學生為主要族群的受訪者卻指出，九〇年代的女同志社群並不分得這麼清楚。簡家欣，《喚出女同志：九〇年代臺灣女同志的論述形構與運動集結》（臺北：臺大社會所碩士論文，1997），頁37-38。

同志，往往是藉由虛擬空間（女同志網路）的引介，才得以接觸實體空間（T吧）的資訊，顯示兩者之間原本互不勾連的狀態，在網路逐漸普及之後，經由網路的資訊媒介，文化菁英與非文化菁英的女同志族群之間遂有了進一步交會的可能。譬如在呂錦媛的論文中便提到，女同志網路使用者多以年輕、教育程度高的大專院校學生為主，在網路興起後，網路成為這類女同志族群獲得T bar資訊的重要管道，甚至進而造成後期T bar經營型態的轉變，逐漸出現一些在消費方式與開設地點都刻意迎合學生女同志族群的T bar[86]。

較之過往以大學社團、刊物集結的網絡而言，透過公開的大學BBS看版，儘管仍或有前文所提到的電腦設備、上網技術知識的門檻存在，但較之九〇年代直接以大學女（同志）研社、刊物為主的菁英女同志集結而言，網路集結仍展現出後續跨校、跨地區、跨階層、跨族群的潛力與空間。且在網路日新月異、愈趨普及之後，所謂的電腦設備與上網技術門檻便愈來愈不復存在，過往的大學女同志與T吧女同志的分界亦隨之愈趨模糊，大學女同志藉由網路的訊息傳布也開始進入新興經營型態的T吧尋找同伴，T吧的經營模式也隨著學生女同志族群的逐漸增多而相應改變，開始出現許多迎合年輕學生女同志族群的T吧，在女同志BBS站上也頗負盛名[87]，非文化菁英女同志也隨著網路的愈趨普及，漸也進入網路空間集結交友，由此，藉由網路空間的交

---

[86] 鄭敏慧稍早的研究中即指出網路對於T bar文化與經營方式造成重大衝擊。而呂錦媛在論文中則進一步觀察到逐漸有以網路聚集人氣的T bar出現，以大學生為主要客層，開設在大學附近，消費方式也以學生能負擔的範圍為主。參見呂錦媛，《金錢與探戈：臺灣女同志酒吧之研究》（臺北：臺大社會所碩士論文，2003），頁28-29。

[87] 例如在近年的臺大批踢踢lesbian看版上，相約到T吧如taboo、twiice的文章便時有所見。

流，過往階級之間的分化隔閡相對模糊，女同志文學與文化過往的菁英化色彩亦相形削弱。由此，兩千年後的女同志文化中亦逐漸興起另一股超越過往的憂鬱菁英女同志的聲浪[88]，而這種期待揮別過往的憂鬱悲情的聲音，也透過女同志網路文學版上的大眾小說集結，以及國內兩大龍頭女同志大眾小說出版社的誕生表現出來。

　　譬如在2000年首先創立的女同志大眾小說出版社「集合出版社」，第一本發行的作品水藍的《水之戀》中，便開章明義地推出以幸福、正面訴求為主的女同志愛情故事並在後序中說道：「集合的祝福，希望每一位女同志都幸福。」[89]此外，2004年接續成立的女同志大眾小說出版社「北極之光」，社長張漠藍便是早期在淡江蛋捲廣場BBS中的「拉子天堂」發表網路女同志小說的著名作者，其他當時同在「拉子天堂」發表網路女同志小說較為著名的尚有小喬等人，張漠藍與小喬後來出版書寫女同志情慾的作品《激浪》[90]與《枕邊故事：女同志情慾書》[91]都曾名列誠品暢銷排行榜，在女同志圈內是相當有名氣的情慾作品，而「北極之光」出版社的徵稿標準便明列：「能呈現女同志戀情正面的部分，並給人正面的力量。」除此之外，又不憚其煩地再次明言不接受的稿件標準為：「一、以呈現女同志的悲情為主旨。

---

[88] 例如在臺大批踢踢lesbian看版追悼邱妙津、討論邱妙津的同時，版主也會適時地出言提醒：「小說看看就好，不要讓自己陷進去，不要因為看了小說，就把自己或現實投射為書中的人物／場景。」又或者是當有版友提到自己讀完《蒙馬特遺書》的感受：「蒙馬特遺書……我覺得要看人吧，像我，我看了就差點跟著去自殺。」也有版主馬上出言阻斷悲情氣氛的繼續瀰漫：「自殺……我怎麼好像覺得有人欠我扁了。」相關資料搜尋自臺大批踢踢lesbian版精華區，網址：bbs://ptt.cc.[網路資料]查詢日期：2011.07.03。

[89] 水藍，《水之戀》（臺北：集合，2000），頁285。

[90] 張漠藍，《激浪》（臺北：北極之光，2004）。

[91] 小喬，《枕邊故事：女同志情慾書》（臺北：北極之光，2004）。

二、無法給人任何正面感覺或受到任何感動的故事。」[92]從而在大眾女同志小說出版社普遍刻意營造陽光正面、輕鬆做愛的大眾小說路線下，在揮別過往的陰鬱氣氛的同時，也彷彿一並逐漸淡化長久以來女同志文學的菁英化色彩。

小結

　　本章從兩千年前後的女同志書寫談起，發現事實上兩千年後的臺灣女同志文學並非如想像中的那般寂滅消卻，反而是在九〇年代以前悲情壓抑的女同志文學之後，有了延續與轉變的契機。無論是已成名女同志作家在邱妙津之後，著力於女同志文學的積極現身與運動書寫，又或者是延續九〇年代悲情女同志文學、力圖「再見」拉子般的續貂之作，都分別演繹出兩千年後，延續／部分延續九〇年代式的憂鬱菁英書寫的轉折；而更值得注意的是，除此之外，在網路時代普及以後，女同志網路場域所造就的集結方式、集結群眾的質變，乃至於後來女同志大眾文學出版社的鵲起，則逐步揭示出臺灣女同志文學書寫從菁英到大眾的轉向，而這樣的轉向與質變其實也可說是從側面照映出九〇年代同志運動的初步成果，即在社會風氣漸開、女同志族群能見度逐漸提高之後，臺灣女同志文學的作者與讀者都不再如同過往僅集中於特定的菁英女同志族群，已成為兩千年後跨族群、跨場域、跨階層所關注認知的議題。

---

[92] 摘錄自北極之光出版社網頁。網址：http://www.nlightbooks.com/new-web/[網路資料]查詢日期：2011.07.05

第五章

結論

　　九〇年代的同志運動向來被視為臺灣社會解嚴後去中心、多元文化現象的一環，而同志文學隨之鵲起，自然成為當時情慾現身、性／別認同的最佳載體，同志運動與同志文學彷彿相輔相成；因此，在這樣的前提下，過往的研究亦多以外部異性戀環境對於同性戀者的壓迫為思索中心，較少注意其中的細部脈絡與其他外緣因素的交涉影響。

　　本論文由此切入，以九〇年代同志文學高峰期的女同志文學代表作品為探討中心，往前尋索同志運動以外的其他外緣因素，發現八〇年代初起的臺灣婦女運動以及當時女性文學中的菁英女校情誼，其實與後來九〇年代的女同志文學遙相呼應，亦即，當時婦女運動中以「傑出職業女性」為號召的菁英認同，與伴隨相生的臺灣女性文學場域，濡染了八〇年代女校小說中的女性意識，進而滋養了如同朱天心在《擊壤歌》中所流露出的菁英認同下的女女情愛；然而，由於當時作品中的女女情愛多仍隱藏於菁英認同的表象之下，也讓書寫女女情愛的小說作品在發展開端之時，便顯得相當菁英而壓抑，身體與性皆為不可觸碰的禁忌，彷彿純情「童」女。然而，值得注意的是，相較於九〇年代以T為敘事主體的文本，在八〇年代前後的校園女女情愛小說中，無論是朱天心的《擊壤歌》、〈浪淘沙〉，李昂的〈回顧〉，陳燁的〈彩虹紋身〉或是曹麗娟的〈童女之舞〉，皆呈顯出以婆為主體位置出發的校園T、婆女同志文化，且其以菁英認同、略過愛慾

身體的女女情愛形式，迴避尖銳的性向認同。

九〇年代以後，隨著大學菁英女同志在九〇年代前後逐漸浮出地表，以及解嚴後臺灣社會氛圍的鬆綁，女同志則企圖進一步以菁英位置博取主流社會的認同空間，由原來躲藏在女性主義中的女女情誼漸次推至女同志認同，深入純女性空間的女同志情愛書寫；例如林黛嫚與邱妙津在1988年發表的短篇女同志小說〈並蒂蓮〉、〈囚徒〉、〈臨界點〉中，即以菁英女同志T的潛藏愛慾大膽現身，其中流露出來的菁英價值認同以及身為女同志T的邊緣愛慾，彷彿已具有革命前期「現身即犧牲」的悲烈氣氛。爬梳臺灣九〇年代的女同志小說，可發現除了明顯延續第二章所論述的婦運脈絡與女校敘事下的菁英女性觀點，在九〇年代主要的女同志小說作家的作品，如邱妙津的《鱷魚手記》、《蒙馬特遺書》，張亦絢的《最好的時光》、《壞掉時候》，以及曹麗娟的短篇〈關於她的白髮及其他〉等，都可以看到這種菁英主義的呈顯，且又進一步地推展至女女愛慾與同志認同，其中，邱妙津的作品可說拓深了女同志文學的內涵，將女同志文學帶至一個超越當代的高度；與張亦絢、曹麗娟的作品相較，邱妙津並不認真談論女同志認同或女同志文化圈的氣氛等等，而是直接展示了菁英女同志幽深複雜的愛慾心靈與文化位階的辯證，而這種極具渲染力又富對號入座可能的書寫方式，遂使邱妙津筆下的菁英女同志「拉子」成為臺灣菁英女同志族群的集體認同。

兩千年後，在九〇年代悲情壓抑的氛圍之後，臺灣女同志文學逐漸走出多元的道路，有了延續與轉變的契機。無論是已成名女同志作家的持續耕耘，又或者是延續九〇年代悲情女同志文學、力圖「再見」拉子般的續貂之作，都分別演繹出兩千年後，延續／部分延續九〇年代式的憂鬱女同志書寫的跨時代轉折；而

更值得注意的是，除此之外，在網路普及以後，女同志網路場域所造就的集結方式、集結群眾的質變，乃至於後來女同志大眾文學出版社的崛起，則逐步揭示出兩千年後臺灣女同志文學書寫從菁英到大眾的轉向，而這樣的轉向與質變其實也可說是從側面照映出九〇年代同志運動的初步成果，即在社會風氣漸開、女同志族群能見度（特別是Ｔ）逐漸提高之後，臺灣女同志文學的作者與讀者都不再如同過往般，僅僅集中於特定的菁英女同志族群。

此外，在文類的發展上，近年的臺灣女同志文學也不再僅止於小說形式，如近年何景窗《想回家的病》便以散文體裁鋪陳女同志的兒童成長心靈，時有輕巧的靈光，別具一格；而葉青身後出版的《雨水直接打進眼睛》、《下輩子更加決定》二書，則以詩集的形式袒露女同志的情愛磨難與自我剖白，以簡鍊的文字風格寫出仿若九〇年代邱妙津式的菁英女同志悲抑心事；另外，在女同志文學的老面孔方面，張亦絢、陳雪等仍然迭有新作，近期出版的《愛的不久時》與《附魔者》、《迷宮中的戀人》都揭示出有別於以往的縱深。凡此，或輕盈或沉重，或新人或舊人，但都映現出現今臺灣的女同志文學儼然已具有跨族群、跨階層、跨文類的能量，若能有更多創作者、研究者的加入，持續耕耘，可望在九〇年代菁英「拉子」式的女同志文學經典後，再造新的時代風潮。

附錄：參考書目

一、中文部份

（一）小說文本

小喬，《枕邊故事：女同志情慾書》，臺北：北極之光，2004。

水藍，《水之戀》，臺北：集合，2000。

朱天心，《擊壤歌》，臺北：聯合文學，2001。

朱天心，《方舟上的日子》，臺北：聯合文學，2001。

朱天心，《想我眷村的兄弟們》，臺北：麥田，1992。

朱秀娟，《女強人》，臺北：中央日報，1986。

朱偉誠編，《臺灣同志小說選》，臺北：二魚文化，2005。

李昂，《禁色的暗夜：李昂情色小說集》，臺北：皇冠，1999。

李昂，《花間迷情》，臺北：大塊文化，2005。

杜修蘭，《逆女》，臺北：皇冠，1996。

何景窗，《想回家的病》，臺北：黑眼睛文化，2011。

呂秀蓮，《這三個女人》，臺北：自立晚報，1985。

阿盛編，《新臺北人》，臺北：希代，1988。

邱妙津，《鬼的狂歡》，臺北：聯合文學，1991。

邱妙津，《鱷魚手記》，臺北：時報，1994。

邱妙津，《鱷魚手記》，臺北：印刻，2006。

邱妙津，《寂寞的群眾》，臺北：聯合文學，1995。

邱妙津，《蒙馬特遺書》，臺北：聯合文學，1996。

邱妙津，《蒙馬特遺書》，臺北：印刻，2006。

邱妙津，《邱妙津日記（1989-1995）》，臺北：印刻文學，2007。

周芬伶，《影子情人》，臺北：二魚文化，2003。

紀大偉，《感官世界》，臺北：皇冠，1995。

胡淑雯，《哀豔是童年》，臺北：印刻，2006。

凌煙，《失聲畫眉》，臺北：自立報系，1990。

柴，《一則必要的告解》，臺北：聯合文學，2006。

曹麗娟，《童女之舞》，臺北：大田，1999。

張亦絢，《最好的時光》，臺北：麥田，2003。

張亦絢，《壞掉時候》，臺北：麥田，2001。

張亦絢，《身為女性主義嫌疑犯》，臺北：探索，1995。

張漠藍，《激浪》，臺北：北極之光，2004。

陳雪，《惡女書》，臺北：印刻，2005。

陳雪，《蝴蝶》，臺北：印刻，2005。

陳雪，《陳春天》，臺北：印刻，2005。

陳雪，《愛情酒店》，臺北：麥田，2002。

陳燁，《孤獨和年輕總是睡在同一張床上》，臺北：聯經，1990。

葉青，《雨水直接打進眼睛》，臺北：黑眼睛文化，2011。

葉青，《下輩子更加決定》，臺北：黑眼睛文化，2011。

楊甯，《純律》，臺北：皇冠，2005。

駱以軍，《遣悲懷》，臺北：麥田，2001。

舞鶴，《鬼兒與阿妖》，臺北：麥田，2005。

（二）譯著

Allan G. Johnson著，成令芳等譯，《性別打結：拆除父權違建》臺北：群學，2008年3月。

Bourdieu Pierre著，邢克超譯，《繼承人：大學生與文化》，北京：商務，2002。

Bourdieu Pierre著，邢克超譯，《再生產：一種教育系統理論的要點》，北京：商務，2002。

Bonnewitz Patrice著，孫智綺譯，《布赫迪厄社會學的第一課》，臺北：麥田，2002。

Iris Marion Young著，何定照譯，《像女孩那樣丟球：論女性身體經驗》，臺北：商周出版，2007年1月。

Judith Butler著，林郁庭譯，《性／別惑亂——女性主義與身分顛覆》，臺北：國立編譯館，2008年12月。

Linda McDowell著，徐苔玲、王志弘合譯，《性別、認同與地方》，臺北：群學，2006年5月。

Richard Sennett著，黃煜文譯，《肉體與石頭：西方文明中的人類身體與城市》，臺北：麥田，2003年4月。

Sylviance Agacinski著，吳靜宜譯，《性別政治》，臺北：桂冠圖書，2005年2月。

Spargo Tamsin著，趙玉蘭譯，《福柯與酷兒理論》，北京：北京大學，2005年。

Philippe Lejeune著，楊國政譯，《自傳契約》，北京：三聯，2001年。

（三）專書

丁乃非、劉人鵬，《罔兩問景：酷兒閱讀攻略》，中壢：中央大學性／別研究室，2007年6月。

子宛玉編，《風起雲湧的女性主義批評》，臺北：谷風，1988。

王雅各，《臺灣婦女解放運動史》，臺北：巨流，1999。

王麗容，《婦女與社會政策》，臺北：巨流，1995。

北一女百年特刊編輯委員會編纂，《典藏北一女》上下，臺北：正中，2003年。

阮慶岳，《出櫃空間——虛擬同志城》，臺北：元尊文化，1998年。

李元貞，鄭至慧主編，《當代傑出職業婦女》，臺北：婦女新知雜誌社，1986。

李元貞，《婦女開步走》，臺北：婦女新知，1988。

李元貞，《解放愛與美》，臺北：婦女新知，1990。

呂秀蓮，《數一數拓荒的腳步》，臺北：拓荒者，1976。

呂秀蓮，《新女性主義》，臺北：前衛，1990。

何春蕤，《豪爽女人》，臺北：皇冠，1994。

何春蕤、丁乃菲、甯應斌主講，《性政治入門》桃園：中央大學性／別研究室，2005年10月。

何春蕤編，《性／別研究的新視野》，臺北：元尊，1997年11月。

邱貴芬，《仲介臺灣‧女人：後殖民女性觀點的臺灣閱讀》，臺北：元尊，1997。

邱貴芬，《（不）同國女人聒噪：訪談當代臺灣女作家》，臺北：元尊，

1998年。

林芳玫，《女性與媒體再現》，臺北：巨流，1996年。

周芬伶，《芳香的秘教：性別、愛欲、自傳書寫論述》，臺北：麥田，2006。

周芬伶，《聖與魔——臺灣戰後小說的心靈圖像（1945～2006）》，臺北：印刻文學，2007。

周華山、趙文宗，《「衣櫃」性史：香港及英美同志運動》，香港：同志研究社，1995。

周華山，《同志論》，香港：香港同志研究社，1997年1月。

周華山，《後殖民同志》，香港：香港同志研究社，1997年6月。

范銘如，《文學地理：臺灣小說的空間閱讀》，臺北：麥田，2008年8月。

夏鑄九、王志弘編譯，《空間的文化形式與社會理論讀本》，臺北：明文書局，1994。

徐正光、宋文里編，《臺灣新興社會運動》，臺北：巨流，1990。

陳芳明、范銘如編，《跨世紀的流離：白先勇的文學與藝術國際學術研討會論文集》，臺北：印刻，2009年7月。

梅家玲編，《性別論述與臺灣小說》，臺北：麥田，2000年10月。

曾秀萍，《孤臣・孽子・臺北人——白先勇同志小說論》，臺北：爾雅，2003年。

張小虹，《慾望新地圖：性別・同志學》，臺北：聯合文學，1996年10月。

張小虹編，《性／別研究讀本》，臺北：麥田，1998年8月。

張小虹，《情色世紀末》，臺北：九歌，2001年9月。

張瑞芬，《臺灣當代女性散文史論》，臺北：麥田，2007年。

張娟芬，《姊妹「戲」牆：女同志運動學》，臺北：聯合文學，1998年11月。

張娟芬，《愛的自由式——女同志故事書》，臺北：時報文化，2001年。

張喬婷，《馴服與抵抗：十位校園女菁英拉子的情慾壓抑》，臺北：唐山，2000。

張輝潭，《臺灣當代婦女運動與女性主義實踐初探》，臺中：印書小舖，2006。

畢恆達，《空間就是權力》，臺北：心靈文化工坊，2001年6月。

畢恆達，《空間就是性別》，臺北：心靈工坊，2004年10月。

趙彥寧，《戴著草帽到處旅行》，臺北：巨流，2001年11月。

臺灣省政府教育廳修撰委員會編纂，《中華民國臺灣省省立高級中學校志》，

臺北：臺灣省政府教育廳修撰委員會，1984年。

臺大男同性戀研究社編，《同性戀邦聯》，臺北：號角，1994年10月。

臺大女同性戀文化研究社，《我們是女同性戀》，臺北：碩人，1995年。

鄭美里，《女兒圈：臺灣女同志的性別、家庭與圈內生活》，臺北：女書文化，1997年3月。

鄭至慧主編，《當代傑出職業婦女》，臺北：婦女新知雜誌社，1986。

劉亮雅，《情色世紀末：小說、性別、文化、美學》，臺北：九歌，2001。

劉亮雅，《同志研究》，臺北：文建會，2010。

謝臥龍編，《霓虹國度中同志的隱現與操演》，臺北：唐山，2004。

顧燕翎、鄭至慧編，《女性主義經典：十八世紀歐洲啟蒙，二十世紀本土反思》，臺北：女書，1999。

顧燕翎編，《女性主義理論與流派》，臺北：女書，2000。

（四）學位論文

王君茹，《家產繼承性別偏好的臺灣經驗：族群、世代、婚姻狀況與社會結構位置》，臺北大學社會學系碩士論文，2003年。

李慈穎，《以家之實，抗家之名：臺灣女同志的成家實踐》，臺灣大學社會學研究所碩士論文，2006年。

李玉婷，《臺灣網路文學產製與消費因素之研究——以女同志出版社及其讀者為例》，世新大學廣播電視電影學系碩士論文，2009年。

李依玲，《同志文本與臺灣女同志自我身分建構——以17位臺大批踢踢lesbian板女同志板友為例》，成功大學臺灣文學系碩士論文，2011年。

沈俊翔，《九〇年代臺灣同志小說中的同志主體研究》，成功大學中國文學系碩士論文，2005年7月。

吳翠松，《報紙中的同志——十五年來同性戀議題報導的解析》，文化大學新聞系碩士論文，1998年。

吳昱廷，《同居伴侶家庭的生活與空間：異性戀vs.男同性戀同居伴侶的比較分析》，臺灣大學建築與城鄉研究所碩士論文，2000年7月。

吳美枝，《非都會區、勞工階級女同志的社群集結與差異認同——以宜蘭一個「Chi－迌T」女同志社群為例》，臺北：臺灣師範大學地理研究所碩士論文，2004年。

何淑嫻，《逆女敘事結構分析》，東海大學中國文學研究所碩士論文，2006年。

林欣億，《女同志在原生家庭中的性慾認同空間策略》，臺灣大學建築與城鄉
　　研究所碩士論文，2003年7月。

林慧音，《邱妙津女同志小說研究》，臺南大學國語文學所碩士論文，2009年。

林實芳，《百年對對，只恨看不見：臺灣法律夾縫下的女女親密關係》，臺灣
　　大學法律研究所碩士論文，2008年6月。

林恒妃，《臺灣同志電影的在地化與全球化（2002-2009）》，臺北：淡江大學
　　大眾傳播學系碩士論文，2009年。

林佳誼，《青春系列──從類型觀點看2002-2008臺灣同志電影》，臺北：政治
　　大學新聞研究所碩士論文，2008年。

洪珊慧，《性‧女性‧人性──李昂小說研究》，新竹：清華大學中文系碩士
　　論文，1998年。

許劍橋，《九〇年代臺灣**女同志**小說研究》，中正大學中文系碩士論文，2002
　　年7月。

孫瑞穗，《城市中的單身女人與家變──以八〇年代以來臺北單身城鄉移民女
　　人的居住處境與經驗為例》，臺灣大學建築與城鄉研究所碩士論文，1995
　　年7月。

連培妏，《九〇年代以降臺灣女性成長小說研究》，政治大學中國文學研究所
　　碩士論文，2006年。

陳函謙，《邱妙津小說研究》，清華大學中國文學研究所碩士論文，2004年。

陳柔吟，《「她」的家──單身女人的住宅空間體驗與家的意義》，臺灣大學
　　建築與城鄉研究所碩士論文，2006年。

陳錦華，《網路社會運動：以本土同志運動在網上的集結與動員為例》，政治
　　大學新聞學系碩士論文，2001年。

陸雪芬，《解嚴後臺灣**女同志**小說敘事結構研究～（一九八七～二〇〇
　　三）》，中正大學中文系碩士論文，2004年7月。

張喬婷，《異質空間vs.全視空間：臺灣校園女同志的記憶、認同與主體性浮
　　現》，臺灣大學建築與城鄉研究所碩士論文，1999年7月。

張琬貽，《臺灣當代女性小說中的鬼魅書寫（1980-2004）》，清華大學中國文
　　學研究所碩士論文，2005年。

傅紀鋼，《後現代視野下的邱妙津：以《邱妙津日記》為中心的擬象研究》，
　　臺北教育大學臺灣文化研究所碩士論文，2010年9月。

趙曉慧，《打造性別認同的基地：解讀女性主義書店「女書店」之空間意義》，臺灣大學建築與城鄉研究所碩士論文，2002年7月。

鄭美里，《臺灣女同志的性、性別與家庭》，新竹：清華大學社會人類學研究所碩士論文，1996年。

鄭敏慧，《在虛擬中遇見真實——臺灣學術網路BBS站中的女同志實踐》，臺灣大學建築與城鄉研究所碩士論文，1999年。

蔣琬斯，《**女同志**大學生的自我探索與親密關係》，高雄師範大學性別教育研究所，2007年7月。

蔡宜珊，《同「樣」的家庭生活：初探臺灣女同性伴侶的家務分工》，東吳大學社會學系碩士論文，2006年。

賴正哲，《在公司上班：新公園作為男同志演出地景之研究》，淡江大學建築學碩士論文，1997年7月。

謝佩娟，《臺北新公園同志運動——情慾主體的社會實踐》，臺灣大學建築與城鄉研究所碩士論文，1998年7月。

劉淑貞，《肉與字：九〇年代後小說中的死亡與自殺書寫——以張大春、駱以軍、邱妙津、黃國峻為考察對象》，政治大學中國文學所碩士論文，2007年。

簡家欣，《喚出女同志：九〇年代臺灣女同志的論述形構與運動集結》，臺大社會所碩士論文，1997年1月。

蘇淑冠，《愉悅／逾越的身體：從社會階級觀點來看西門T、婆的情慾實踐》，東華大學族群關係與文化研究所碩士論文，2005年1月。

蕭義玲，《臺灣當代小說的世紀末圖像研究——以解嚴後十年（1987-1997）為觀察對象》，師範大學國文學系博士論文，1997年。

（五）單篇論文

Amie Parry，陳婷譯，〈從她鄉到酷兒鄉：女性主義烏托邦渴求之同性情慾流動，《性／別研究》3／4，1998年9月，頁347-356。

Berry, Chris，孫紹誼譯，〈亞洲價值與家庭價值——同志身份在影像中的呈述〉，《電影欣賞》22：2，2004年4月，頁20-29。

Eve Kosofsky Sedgwick，金宜蓁、涂懿美譯，〈情感與酷兒操演〉，《性／別研究》3／4，1998年9月，頁90-107。

Price, Vivian，吳沂臻譯，〈女同志主體在中文電影中的崛起〉，《電影欣賞》
　　22：2，2004年4月，頁11-19。

王志弘，〈臺北新公園的情慾地理學：空間再現與男同性戀認同〉，《臺灣社
　　會研究季刊》22，1996年4月，頁195-218。

王君琦，〈認同、影像呈述與論述——酷兒／同志影像的再書寫〉，《電影欣
　　賞》22：2，2004年4月，頁7-10。

王奕婷，〈肉身書信：《蒙馬特遺書》中書信形式的書寫與踰越〉，《聯合文
　　學》13：4，頁70-71。

王蘋，〈看見孽子、逆女，看見同性戀〉，《公訓報導》105，2003年6月，頁
　　60-62。

祁立峰，〈邱妙津密碼：對印刻版《蒙馬特遺書》中〈第十五書〉、〈第十九
　　書〉的探析〉，《中國現代文學》13，2008年6月，頁205-226。

朱偉誠，〈（白先勇同志的）女人、怪胎、國族：一個家庭羅曼史的連接〉，
　　《中外文學》312，1998年5月，頁47-66。

朱偉誠，〈作家與隱私的另類（同性戀）邏輯〉，《聯合文學》179，1999年9
　　月，頁20-23。

朱偉誠，〈臺灣同志運動的後殖民思考：論「現身」問題〉，何春蕤編《從酷
　　兒空間到教育空間》，臺北：麥田，2000年，頁1-25。

朱偉誠，〈建立同志「國」？朝向一個性異議政體的烏托邦想像〉，《臺灣社
　　會研究季刊》40，2000年12月，頁103-152。

朱偉誠，〈邱妙津《鱷魚手記》導讀〉，《文學臺灣》38，2001年4月，頁161-
　　164。

朱偉誠，〈父親中國・母親（怪胎）臺灣？白先勇同志的家庭羅曼史與國族想
　　像〉，《中外文學》350，2001年7月，頁106-123。

朱偉誠，〈同志・臺灣：性公民、國族建構或公民社會〉，《女學學誌》15，
　　2003年5月，頁115-151。

朱偉誠，〈中國現代「性」與華文女同志系譜：評桑梓蘭《乍現的女同志：女
　　子同性情慾在現代中國》〉，《近代中國婦女史研究》11，2003年12月，
　　頁303-315。

朱偉誠，〈國族寓言霸權下的同志國：當代臺灣文學中的同性戀與國家〉，
　　《中外文學》416，2007年3月，頁67-107。

朱偉誠，〈臺灣同志研究的知識狀況反思〉，陳光興、蘇淑冠編《當前知識狀

況：2007亞洲華人文化論壇》，臺北：臺灣社會研究季刊社，2007年，頁305-309。

朱偉誠，〈性別主流化之後的臺灣性／別與同志運動〉，《臺灣社會研究》74，2009年6月，頁419-424。

江寶釵，〈時間、空間與主體性的建構：閱讀《孽子》的一個向度〉，《中外文學》350，2001年7月，頁82-105。

吳忻怡，〈成為認同參照的「他者」：朱天心及其相關研究的社會學考察〉，《臺灣社會學刊》41，2008年12月，頁1-58。

吳文煜，〈流動的性慾地景：高雄愛河畔男「同志」性活動（1960-2001）的歷史地理研究〉，《地理學報》43，2006年，頁23-38。

余幼珊，〈有情無慾的春風蝴蝶女子〉，《誠品閱讀》，1994年8月，頁38-40。

杏樂，〈走出孤島樂園：「借鏡」得觀「完整」〉，《女朋友》35，2003年4月，頁38-39。

何春蕤，〈簡介Eve Kosofsky Sedgwick〉，《性／別研究》3／4，1998年9月，頁26-31。

何春蕤，〈從左翼到酷異：美國同性戀運動的「酷兒化」〉，《性／別研究》3／4，1998年9月，頁260-299。

何春蕤、甯應斌、丁乃非，〈近年臺灣重大性／別事件〉，《性政治入門：臺灣性運演講集》，中壢：中央大學性／別研究室，2005年，頁41-80。

邱伊翎，〈鬥爭必然必要如此進行？——回應陳祐禎、柯裕棻二人的文章〉，《文化研究月報》14，2002年4月15日，[網路資料]查詢日期：2011年5月11日。網址：http://hermes.hrc.ntu.edu.tw/csa/journal/14/journal_park95.htm

林邦傑、修慧蘭，〈由單性學校轉變為雙性學校對學生行為之影響〉，《教育心理與研究》14，1991年，頁1-33。

周芬伶，〈從善女到惡女到同女——女性小說的心靈變貌〉，《聖與魔——臺灣戰後小說的心靈圖像（1945～2006）》，臺北：印刻，2007年3月，頁220-244。

周碧娥、姜蘭虹，〈現階段臺灣婦女運動的經驗〉，徐正光、宋文里編，《臺灣新興社會運動》，臺北：巨流，1990，頁79-101。

紀大偉，〈發現鱷魚——建構臺灣女同性戀論述〉，《晚安巴比倫》，臺北：探索，1998年11月。

紀大偉，〈烏托邦之後——二十一世紀的臺灣同志文學生態〉，《文訊》229，

2004年11月，頁54-58。

紀大偉，〈色情烏托邦：「科幻」、「臺灣」、「同性戀」〉，《中外文學》
35：3，2006年8月，頁17-48。

柯裕棻，〈回應鍾瀚慧的「誰能言說，遣誰的悲懷」一文，作者恆然已然死
亡：意義疆域的不確定性以及爭鬥的必然必要性〉，《文化研究月報》
13，2002年3月15日。[網路資料]查詢日期：2011年5月11日。網址：http://
hermes.hrc.ntu.edu.tw/csa/journal/13/journal_park90.htm

垂水千惠著，許時嘉譯，〈關於邱妙津作品裡日本文學的「引用」──與村上
春樹《挪威的森林》的互文性（intertextuality）為中心〉，《感官素材
與人性辯證國際學術研討會論文集》，臺南：國立臺灣文學館，2010年8
月，頁17-26。

馬嘉蘭著，陳鈺欣、王穎譯，〈揭下面具的鱷魚：邁向一個現身的理論〉，
《女學學誌》15，2003年5月，頁1-36。

馬嘉蘭著，吳文薰譯，〈臺灣（跨）國電影，或，一個臺灣T的勇闖天涯：論
《藍色大門》〉，《電影欣賞》122，2005年4月，頁85-90。

陳思和，〈鳳凰‧鱷魚‧吸血鬼：試論臺灣文學創作中的幾個同性戀意象〉，
《香港文學》196，2001年4月。

陳祐禎，〈無能言說的亡靈──評《遣悲懷》對邱妙津的意淫〉，《文化研究
月報》13，2002年3月15日。[網路資料]查詢日期：2011年5月11日。網
址：http://hermes.hrc.ntu.edu.tw/csa/journal/13/journal_park89.htm

陳碧月，〈曹麗娟《童女之舞》的同志情愛書寫〉，《明道學術論壇》1：1，
2005年9月，頁63-74。

陳鈺欣，〈透過小凡看到的風景：讀《鱷魚手記》中一段遺落的同性愛慾關
係〉，《文化研究月報》49，2005年8月25日。[網路資料]查詢日期：
2011年5月6日。網址：http://hermes.hrc.ntu.edu.tw/csa/journal/49/journal_
park375.htm

游靜，〈抽象的記號──尋找香港電影中的同志身影〉，《電影欣賞》22：2，
2004年4月，頁30-36。

莊景同，〈超越政治正確的「女女」牽「拌」：從「我和我朋友」的故事看生
命掙扎與價值體現〉，《應用心理研究》13，2002年3月，頁109-146。

莊景同，〈「女女相戀者」可不一定是「女同志」！回應王雅各與陳金燕〉，
《應用心理研究》14，2002年6月，頁56-58。

畢恆達，〈同性戀空間〉，《出櫃空間：虛擬同志城》，臺北：元尊文化，1998年，頁10-23。

畢恆達、吳昱廷，〈男同志同居伴侶的住宅空間體驗：四個個案〉，《應用心理研究》8，2000年，頁121-147。

徐紀陽、劉建華，〈從偽裝到告白──邱妙津的「女同志」認同之路〉，《世界華文文學論壇》2008：2，2008年6月，頁20-24。

梅家玲，〈少年臺灣：八、九零年代臺灣小說中青少年的自我追尋與家國想像〉，《漢學研究》16：2，1998年12月。

梅家玲，〈性別論述與戰後臺灣小說發展〉，《中外文學》339，2000年8月，頁128-139。

章懿文，〈序：也不刻意纏綿──仍在進行中的認同書寫〉，收錄於張亦絢著《最好的時光》，2003年，頁3-10。

曾秀萍，〈生死往覆，以愛封緘──論「蒙馬特遺書」中書信、日記的書寫特質與意義〉，《中文研究學報》3，1999年6月，頁193-211。

曾秀萍，〈九○年代臺灣「女同志小說」書寫的顛覆性及其矛盾〉，《水筆仔》7，1999年4月，頁10-32。

曾秀萍，〈白先勇創作評論資料〉，《中外文學》350，2001年7月，頁201-208。

曾秀萍，〈流離愛慾與家國想像：白先勇同志小說的「異國」離散與認同轉變（1968～1981）〉，《臺灣文學學報》14，2009年6月，頁171-203。

曾秀萍，〈第三性與第三世界鄉土／國族論述──《失聲畫眉》的底層飄浪、性／別、鄉土與家國〉，《酷兒飄浪國際研討會論文》，臺北：臺大婦女研究室，2010年。（尚未結集出版）

葉德宣，〈陰魂不散的家庭主義魍魅──對詮釋《孽子》諸文的論述分析〉，《中外文學》283，1995年12月，頁66-88。

葉德宣，〈從家庭授勳到警局問訊──《孽子》中父系國／家的身體規訓地景〉，《中外文學》350，2001年7月，頁124-154。

葉德宣，〈「不得不然」的父系認同：評曾秀萍《孤臣、孽子、臺北人》〉，《文化研究月報》49，2005年8月25日。[網路資料]查詢日期：2011年5月6日。網址：http://hermes.hrc.ntu.edu.tw/csa/journal/49/journal_park376.htm

葉德宣，〈「完不了」的死亡書寫：鬼上身的《孽子》與借「字」還魂的張愛玲〉，酷兒新聲編委會編《酷兒新聲》，中壢：中央大學性／別研究室，

2009年12月，頁289-320。

張小虹，〈在張力中相互看見——女同志運動與婦女運動之糾葛〉，《婦女新知》158，1995年，頁5-7。

張小虹，〈女女相見歡：歪讀張愛玲的幾種方式〉，《中外文學》303，1997年8月，頁31-47。

張小虹，〈不肖文學妖孽史——以《孽子》為例〉，梅家玲編，《性別論述與臺灣小說》，臺北：麥田，2000年，頁209-248。

張君玫摘譯，Radicalesbians著，〈女人認同女人〉（The woman identified woman），《婦女新知》158，1995年，頁2-4。

張娟芬，〈女同社群的認同與展演：T婆美學風格〉，《誠品好讀》，2000年11月，頁12-15。

須文蔚，〈臺灣數位文學社群五年來的變遷（2000～2004）〉，《文訊》229，2004年11月，頁59-66。

黃楚雄整理，〈酷兒發妖：酷兒／同性戀與女性情慾「妖言」座談會紀實〉，《性／別研究》3／4，1998年9月，頁47-87。

黃道明，〈從玻璃圈到同志國：認同形構與羞恥的性／別政治——一個《孽子》的連結〉，《臺灣社會研究》62，2006年6月，頁1-36。

黃玲蘭，〈從「同性戀認同歷程」談女同志的現身壓力與因應策略〉，《元培學報》12，2005年12月，頁33-51。

甯應斌，〈性解放思想史的初步札記〉，《性／別研究》3／4，1998年9月，頁179-234。

甯應斌，〈同性戀是社會建構嗎？——保守與革命的社會建構論〉，《政治與社會哲學評論》20，2007年3月，頁1-55。

鄧雅丹，〈鄉下酷兒：《失聲畫眉》的性／別再現政治〉，《文化研究月報》49，2005年8月25日。[網路資料]查詢日期：2011年5月6日。網址：http://hermes.hrc.ntu.edu.tw/csa/journal/49/journal_park374.htm

趙彥寧，〈老T搬家：全球化狀態下的酷兒文化公民身分初探〉，《臺灣社會研究季刊》57，2005年3月，頁41-85。

趙彥寧，〈往生送死、親屬倫理與同志友誼：老T搬家續探〉，《文化研究》6，2008年，頁153-194。

趙彥寧，〈試論父系歷史空間性中怪胎情慾化的可能〉，《性別與空間研究室通訊》5，1998年7月，頁197-209。

趙彥寧，〈新酷兒空間性：空間、身體、垃圾與發聲〉，《中外文學》312，
　　1998年5月，頁90-108。

趙彥寧，〈臺灣同志研究的回顧與展望：一個關於文化生產的分析〉，《戴
　　著草帽到處旅行：性／別、權力、國家》，臺北：巨流，2001年，頁85-
　　124。

鄭敏慧，〈女同志網站的一些側寫〉。《性別與空間研究室通訊》5，1998年7
　　月，頁135-144。

鄭敏慧，〈從國內外女同志網站看跨地域認同〉5／6，1998年9月，頁199-
　　209。

劉乃慈，〈九〇年代臺灣小說與「類菁英」文化趨向〉，《臺灣文學學報》
　　11，頁51-74。

劉乃慈，〈便利、營利與架空的危機——女性主義修辭與臺灣當代小說生產研
　　究〉，《臺灣文學研究學報》4，頁259-284。

劉向仁，〈性別越界，飛向自由天空：談電影與文化的時代「性」〉，《婦研
　　縱橫》73，2005年1月，頁23-32。

劉亮雅，〈九〇年代臺灣的女同性戀小說——以邱妙津、陳雪、洪凌為例〉，
　　《中外文學》302，1997年7月，頁115-129。

劉亮雅，〈愛慾、性別與書寫：邱妙津的女同性戀小說〉，梅家玲編，《性別
　　論述與臺灣小說》（臺北，麥田，2000），頁302。

劉亮雅，〈世紀末臺灣小說裡的性別跨界與頹廢：以李昂、朱天文、邱妙津、
　　成英姝為例〉，《中外文學》330，1999年11月，頁109-134。

劉亮雅，〈第二波女性主義與性意識〉，《聯合文學》172，1999年2月，頁
　　102-104。

劉亮雅，〈鬼魅書寫：臺灣女同性戀小說中的創傷與怪胎展演〉，《後現代與
　　後殖民：解嚴以來臺灣小說專論》，臺北：麥田，2006年，頁297-321。

劉亮雅，〈在全球化與在地化的交錯之中：白先勇、李昂、朱天心和紀大偉小
　　說中的男同性戀呈現〉，收於《後現代與後殖民——解嚴以來臺灣小說專
　　論》，臺北：麥田，2006年，頁271-298。

劉亮雅，〈文化翻譯：後現代、後殖民與解嚴以來的臺灣文學〉，《中外文
　　學》406，2006年3月，頁61-84。

劉亮雅，〈解嚴以來的臺灣小說：回顧與展望〉，《思想》8，2008年3月，頁
　　123-130。

劉杏元、黃玉、趙淑貞，〈當性別遇見同志：女同志性取向認同發展相關理論探討〉，《長庚科技學刊》10，2009年6月，頁137-154。

劉安真、程小蘋、劉淑慧，〈「我是雙性戀，但選擇做女同志！」——兩位非異性戀女性的性認同形成歷程〉，《中華輔導學報》12，2002年9月，頁153-183。

賴正哲，〈新公園男同志之集體記憶與空間拼貼〉。《性別與空間研究室通訊》5，1998年7月，頁9-39。

謝文宜，〈看不見的愛情：初探臺灣女同志伴侶親密關係的發展歷程〉，《中華輔導與諮商學報》24，2008年，頁181-214。

謝鳳娟，〈華語女同志電影中「家的意義」——以《蝴蝶》、《今年夏天》為例〉，《朝陽人文社會學刊》5：2，2007年12月，頁1-25。

鍾瀚慧，〈誰能言說，遣誰的悲懷——從駱以軍之《遣悲懷》新書輿論論現今女同志的主體建構〉，《文化研究月報》12，2002年2月15日。[網路資料]查詢日期：2011年5月11日。網址：http://hermes.hrc.ntu.edu.tw/csa/journal/12/journal_park81.htm

簡家欣，〈九〇年代臺灣女同志的性別抗爭文化：T婆角色的解構、重構與超越〉，《思與言》35:1，1997年3月，頁145-209。

簡家欣，〈書寫中的現身政治——九〇年代同志言說戰場的流變〉，《聯合文學》13：4，頁66-69。

簡家欣，〈九〇年代臺灣女同志的認同建構與運動集結：在刊物網絡上形成的女同志新社群〉，《臺灣社會研究季刊》30，1998年6月，頁63-115。

魏偉莉，〈論「鬼兒與阿妖」中女同志性別角色的刻板化書寫〉，《臺灣文學評論》3：3，2003年7月，頁77-95。

蕭義玲，〈九〇年代新崛起小說家的同志書寫——以邱妙津、洪凌、紀大偉、陳雪為觀察對象〉，收於紀大偉《感官世界》，臺北：探索，2000年。

蘇偉貞，〈（新）女性的出走與回歸——以八、九〇年代《聯合報》小說獎為主兼論媒體效應〉，《臺灣文學研究學報》10，2010年4月，頁149-181。

蘇淑冠，〈流動的性／別或僵化的「分」界？西門T、西門婆的性／別認同展現〉，酷兒新聲編委會編《酷兒新聲》，中壢：中央大學性／別研究室，2009年，頁39-77。

（六）報刊文章

fishbian，〈我想要一個人類〉，《女朋友》31，2000年2月，頁8-9。

Sidney，〈我的網路人生〉，《女朋友》35，2003年4月，頁7。

Tree，〈第一道彩虹〉，《女朋友》35，2003年4月，頁2。

小虎牙，〈當我決定做個女同性戀者開始…〉，《女朋友》31，2000年2月，頁30-31。

小虎牙子，〈再談蒙馬特遺書〉，《女朋友》34，2001年7月，頁35-37。

文魚，〈一個人和網站〉，《女朋友》34，2001年7月，頁44。

杏樂，〈走出孤島樂園：「借鏡」得觀「完整」〉，《女朋友》35，2003年4月，頁38-39。

利米西米巴，〈拼出一片天〉，《女朋友》2，1994年12月，頁8。

何春蕤，〈邱妙津的死與不死〉，《聯合晚報》43版，1997年2月14日。

邱妙津，〈履歷表〉，《印刻文學生活誌》22，2005年6月。

南方朔，〈這莫名的悲哀從何而來？論女作家的自殺兼談邱妙津〉，《自由時報》29版，1995年7月28-29日。

洪凌，〈《鱷魚手記》：未完成的異生物圖繪〉，《中國時報》50版，1994年7月14日。

高麗玲，〈邱妙津令人喝采／抒理念青年楷模〉，《中央日報》第10版1988年10月22日。

魚玄阿璣採訪、撰稿，〈路變得好寬好寬〉，《女朋友》8，1995年12月，頁6。

師瓊瑜，〈我們青春的墓誌銘〉，《中國時報》31版，1995年12月14-15日。年7月18-19日。

陳雪，〈手指的遊戲〉，《女朋友》10，1996年4月15日，頁28-30。

曹麗娟，〈溜直排輪的女人〉，《女朋友》29，1999年7月30日，頁15-20。

黑嘿，〈一九八八校園肅殺事件〉，《女朋友》23，1998年7月15日，頁4-5。

豬熊共滾，〈非得這麼優秀嗎〉，《女朋友》30，1999年10月，頁42。

蔡秀女，〈塞納河上的精靈——一封無法投遞的信〉，《中國時報》17版，1996。

賴香吟，〈憂鬱貝蒂〉，《中國時報》人間副刊，2003年12月27日。

二、外文書目

Bell, D. and Valentine, G. (Eds.) (1995) *Mapping Desire: Geographies of Sexualities.* London: Routledge.

Betsky, A. (1997) *Queer space: Architecture and Same-sex Desire.* New York: William Morrow.

Bouthillette, A., Retter, Y. and Ingram, G. B. (Eds.) (1997) *Queers in Space: Communities, Public Places, Sites of Resistance.* Washington: Bay Press.

Bell, David, and Jon Binnie. (2000). *Sexing Citizenship. The Sexual Citizen: Queer Politics and Beyond.* Cambridge: Polity Press.

Chua, Beng Huat. (Ed.) (2000). *Consumption in Asia: Lifestyles and Identities.* London: Routledge.

Duncan, N. (Ed.). (1996). *BodySpace: Destabilizing geographies of gender and sexuality.* New York: Routledge.

De Lauretis, Teresa. (1991). *Queer Theory: Lesbian and Gay Sexualities: An Introduction.* Differences: A Journal of Feminist Cultural Studies, 3.2: iii-xviii.

Diana Khor, Saori Kamano. (Eds.). (2006). *"Lesbians" in East Asia: diversity, identities, and resistance.* New York: Harrington Park Press

Halberstam, J. (2005) *In a Queer Time and Place: Transgender Bodies, Subcultural Lives.* New York: New York Press.

Hemmings, Clare. (2002). Bisexual Spaces: *A Geography of Sexuality and Gender.* London: Routledge.

Jackson, Stevi, Liu Jieyu and Woo Juhyun. (Eds.). (2008). *East Asian Sexualities: Modernity, Gender and New Sexual Cultures.* London & New York: Zed Books.

Jagose, Annamarie. (1996). *Queer Theory: An Introduction.* New York: New York University Press.

Jacqueline S. Weinstock, Esther D. Rothblum. (Eds.). (2004) *Lesbian ex-lovers: the really long-term relationships.* Binghamton, NY: Harrington Park Press.

McDowell, L. (1999). *Gender, identity and place: Understanding feminist geographies.* Minneapolis: University of Minnesota Press.

McDowell, L., & Sharp, J. P. (Eds.). (1997). *Space, gender, knowledge: Feminist readings.* London: Arnold.

Rofel, Lisa. (2007). *Desiring China: Experiments in Neoliberalism, Sexuality, and Public Culture.* Durham and London: Duke University Press.

Tze-lan D. Sang. (2003). *The emerging lesbian: female same-sex desire in modern China.* Chicago: University of Chicago Press.

Valentine, G. (Ed.) (2000) *From Nowhere to Everywhere.* New York: Harrington Park Press.

Warner, Michael. (Ed.) (1993). *Fear of a Queer Planet: Queer Politics and Social Theory.* Minneapolis: University of Minnesota Press.

語言文學類　PG2802　文學視界140

依違於中心與邊陲之間
——臺灣當代菁英女同志小說研究

作　　者／林佩苓
責任編輯／陳彥儒
圖文排版／蔡忠翰
封面設計／陳香穎

發 行 人／宋政坤
法律顧問／毛國樑　律師
出版發行／秀威資訊科技股份有限公司
　　　　　114台北市內湖區瑞光路76巷65號1樓
　　　　　電話：+886-2-2796-3638　傳真：+886-2-2796-1377
　　　　　http://www.showwe.com.tw
劃撥帳號／19563868　戶名：秀威資訊科技股份有限公司
　　　　　讀者服務信箱：service@showwe.com.tw
展售門市／國家書店（松江門市）
　　　　　104台北市中山區松江路209號1樓
　　　　　電話：+886-2-2518-0207　傳真：+886-2-2518-0778
網路訂購／秀威網路書店：https://store.showwe.tw
　　　　　國家網路書店：https://www.govbooks.com.tw

本書榮獲國立台灣文學館「台灣文學學位論文出版徵選」錄取

2022年10月　BOD修訂一版
定價：300元
版權所有　翻印必究
本書如有缺頁、破損或裝訂錯誤，請寄回更換

讀者回函卡

國家圖書館出版品預行編目

依違於中心與邊陲之間：臺灣當代菁英女同志小說研究/林
佩苓著. -- 修訂一版. -- 臺北市：秀威資訊科技股份有
限公司, 2022.10
　　面；　公分. -- (語言文學類；PG2802)(文學視界；140)
BOD版
ISBN 978-626-7187-05-0(平裝)

　1.CST: 臺灣小說 2.CST: 文學評論

863.27　　　　　　　　　　　　　　　111012925